서울
아케이드
프로젝트

서울
아케이드
프로젝트

문학과 예술로 읽는
서울의 일상

류신

민음사

이 책을
소설가 구보 씨와
산책자 발터 벤야민에게 바친다.

책머리에

1

나는 서울에 살지 않는다. 인천에서 태어나고 자랐다. 하지만 대학 진학 이후 거의 매일 서울에 머물렀다. 베드타운 인천에서 잠을 잤고 다운타운 서울에서 생활했다. 학교에 가기 위해, 친구를 만나기 위해, 쇼핑을 하기 위해, 전시회와 공연을 보기 위해, 그리고 무엇보다도 직장에 출근하기 위해 25년 넘게 고향과 타향을 시계추처럼 오갔다. 학교와 거주지, 직장과 거주지의 분리가 초래한 삶의 동선이었다. 지난달 카드 명세서를 살펴보니 지하철을 서른다섯 번, 서울 시내버스를 일곱 번, 서울 마을버스를 열여섯 번, 서울 택시를 여덟 번 이용했다. 서울에 살지 않지만 서울을 살았던 것이다. 나는 서울에 엄연히 실존했다. 하지만 서울이란 도시는 매정하고 생경했다. 유년의 추억을 공유하지 못하는 서울의 풍경은 무의미하게 표류하는 피상에 지나지 않았다. 나는 서울에서 겉돌았다. 탁한 공기와 들끓는 소음과 현란한 간판이 싫었다. 그러나 매일 서울에 있을 수밖에 없었다. 이것이 불가피

한 현실이었다. 서울은 살기도 힘들지만 떠나기도 힘든 곳이었다. 그래서 생각을 바꿔 보았다.

서울을 내 삶과 밀착시키자. 서울을 탈출할 용기가 없다면 이 속된 도시를 감수하고 받아들이자. 서울을 미워하는 마음의 이면에는 그만큼 서울을 사랑하는 마음이 숨어 있는 것은 아닐까. 이 이율배반의 감정이 나와 서울을 잇는 가교가 될 수 있지 않을까. 실존의 밑바닥은 주체가 발 딛고 있는 장소가 아닐까.

처음 걸음마를 배우는 어린아이처럼 서울의 거리를 걸었다. 거리 답사가 서울을 이해하는 첩경이라고 생각했다. 거리는 대도시 삶의 양식이 라이브로 공연되는 무대, 말하자면 동시대 문화가 발생하고 진화하는 역동적인 현장이기 때문이다. 목적지에 이르기 위해 거리를 통과하는 것이 아니라 도보 체험 자체를 목적으로 삼았다. 산책의 호흡에서 사유의 리듬을 발견한 고대 그리스 소요학파의 후예가 되고 싶었다. 더불어 생활 공간 서울을 순례하며 나의 존재론적 좌표를 재정위하고 싶었다. 서울의 풍경을 온몸으로 품고, 진심으로 느끼고 싶었다. 요컨대 서울이라는 필연적 운명을 사랑하고 싶었다. 이 책은 서울에 대한 내 애증의 기록이다.

그런데 관찰한 서울의 근경을 적실한 언어로 묘사할 길이 묘연했다. 그래서 읽었던 시와 소설을 호명했고, 좋아하는 그림과 사진을 동원했다. 어떤 공간을 온전히 이해하려면 가능한 한 다양한 차원에서 그 장소성(placeness)을 캐물어야 한다는 문제의식의 발로였다. 시와 소설과 그림과 사진은 육안으로는 볼 수 없었던 서울의 진면목을 투시해 주는 흥미진진한 창이었다. 나에게 서울의 풍경은 2차 텍스트를 경유해서만 이미지로 전환됐다. 서울의 풍경이라는 '현재'는 '과거'에 읽고 본 텍스트와 섬광처럼 조우할 때 사유이미지(Denkbilder)로 포착됐다. 사유이미지란 '이미지로 응결된 성찰' 혹은 '사유의 결정체로서의 이미지'를 뜻한다. 풀어 말하자면, 언어적인 것과 시각적인 것, 문자와 이미지 사이의 경계가 해체되고 둘 사이에 새로운 접점이 모색되는 지점에서 발생하는 직관적인 인식의 구도이자 지각의 표상이다. 나는 서울의 풍경과 그곳에서 호출된 사유이미지 사이에 언어의 징검돌을 놓으려고 애면글면했다. 이 책은 그 모색의 영세한 결과물이다.

나는 사유이미지를 포착하기 위해 서울을 어슬렁거렸다. 서울 거리를 산책하며 완벽한 익명성의 관음(觀淫)을 즐기는 고독한 군주가 되고 싶었다. 그러나 서울은 호락호락하지 않았다. 영악한 깍쟁이같이 좀처럼 내 시선의 구애를 받아 주지 않았다. 대신 서울은 헤매는 기술을 가르쳐 주었다. 서울은 비정한 사실주의와 불온한 초현실주의가 길항하는 난해한 텍스트였다. 광활해서 방위를 가늠할 수 없이 막연했고 조밀해서 갈피를 잡을 수 없이 몽롱했다.

2

좀처럼 속마음을 열지 않는 서울의 거리를 독해하기 위해 도시 전문 관상학자를 초빙했다. 20세기 사상계의 전위에 섰던 독일 문예 비평가 발터 벤야민(Walter Benjamin, 1892~1940). 독일군의 프랑스 점령을 피해 피레네 산맥을 넘어 미국으로 망명하려던 중 국경 통과가 저지

되자 1940년 9월 26일 밤 스페인 국경 마을 포르부에서 자살로 생을 마감한 비운의 유대계 철학자. 그가 죽기 전까지 13년 동안 심혈을 기울였던 프로젝트가 있다. 이름 하여 '아케이드 프로젝트(Arcade Project)'. 벤야민은 19세기 초반 '세기의 수도' 프랑스 파리에 등장한 새로운 쇼핑 공간을 미시적으로 탐사함으로써 자본주의의 기원을 천착했다. 그가 연구 대상으로 삼은 파리의 아케이드는 천장을 유리로 덮은 회랑식 상가로서 "상품 자본주의의 원조 신전"(『아케이드 프로젝트』)으로 전성기를 구가하다가 백화점이 등장하면서 몰락하기 시작했다. 개념으로 사고하기보다 경험으로 사유하고 강단 철학자라기보다 도시 산책자였던 벤야민은 파리 망명 시절 폐허가 된 먼지 긴 철제 아케이드를 산책하며 과거의 풍속에서 상품의 물신적 성격을 읽어 냈을 뿐만 아니라 패션, 권태, 박람회, 광고, 매춘, 도박, 철도, 사진 등의 키워드로 자본주의의 문화적 뿌리를 예리하게 들춰냈다.

야심만만한 기획은 아쉽게도 완성된 저작으로 결실을 맺지 못했다. 파리 국립 도서관에서 찾은 온갖 문헌에서 발췌한 인용문과 그에 대한 짧은 주석과 단상, 그리고 수집한 자료들을 어떻게 구성할지 보여 주는 개요 등이 담긴 방대한 메모 묶음이 그때까지 진척된 프로젝트의 실체였다. 벤야민이 급히 망명길에 오르며 조르주 바타유에게 맡긴 프로젝트 자료는 1980년 조르조 아감벤에 의해 파리 국립 도서관 문서고에서 발굴되어 1982년 『파사젠베르크(Das Passagen-Werk)』라는 이름으로 발간됐다.

1989년 미국의 프랑크푸르트학파 연구자 수전 벅모스는 벤야민이 완성하지 못한 아케이드 프로젝트에 새로운 생명을 불어넣었다. 벅모스는 벤야민의 시각을 견지하되 자신의 해석을 덧붙여 아케이드 프로젝트를 창조적으로 재구성했다. 벅모스가 벤야민의 죽음으로 중단된 미완의 기획을 보완해 『발터 벤야민과 아케이드 프로젝트』를 출간했다면, 나는 벤야민의 프로젝트를 2013년 '지금 여기' 서울의 맥락으로 소환하고 싶었다. 벤야민의 눈으로 서울의 아케이드를 탐색하고 그가 머금었을 사유이미지를 따라서 그려 보려고 애썼다. 서울 거리에서 상품 물신이 어떻게 미화되고 숭배되며, 소비를 통해 어떻게 순환되고 확대되는지를 벤야민의 시선으로 추적했다.

아케이드란 원래 열주(列柱)로 지탱되는 아치형의 천장을 가진 구조물과 그것이 조성하는 개방된 통로를 말한다. 고대 로마의 콜로세움, 사원의 회랑, 중세 교회의 측랑 등에 활용되던 이 건축술은 19세기 산업 자본주의의 여명기에 도심의 상가 모델로 도입되었다. 아케이드는 날씨에 구애받지 않고 쾌적하게 쇼핑할 수 있는 공간으로 적합했기 때문이다.

이 책에서 아케이드는 유리 지붕이 덮인 상점가를 위시해 유리 돔이 설치된 홀, 상점이 늘어선 지하도, 건물과 건물을 연결하는 지하 통로나 공중 가교, 투명한 차양이 설치된 노상 시설, 유리와 철골로 이루어진 건축물을 총칭하는 광의의 개념으로 사용됐다. 대형 쇼핑몰, 종합 전시장, 전통 시장, 지하상가, 버스 정류장과 지하철 캐노피 등을 아케이드의 변형으로 간주했다. 형태와 용도의 차이는 있어도 모두 실외를 실내화하고 외부를 내부로 통합한 공간이라는 측면에서 아케이드의 특성을 공유한다고 판단했기 때문이다. 벤야민은 아케이드의 본질을 이렇게 적시했다. "유리 아케이드는 꿈과 같이 외계(外

界)를 갖지 않은 건축물이나 보행 공간을 말한다."(『아케이드 프로젝트』) 안과 밖의 경계가 모호한 아케이드는 도시민의 일상이 영위되는 중요한 공공 영역이다. 가로를 실내로 포섭하는 아케이드는 대중이 거주하는 거리의 집이다. 이곳으로 자본의 욕망이 침투하고, 이곳에서 집단의 꿈이 전시된다. 이곳에서 물건을 사고, 친구를 만나고, 식사를 하고, 커피를 마시고, 산책을 한다. 이곳을 통해 다른 곳으로 이동한다. 싫든 좋든, 우리는 거의 매일 아케이드에 산다. 서울을 이해하기 위해 아케이드를 관찰한 이유는 여기에 있다.

벤야민 철학의 매력은 이전의 학자들이 주목하지 않았던 거리, 건축, 일상의 자질구레한 사물들을 관상학적 사유의 대상으로 삼았다는 데 있다. 그는 사소한 파편과 흔적 속에서 자본주의 내부의 작동 메커니즘을 설명하고 대도시 삶의 원칙을 해석하는 단초를 찾았다.

도시의 관상은 대도시 환경에 대한 독해이자 암호 해독이며, 이 관상은 도시의 물리적 환경 구조 속에 위치한 사회적 환경을 이해할 수 있는 열쇠다. 벤야민에게는 건물, 공간, 기념물과 대상들이 도시 환경을 구성한다. 도시 환경은 인간의 사회적 활동 양식에 대한 반응이자 구조다. 건축과 인간의 행위는 서로를 형성하고 또 상호 침투한다. 대도시는 인간 행위를 위한 틀이자 무대다. 인간 주체는 도시의 건물들, 건물 내부 환경과 같은 틀 속에, 인간 실존 양식의 실마리이자 지나온 경과의 표시인 '흔적'을 남긴다.

——그레임 질로크, 『발터 벤야민과 메트로폴리스』

나는 도시 관상학자 벤야민처럼 '서울의 얼굴'인 서울 거리에서 현대인의 실존 양식을 식별하고 우리 시대 문화의 양상과 특징과 운명을 판독하고 싶었다. 이를 위해서는 무엇보다도 기념물, 시장, 쇼핑몰, 백화점, 호텔, 관공서, 아파트, 광장, 분수, 가로등, 인도, 차도, 횡단보도, 버스, 지하철, 택시 등 거대 도시 서울을 구성하는 시각적 현실을 직접 체험하고 그 사회 문화적 함의를 해독하는 것이 중요했다. 그래서 서울의 거리를 걸었다. 이 책이 아케이드 프로젝트의 21세기 서울 버전으로 읽히길 희망한다.

　　3

　벤야민이 되어 서울의 아케이드를 산책하기 위해서 벤야민의 페르소나가 필요했다. 벤야민을 향한 오롯한 사랑을 체현하는 뮤즈는 멀리 있지 않았다. 이 책의 주인공 '산책자 구보 씨'는 제4세대 구보 씨다. 구보 씨는 1930년대 박태원에 의해 처음 창조됐다. 그의 단편 「소설가 구보 씨의 일일」의 주인공은 생활에 편입되지 않고 일상의 주박에서 자유로운 '도시 속 이방인'으로 막 근대화가 시작된 식민지 경성의 거리를 주유한 한국 최초의 플라뇌르(flâneur), 즉 거리 산책자였다. 박태원의 구보 씨는 문학의 이상과 현실 사이의 낙차를 경험하며 우울해하지만 삶의 소소한 행복을 포기하지 않았다. 제2세대 구보 씨는 1970년대 최인훈의 장편 『소설가 구보 씨의 일일』에서 부활했다. 월남한 실향 소설가 구보 씨는 사회 역학의 주변에 선 양심적인 예술가의 초상이다. 세상의 이해타산에서 소외된 무기력한 중견 작가 구보 씨는 분단된 조국의 현실 속에서 소설가로서의 정체성과 지식인의 사회적 역할을 성찰한다. 제3세대 구보 씨는 1990년대 주인석의 연작 소설집 『검은 상처의 블루스 — 소설가 구보 씨의 하루』에서 환생했다. 유신 독재와 광주의 비극을 보고 자란 젊은 소설가 구보 씨는 소설 쓰기라는 창작 행위를 통해 불의한 세상과 운명적으로 대결한다. "소설이란 좌절한 의식이 세계에 대해 복수하는 것"이라는 출사표를 던질 정도로 주인석의 구보 씨는 소설가로서 강한 자의식과 역사의식을 소유하고 있다.

2010년대 제4세대 구보 씨는 주인석의 구보 씨와 가장 적게 닮았고 박태원의 구보 씨와 가장 많이 닮았다. 21세기 구보 씨는 도심을 산책하며 일상의 지평을 탐사한다. 그가 서울의 거리에서 집으로 가져온 가장 귀중한 전리품은 사유이미지다. 거리를 배회하며 '관상'을 수집하는 도시 인상학자라는 측면에서 원조 구보 씨의 혈통을 이어받았다. 그는 신자유주의의 착실한 모범생이 된 서울 아케이드의 쇼윈도에서 상품 물신의 기호를 해독하는 아마추어 도시 관상학자다.

21세기 구보 씨는 다중적 정체성을 지닌 입체적 인물이다. 그는 무기력한 지식인 룸펜이자 문학과 예술을 사랑하는 딜레탕트이면서 자기 개성과 취향을 고수하는 댄디다. 일상의 행복을 포기하지 않는 소시민이면서도 자본주의의 모순을 외면하지 않는다. 진보적 정치 이상을 품고 있지만 그 뜻을 실천하기에는 인성이 심약하고 기질이 우울하다. 지리멸렬한 삶에 덧없음을 느끼다가도 현실을 냉소하고, 소심하면서 과대망상에 시달린다. 디지털 중독자이면서 디지털 반성자다. 문

명 비판론자이면서 도회적 감수성을 향유하는 도시의 아이다. 다면적
이고 유동적인 도시 복합체 서울을 이해하려면 이렇게 다면적인 인물
이 필요했다.

4

소설처럼 읽히는 재미있는 문학 평론(문화 비평)을 쓰고 싶었다. 여
러 사정을 헤아려야겠지만, 평론이나 비평이 독자들로부터 외면받는
이유는 지루하기 때문이라고 생각한다. 이 따분함의 배후에는 비평이
어렵다는 선입견이 똬리를 틀고 있다. 물론 현학적인 전문 용어들이
맥락 없이 출몰하는 불친절한 비평이 편안한 독서를 방해하는 것은
사실이다. 그렇다고 비평을, 따뜻한 감동을 전하는 휴먼 에세이로 바
꿔 쓸 수도 없는 노릇이다. 어디까지나 비평의 소임은 1차 문헌에 대
한 해석과 평가이기 때문이다. 비평은 소설의 함의와 가치를 구원할
수 있지만 소설이 갖는 창작의 명예를 누릴 수는 없다. 그렇다면 평론
이 제공하는 분석의 설득력과 소설이 갖는 서사의 개연성을 융합할
수 없을까?
　나는 소설도 아니고 평론도 아닌 글, 소설이면서 동시에 평론인 글
을 쓰고 싶었다. '창작과 비평'을 합체하고 싶었다. 그래서 비평의 논
리적 흐름을 일어날 법한 내러티브로 바꿔 비평에 생기와 현장감을
불어넣으려고 시도했다. 비평을 스토리텔링으로 풀어내기 위해 박태
원의 '소설가 구보 씨'를 패러디한 삼인칭 화자를 도입했다. 하루 동

안 서울이라는 시공간에서 '산책자 구보 씨'가 걷고 보고 생각하는 것을 이야기로 창작해 보았다. 산책자 구보 씨가 포착하는 이미지를 재현하기 위해 그의 눈에 사진기를 장착했고, 내적 독백을 도청하기 위해 머릿속에 마이크를 설치했다. 요컨대 산책자 구보 씨를 살아 움직이는 캐릭터로 만들고 싶었다.

프리드리히 휠덜린, 장자크 루소, 헤르만 브로흐는 빛나는 지성을 화자로 등장시켜 '철학이 된 소설'을 썼다. 의식의 흐름 기법을 차용한 아르투어 슈니츨러와 제임스 조이스는 심리학과 소설의 경계를 자유롭게 넘나들었다. 헤르타 뮐러는 운문과 산문의 벽을 허물어 '시가 된 소설'을 썼다. 무명의 평론가인 나는, 감히, 겁도 없이, 간절히 '소설이 된 평론'을 쓰고 싶었다. '서사 비평(epic-criticism)'이라는 장르가 가능하다면, 그와 유사한 글을 쓰고 싶었다. 이 책은 이런 낭만적인 도전의 부끄러운 결과물이다. 이 책은 소설이 아니다. 그러나 부디 소설처럼 읽히길 바란다.

5

내 글쓰기 실험의 대상이 되어 준 미더운 시인들과 '서울 아케이드 프로젝트'에 이름을 걸고 출현해 준 구더운 소설가들에게 감사의 인사를 올린다. 엄벙덤벙 적어 놓은 글을 멋진 책으로 만들어 준 민음사 편집부에도 고마운 마음을 전한다. 올 한 해 나는 '산책자 구보 씨'라는 인물을 연구했다. 아니 그와 동거했다. 2012년 겨울부터 2013년 가을까지 구보 씨와 동고동락했다. 구보 씨와 나란히 걷고, 같이 보고, 함께 이야기했다. 이제는 구보 씨와 작별할 때다. 미운 정 고운 정이 엉켜 태연하게 헤어질 자신이 없다. 그와 함께 보냈던 농밀한 시간을 잊을 수 없다. 행복했다.

서울 도심을 걸으며 가끔 하늘을 우두커니 쳐다보곤 했다. 그때마다 롤프 디터 브링크만의 「시」의 한 구절이 떠올랐다. 그리고 다시 걸었다.

나는 간다 또 하나의
다른 푸름 속으로

2013년 가을
류신

차례

일러두기

1. 인명과 지명은 외래어 표기법을 따랐으며 일부 관례로 굳어진 것은 예외로 두었다.
2. 본문에 사용된 문장 부호의 의미는 다음과 같다.

『 』: 전집이나 총서 또는 단행본

「 」: 단행본에 수록된 개별 작품 또는 논문

《 》: 신문 또는 잡지

프롤로그

어머니는, 아들이 제 방에서 나와, 현관 앞에 놓인 흰색 아디다스 운동화를 신고, 기둥 못에 걸린 검은색 가방을 떼어 메고, 문을 여는 소리를 들었다.

"어딜, 가니?"

묵묵부답이었다.

아침부터 거실에서 혼자 윙윙거리는 텔레비전 소리와 뒷설거지 물소리에 파묻혀 자신의 애달픈 부름이 아들의 귀에까지 이르지 못하였는지도 모른다고 생각한 어머니는, 이번에는 아파트 현관문 밖에까지 들릴 목소리를 냈다.

"일찍 들어와라."

역시 대답은 들리지 않았다. 쾅 하고 닫힌 철문의 소음만 아니었다면, 아들의 "네." 소리를 들을 수 있었을지도 모른다. 어머니는 다시 세찬 물줄기에 그릇에 묻은 세제 거품을 씻어내며, 대체 그 애는 매일

어딜 그렇게 싸돌아다니는 것인가 하고 생각해 보았다.

직업과 아내를 갖지 않은, 서른일곱 살짜리 아들은, 노모의 온갖 종류의 걱정거리였다. 아들은 직장을 구할 생각, 아니 의지 없이 방구석에서 책을 읽거나 글을 쓰거나 아니면 아침에 한번 집을 나가 밤늦게나 돌아왔다. 귀가 후에도, 채 어머니가 볼멘소리로 토로하기 전에, 아직 안 주무셨어요, 어서 주무세요, 짧게 말을 건넨 후 자기 방으로 쑥 들어가 컴퓨터부터 켜기 일쑤였다. 서운하고 답답한 마음을 애써 달래며 어머니는 아들을 향해 말하곤 했다.

"저녁은 챙겨 먹었니?"

닫힌 방문 너머에서 희미하게 "네." 하는 소리가 흘러나오는 것이 고작이었다. 어머니는 골방에 폐거하는 글쟁이보다는 월급쟁이가 몇 곱절 낫다고 확신하면서도, 그래도 내 아들은 무엇을 하든 남보다 잘할 것이라고 혼자 마음을 다독거리곤 했다. 대학을 졸업하고도 또 먼 독일로 날아가 힘든 공부를 마치고 온 아들에게 변변한 일자리 하나 없는 현실이 도무지 믿기지 않았다.

구보는 다음 날 아침 침대에서 일어나지 못할 것 같다는 부질없는 공상에 빠져 좀처럼 잠들 수 없었다. 카프카의 소설 『변신』에 나오는 그레고르 잠자처럼, 흉측한 갑충으로 변신해 장갑차처럼 딱딱한 등을 대고 누워 가느다란 다리들을 허공을 향해 맥없이 허우적거리고 있을 것만 같았다. 서울 하늘 아래 그는 늘 혼자였다. 구보는 아파트 방 안에서 자신의 몸이 점점 굳고 있다는 기괴한 상상을 하곤 했다.

벽이 서서히 다가와서 눈을 두어 번 꿈벅거리다가는 천천히 물러서곤 하였다. (중략) 그때였다. 그는 서서히 다리 부분이 경직해 오는 것을 느꼈다. 그것은 우연히 느낀 것이었다. 처음에 그는 이 방에서 도망가리라 생각했기 때문에, 될 수 있는 한 소리를 내지 않고 살금살금 움직이리라고 마음먹고 천천히 몸을 움직이려 했을 때였다. 그러나 그는 다리를 움직일 수가 없었다.

—최인호, 『타인의 방』

구보는 사물이 인간화되고 인간이 물화(物化)되는 환각에 시달렸다. 자신을 짓누르는 모순과 부조리의 중압에 숨 막혔다. 몸과 정신이 딱딱해지고 납작해지는 것 같았다. 참을 수 없는 존재의 무거움!

이런 구보에게도 유일한 위안이 있었다. 그건 야심한 밤, 위층 집 방바닥에서 타전되는 어떤 불규칙적인 소리였다. 다른 사람들에게는 층간 소음이었을 이 소리에서 구보는 자신이 위층 사람과 연결되어 있음을 확인했다. 위층에서 들려오는 소리에서 인간의 온기 같은 걸 느꼈다. "석조 지하 감옥의 독방에 갇힌 죄수가 극단적인 고독 속에서 간수가 잠든 한밤중에 옆방의 다른 죄수에게 의사를 전달하는 신호처럼 느껴졌다."(최수철, 「소리에 대한 몽상」) 구보의 단절감은 깊었고 구보의 외로움은 뼈저렸으며 구보의 우울은 예민했다. 그런 만큼 구보는 더 자주 거리를 돌아다녔다. 여기저기 산보했다. 휴대 전화 회의론자였던 구보가 귀국 후 최신 스마트폰을 구입한 것도 견디기 힘든 외로움 때문이었다. 구보는 불 꺼진 방 안에서 스마트폰 액정 화면을 반딧불로 여겼다. 고독의 밀실을 희미하게 밝혀 주는 한 줌의 위안! 그러나 액정 화면도 접촉이 없으면 곧 사라졌다. 희망이 일소되는 데 10초면 충분했다. 물론 이런 쾌도는 반딧불로 별을 대적하는 꼴이지만, 그럼에도 구보는 밤마다 스마트폰을 애인 등 쓰다듬듯 세심하게 만지작거리곤 했다. 골방지기 구보에게 아파트는 소외의 밀실이자 고독의 서식지였다. 공허했고 권태로웠다. 구보는 자신의 사각 진 방을 "정확한 각도로 오려진 유배지"(심보선, 「속물의 방」)로 여겨 왔다. 침대에 누우면 구보는 종종 황지우의 시구를 되새겼다. "무위(無爲)는 내가 이 나머지 삶을 견딜 수 있게 하는 격(格)이랄까"(「살찐 소파에 대한 일기」). 빈들거리며 연신 하품을 해 댔다. "산책은 나의 종교, 하품은 나의 기도문"(심보선, 「삼십대」)이었다. 지엽적인 일에만 매달렸다. 방 안에서 구보는 로캉탱처럼 무의미하게 존재했다. 그냥 거기 있었다. 구보는 존재했지만 동시에 존재하지 않았다. 참을 수 없는 존재의 가벼움!

> 지금 내가 '나'라고 말할 때, 그것은 공허한 것 같다. 나는 이제는 더 분명하게 나를 느끼게 되지 않는다. 그만큼 나는 버림받고 있었다. 나의 내부에서 여전히 현실적인 것, 스스로 존재한다고 느끼는 존재인 것이다. 나는 조용히 긴 하품을 한다. 아무도 없다. 아무에게도 앙투안 로캉탱은 존재하지 않는다.
>
> ──장폴 사르트르, 『구토』

그랬다. 구보는 '참을 수 없는 존재의 무거움'과 '참을 수 없는 존재의 가벼움' 사이에서 참을 수 없게 외로웠다.

구보는 어머니가 차려 준 아침을 먹는 둥 마는 둥 하고 황급히 아파트 단지를 빠져나왔다. 그리고 큰길 가에 서서, 어머니에게 시원스럽게 "네!" 하고 대답 못 했던 자신의 어눌한 성격을 책망했다. 잠시, 어디로 갈까, 고민해 보았다.

"모두가 그의 갈 곳이었다. 한 군데라[도] 그가 갈 곳은 없었다."

그 순간 느닷없이 소설 속 문장이 눈앞에 어룽거렸다. 지난 주말 하도 하릴없이 심심하던 참에 서점에 갔다가 우연히 발견한 박태원의 단편 「소설가 구보 씨의 일일」이었다. 우선 주인공 이름이 자신과 똑같았고, 읽어 보니 처지마저 놀랍도록 닮아서, 그 자리에서 구입해 정신없이 탐독한 소설이었다. 현실과 허구의 담이 이렇게 허망하게 무너질 수도 있다니 하고 구보를 일순간 무르춤하게 했던 그 소설의 문장 하나가 기억난 것이다. 구보는 잠시 소설의 줄거리를 떠올렸다.

매사에 의욕을 갖지 못한 구보 씨는 동경 유학을 마치고서도 딱히 직업도 없고 결혼도 하지 못한 소설가였다. 소설가 구보 씨의 유일한 낙은 경성 시내 산책이었다. 어머니의 염려를 뒤로하고 그는 정오가 다 된 시간에 청계천 근처에 있는 집을 나와 화신상회, 조선은행, 장곡천정의 다방 낙랑, 남대문, 대창옥, 낙원정 등을 걷거나 전차로 이동하면서 하루 종일 배회하다가 새벽 2시에 집으로 돌아온다. 하루를 이렇게 공허하게 마감하면서 그는 좋은 소설을 쓰기로 결심한다.

무엇보다도 구보는, 소설가 구보 씨에게서 식민지 지식인의 고통스러운 자의식이나 민족주의적 열망보다는 현실에 편입되지 못한 예술가의 고독과, 도시의 일상에 대한 섬세한 관찰과, 행복한 삶에 대한 소시민적 욕망이 엿보여 좋았다. 소설가 구보 씨는 식민지 특유의 '골방 모더니즘'의 한계를 극복한 최초의 거리 산책자였던 것이다. 구보는 소설가 구보 씨의 이런 면이 마음에 들었다. 소설가 구보 씨는 구보보다 열 살 아래 청년이었다. 구보는 자기 나이를 잠깐 헤아려 보고, 자신의 철없는 배회와 중뿔난 방랑과 설익은 행동이 어머니의 속을 얼마나 시커멓게 태웠을지 반성하며 자신의 미숙을 원망도 했지만, 「소설가 구보 씨의 일일」 속의 이야기 세계로 잠입했다는 몽상에 젖어 그 힐난을 곧바로 망각했다.

> 이야기 속의 이야기 속의 이야기. 이야기가 어디서 끝나고 어디서 시작하는지 아무도 몰라! 현실에서는 모든 게 뒤섞이지. 책에서만 말끔하게 분리되는 거야.
>
> ──다니엘 켈만, 『명예』

이 세계가 길로 연결되어 있듯이 우주는 이야기의 끈으로 이어져 있으리라는 생각이 마음 한구석에서 일었다. 구보는, 지금 자신이 소설가 구보 씨의 다른 버전의 삶을 살고 있는지도 모른다고 생각했다. 소설가 구보 씨의 현실은 작가 박태원에 의해 창조된 허구의 이야기였다. 그 이야기 속의 이야기로 자신의 생이 편입되고 있다는 환상이 구보의 우울을 조금 달래 주었다. 8시쯤 집을 나선 자신이 소설가 구보 씨보다는 부지런한 인간이겠거니 하고 애써 위로하며, 구보는 버스 정류장으로 걸어갔다. 천천히 발걸음을 옮기며 구보는 속마음을 편지에 적어 소설가 구보 씨에게 부쳤다.

친애하는 소설가 구보 씨에게

안녕하세요, 저는 서울 영등포에 사는 구보입니다. 당신과 이름이 같습니다. 뿐만 아니라 성격과 처한 상황도 당신과 유사하다는 생각을 지울 수가 없군요. 당신이 주인공으로 살았던 소설을 읽은 후부터 당신의 현실과 연계된 '평행 현실'을 살고 있다는 몽상에 빠져 있습니다. 1930년대 경성의 당신과 2013년 서울의 나, 우리 두 사람이 80년 정도의 시차를 두고 유사한 삶을 사는 게 아닐까 하는 생각을 해 봅니다. 물론 완전히 같은 삶을 살 수는 없겠죠. 저에게 당신의 인생이 똑같이 반복될 수는 없을 겁니다. 헤어스타일도 다르고 나이도 제가 열 살이나 많습니다. 사회 문화적 상황도, 매체 환경도 많이 변했고요. 당신이 '정해 준' 운명과 내가 '창조하는' 운명이 부단히 길항하고 교호하겠죠. 저는 당신을 추수하지 않고 저대로의 삶을 살겠습니다. 당신의 적자가 아니라 서자로 살겠습니다. 당신과 친해지되 제 중심을 지키는 화이부동(和而不同)의 삶을 견지하겠습니다.

당신은 당신이 살아가는 현실에서 이렇게 고백했습니다. "한길 위에 사람들은 바쁘게 또 일 있게 오고 갔다. 구보는 포도 위에 서서, 문득, 자기도 창작을 위해 어디, 예(例) 하면 서소문정 방면이라도 답사할까 생각한다. '모데로노로지오'를 게을리하기 이미 오래다." 저는 당신이 소홀히 했다고 말한 '모데로노로지오(modernology)'를 한번 시도해 볼까, 즉 현대의 경향, 풍속, 세태, 유행을 탐구하는 고현학(考現學)을 공부해 볼까 합니다. 그러기 위해서 저는 당신이 하루 종일 경성의 거리를 걸었듯이 '지금 여기' 서울의 거리를 산책하며 사람들을 관찰하고 풍경을 읽어 내는 '도시 인상학자'가 되고 싶습니다. 우리와 비슷한 목적으로 파리를 산책한 벤야민은 『아케이드 프로젝트』에 이렇게 썼습니다. "공간은 거리 산책자에게 눈짓을 한다. 자, 내 안에서 어떤 일이 과연 일어났을까?" 저는 주로 거리를 걷되, 버스를 타고, 지하철을 타고, 택시도 타면서, 도시 서울을 해독할 수 있는 사소한 이미지의 파편들을 채집하려고 합니다. 당신이 살던 때보다 서울은 아주 넓어졌습니다. 특히 강남은 천지개벽했습니다. 부디 저의 서울 오디세이가 무모하다고 질책하지 말고, 경험 많은 도시 산책자로서 조언해 주세요.

당신은 그날 경성 산책을 마치고 집으로 돌아가며 "참말 좋은 소설을 쓰리라." 하고 결심했죠. 그동안 좋은 작품 많이 발표했겠네요. 어머님 바람대로 결혼은 했나요? 취직도 했겠죠. 당신이 골똘하게 경망하던 그 사소한 삶의 행복도 찾았으리라 확신합니다. 건필과 건승을 기원합니다.

구보 드림

영등포에서
숭례문까지

숭례문

서울역

용산

영등포 63빌딩

노량진

영등포 타임스퀘어

어디로 갈까 망설이는 찰나, 신세계백화점과 메리어트호텔 사이에 위치한 거대한 멀티플렉스 영등포 타임스퀘어가 구보의 눈에 들어왔다. 아직 개점하지 않은 이른 시간이라 주위는 한산했다. 구보가 사는 아파트, 즉 철근 콘크리트의 무지막지한 사각 덩어리가 '근대적'이라면, 철과 유리의 환상적인 조합으로 이루어진 타임스퀘어는 '포스트모던'했다. 타임스퀘어 전면을 장식한 유리들은 삶의 좌표를 잃고 헤매는 초라한 구보를 비웃듯 번쩍번쩍 빛났다. 유학을 마치고 귀국 후 집 근처에 새로 생긴 이 공룡 같은 건물과 처음 대면했을 때 구보를 엄습한 단어는 '눈부시다'였다. 7년 만에 돌아온 한국은 많이 변해 있었다. 화려해졌고 높아졌고 분주해 보였다. 삼성동 코엑스와 같은 멀티플렉스가 서울 곳곳으로 세포 분열을 하기 시작했다. 서울의 촌스러운 변방으로 내몰렸던 영등포도 예외는 아니었다. 강서 최대 상권으로 부각되면서 일대가 개벽했다.

구보는 가끔 타임스퀘어 2층에 넓게 자리 잡은 교보문고에 가서, 서가를 이리저리 배회하는 일로 소일하곤 했다. 타임스퀘어에 들어서면 천장과 전면부 모두 유리로 뒤덮인 450평 아트리움이 산책자를 먼저 맞이했다. 거대한 원형 철골과 유리로 이루어진 천장을 보면 마치 영화 「스타워즈」에 나오는 우주선을 탄 것 같은 기분이 들었다. 천장에 행성처럼 매달린 거대한 원구 세 개가 이곳이 쇼핑의 은하계임을 천명했다. 철의 견고함은 문명의 진보에 대한 강력한 확신을 대변했고, 유리의 광채는 눈부신 소비 자본주의의 이상을 상징했다. 특히 층층

영등포 타임스퀘어 아트리움의 천장

이 펼쳐지는 원형 아케이드의 세련된 곡선 라인이 장관이었다. 그곳
에 진열된 다양한 상품들은 사람보다도 더 영화를 누리고 호의호식했
다. 이곳은 아케이드가 건물과 건물 사이의 일자 통로에만 설치된다
는 구보의 통념을 깨뜨렸다. 쇼핑 시간을 단축하기 위해 아트리움을
가로지르는 구름다리를 설치한 것도 인상적이었다.

　안으로 더 들어가면 전형적인 직사각형 형태의 아케이드가 나왔
다. 매장들은 각각의 개성을 살리면서도 벽면에 아이보리색 띠를 일
관되게 사용해 통일된 윤곽을 유지했다. 아케이드는 다시 신세계백화
점, 메리어트호텔과 내부 통로로 연결되었다. 필요하면 언제든지 다른
자본과 합종연횡하고, 필요 없어지면 거두절미하는 것, 이 감탄고토

의 원리가 자본주의의 생리다. 구보는 쇼핑, 문화생활, 컨벤션, 식사, 운동, 숙박, 비즈니스를 한자리에서 모두 해결할 수 있는 멀티플렉스의 위용 앞에 상업 자본주의가 이렇게 밝고 깨끗하고 아름답게 진화할 수도 있구나 하고 경탄하기도 했다. 그러나 이 하이브리드 콤플렉스에 대한 놀라움은 곧 어지러움으로 바뀌었다. 특히 아케이드 내부를 혈관처럼 잇는 에스컬레이터들의 쉴 새 없는 움직임은 구보의 소비 욕망을 부추기기는커녕 오히려 구토를 유발했다. 요즈음은 익숙해져 덜하지만, 처음에는 징그러운 그리마처럼 수많은 다리를 부지런히 움직이는 이 "욕망의 철제 계단" 앞에서 멀미를 느끼곤 했다.

얼마나 빨리 가고 싶었으면
저렇게 무수한 다리가 달렸을까
기고 기어 오르는
욕망의 철제 계단
(중략)
가슴을
옆구리를
허벅지를 뚫고
자꾸자꾸 불어나는 다리들
머리 없는 그리마의
검은 그림자

——강기원, 「에스컬레이터」

구보는 이곳에서도 길을 잃기는 매한가지였다. 사위가 연결되어 있었지만 어느 한 곳도 그가 갈 곳은 없었다. 모든 것이 연결되어 있지만 서로 아무 관계도 없이 존재하는 부조리한 공간 같았다. 아무리 접고 접어도 부단히 계속되는 오르막길과 내리막길. 도대체 사람들이 올라가는 것인지 내려가는 것인지 구분이 가지 않았다. 일찍이 이상은 백화점의 생리를 묘사한 시 「건축무한육면각체 ─AU MAGASIN DE NOUVEAUTES」에서 백화점 계단을 오르내리는 사람들의 모습을 이렇게 표현했다.

위에서내려오고밑에서올라가고위에서내려오고밑에서올라간사람은
밑에서올라가지아니한위에서내려오지아니한밑에서올라가지아니한위
에서내려오지아니한사람

소비 욕망의 신기루로 가득한 아케이드 속에서 위와 아래, 벽과 바닥, 안과 밖의 경계는 가뭇없어졌다. 이 '상대성의 환상'이 구토를 유발했던 것이다. 타임스퀘어를 방문할 때마다 구보가 에스허르의 판화 「상대성」을 떠올린 이유는 여기에 있었다.

판화에서 맨 위 계단에 있는 두 사람은 나란히 움직이지만 한 사람은 내려가고 한 사람은 올라간다. 상품을 소비하려는 욕망 역시 위와 아래의 경계도 없고 처음과 끝의 구별도 확실치 않다. 욕망은 결코 채워지지 않는다. 그것은 계속해서 미끄러지며 반복해서 순환할 뿐이다. 욕망의 절댓값은 없다. 나의 욕망은 너의 욕망과 견주어 항상 조금 부족하거나 조금 더 많다. 너의 욕망은 나의 욕망과 비견해 늘 조

마우리츠 코르넬리스 에스허르, 「상대성」(1953)

금 많거나 조금 부족하다. 그래서 욕망은 늘 상대적이다. 나와 너에게 꼭 맞는 욕망은 없다. 이 욕망의 상대성이 쇼핑 아케이드의 에스컬레이터를 움직인다.

월급날에 대한 확신과 기대는 조금 더 예쁜 것, 조금 더 세련된 것, 조금 더 안전한 것에 대한 관심을 부추겼다. 그러니까 딱 한 뼘만…… 9센티미터만큼이라도 삶의 질이 향상되길 바랐다. 그런데 이상한 건 그 많은 물건 중 내게 '딱 맞는 한 뼘'은 없었다는 거다. 모든 건 늘 반 뼘 모자라거나 한 뼘 초과됐다. 본시 이 세계의 가격은 욕망의 크기와 딱 맞게 매겨지지 않았다는 듯.

—김애란, 「큐티클」

신세계백화점을 끼고 오른편으로 돌아 영등포역 방향으로 걸음을 옮기자 길 건너편에 영등포시장 안의 잿빛 콘크리트 건물들이 보였다. 오늘따라 더 남루했다. 진군해 들어오는 대형 아파트 옆의 무허가 판자촌처럼 초라해 보여 구보는 아침부터 씁쓸해졌다. 상대성의 원리는 공간과 공간 사이에서도 관철되고 있었다.

버스

나는 차 소리가 싫었다. 하지만 온몸으로 그 소리를 빨아들이고 있었다. 매일매일 도시를 들이마시고 있었다. 그것은 내 표정과 말투, 내장의 질서를 바꾸어 놓았다.

—김애란, 「벌레들」

구보는 영등포역 앞 버스 정류장에 섰다. 철골과 유리의 단출하고 실용주의적인 조합으로 만들어진 정류장 캐노피 아래 아침 햇빛이 무력하게 고여 있었다. 곧 시내로 가는 버스가 도착했다. 구보는 무작정 버스에 올라탔다. 이번에도 도심 한복판, 광화문 방향으로 가는 차였다. 요사이 교외의 '자연 속 위안'보다 도심의 '군중 속 고독'을 은밀히 즐겨 왔던 터였다. 물론 가장 위대한 잠언이란 자연의 신성 속에서 얻을 수 있음을 잘 알았다. 그러나 구보는 "나는 한동안 무책임한 자연의 비유를 경계하느라 거리에서 시를 만들었다. 거리의 상상력은 고통이었고 나는 그 고통을 사랑하였다."(「밤눈」 시작 메모)라던 시인 기형도처럼 이 속된 도시를 사랑했다. 아니, 이 속된 도시가 구보를 사로잡았다.

그 도시는 나를 사로잡고 놓아주지 않을 것처럼 보였어. 도시는 이미 한참 전에 참매의 먹이가 되어 사라진 내 탯줄을 움켜쥐고 있는 것 같았지.

──배수아, 『서울의 낮은 언덕들』

버스에 승차한 직후 구보는 정처 없는 나그네의 특권인 방외자적 자기도취에 살짝 달뜨기도 했지만, 그런 기분은 오래가지 못했다. 곧 짜증이 나기 시작했다. 출근길 정체가 미처 풀리지 않은 갑갑한 도로 위에서 버스의 운행은, 구보의 비효율적인 성격처럼, 지지부진했다. 도로 한가운데 뚫린 버스 전용 차선으로 접어들기 전까지 버스는 조금 달렸다가 오래 서 있기를 단조롭게 반복했다. 서울로 출퇴근하며 시를 썼던 김기택의 심정을 이해하기 충분했다.

앞에도 뒤에도 길을 잃은 차들 꽉 뗐고
그 차들에 가려 어떤 길도 보이지 않았다

어쩌다가 길이 아닌 이곳에 들어오게 되었을까

버스 안마다 역시 길 잃은 사람들 가득했고

어떻게 길을 찾아야 할지

붙박이 의자처럼 무뚝뚝하게

부릉 소리만 내는 버스와 함께 흔들리고 있었다

—김기택, 「막힌 차도에서」

만원 버스 안에서 구보는 중심을 잡지 못하고 휘청거렸다. 방향을 잃고 흔들렸다. 구보가 탄 버스도, 도로를 가득 메운 다른 차들도 모두 길을 잃은 듯 아득해 보였다. 힘겹게 도착한 정류장에서 몇몇 사람들은 황급히 내렸고 더 많은 사람들이 무뚝뚝하게 탔다. 버스 안의 승객들도 모두 길을 잃은 사람들처럼 활력을 잃고 무미건조하게 서 있었다. 서울 시내에, 행복에 이르는 길은 어디에도 없는 듯했다. 소설가 구보 씨의 고민을 되새긴 건 그때였다. "대체, 어느 곳에 행복은 자기를 기다리고 있을 것인가를 생각해 본다."(박태원, 「소설가 구보 씨의 일일」)

버스가 아예 멈춰 섰다. 도로 위 자동차들이 퍼즐 조각 같았다. "하느님이 자동차로 퍼즐 맞추기를 완성해 놓은 것처럼"(김중혁, 「크라샤」) 도로에 빈틈이 없었다. 서울의 주인은 거리를 활보하는 시민이 아니라 도로를 점령한 자동차라는 생각이 들었다. 대로를 차지한 것도 성에 차지 않았는지 인도마저 불법 주차장으로 만든 맹수 같은 차들이 표독스럽고 두려웠다. "서울은 자동차에 살해당한 도시다." 프랑스 사진작가 얀 베르트랑이 서울의 첫인상을 이렇게 단정한 것은 결코 과장이 아니었다. 거리를 점령한 자동차들의 굶주린 포효가 구보의 귓전을 때렸다. 멈췄던 차들이 제각기 성난 소음을 내며 다시 움직이기 시작했다. 미래주의자 마리네티는 질주하는 자동차를 보고 이렇게 열광했다.

우리는 새로운 아름다움, 다시 말해 속도의 아름다움 때문에 세상이 더욱 멋있게 변했다고 확언했다. 폭발하듯 숨을 내쉬는 뱀 같은 파이프로 덮개를 장식한 경주용 자동차, 포탄 위에라도 올라탄 듯 으르렁거리는 자동차는 「사모트라케의 니케」보다 아름답다.

──필리포 마리네티, 「미래주의 선언」

하지만 구보는 호도깝스럽게 내달리는 자동차의 굉음을 들으면 지레 겁부터 났다. 가다 서다를 지루하게 반복하는 이런 버스에 타면 조증과 울증을 번갈아 체험했다. 구보는 에펠 탑의 과학과 기하학보다 루브르 박물관에 전시된 니케 상의 우아한 고전미가 더 아름답다고 생각했다. 아주 잠깐 자신이 왜 진정한 아방가르드 예술가가 될 수 없었는지 헤아렸다. 탄력을 받던 버스가 움찔하고 멈췄다가 다시 출발했다. 도로를 가득 메운 차들이 포복을 하고 있었다. "서울은 날이면 날마다 유격전이다"(김승희, 「서울의 우울 2」). 군대에서 구보는 포복을 잘 못했다. 구보는 구보(驅步)도 환멸했다. 그래서 이름값 못한다고 타박을 듣기 일쑤였다.

프로젝트

오늘은 운이 좋았다. 구보 바로 앞에 앉아 꾸벅꾸벅 졸던 아주머니가 대방역 앞 정류장에서 허겁지겁 내린 덕분에 모처럼 앉아서 가는 호사를 누릴 수 있었다. 창가에 앉아 구보는 잠시 피곤한 눈을 감았다. 그러나 좀처럼 잠이 오지 않았다. 귀국 후 이런저런 책을 읽고 자료를 수집하며 은밀하게 품어 온 프로젝트를 어떻게든 실천에 옮기고 싶은 생각이 피로의 아성을 이겼다. 일상에서 구보는 하릴없이 우울했지만 프로젝트만 생각하면 그래도 열정이 솟았다. 프로젝트는 '대체 역사'적 발상으로 기획됐다.

1940년 9월 26일 밤, 나치의 박해를 피해 미국으로 망명을 시도하다가 국경 통과가 좌절되자 스페인 국경 마을 포르부에서 모르핀 주사로 자살한 독일 문예 비평가 발터 벤야민이 부활해서 2013년 서울의 거리를 하루 동안 산책한다면?

요컨대 구보는 도시 관상학자 발터 벤야민의 눈으로 '지금 여기'의 서울을 탐사하며 '서울 아케이드 프로젝트'를 작성하고 싶었던 것이다. 물론『아케이드 프로젝트』의 정치함과 웅대함에 비교하면 자신의 프로젝트가 조족지혈에 불과함을 잘 알았다. 천재 비평가 벤야민이 무려 13년간 붙들고 씨름한 '20세기의 가장 위대한 서사시'와 한국의 한 산책자의 무모한 시도를 맞견준다는 것 자체가 어불성설임은 두말할 나위가 없다. 그럼에도 둘 사이에 국경과 시간을 뛰어넘는 내적 연관성이 존재한다는 생각이 구보의 머릿속에 끈덕지게 붙어 있었다. 무엇보다도 자신의 시도가 자본주의 정신이 물질화된 도시를 취재

20세기 사상계의 최전선에 섰던 독일 문예 비평가 발터 벤야민

한 탐방기라는 점에서, 또한 도시 경험의 구체적, 사실적 이미지를 모은 선집이라는 점에서 벤야민의 『아케이드 프로젝트』와 일정 부분 통한다고 생각했기 때문이다. 벤야민이 19세기 자본주의를 해체한 다음 그 조각들로 자본주의 자체를 새롭고 낯설게 재구성하려 했듯이 구보는 그동안 읽고 수집했던 여러 가지 텍스트와 그림과 사진들, 그리고 이에 대한 분석과 해석을 한데 뒤섞어 서울판 아케이드 프로젝트를 작성하고 싶다는 조용한 야심을, 버스 안에서 품었다. 뱁새가 황새 따라가려다 가랑이 찢어지지 않길 기원할 따름이었다. 구보는 자기처럼 철없이 달려드는 후학들을 위해 벤야민이 메모해 놓은 프로젝트 수행 방법을 다시금 아로새겼다. 친절한 벤야민 선생님, 고마워요!

이 프로젝트의 방법: 문학적 몽타주. 말로 할 건 하나도 없다. 그저 보여 줄 뿐. (중략) 누더기와 쓰레기들을 목록별로 정리하는 것이 아니라 유일하게 가능한 방법으로 그것들의 정당한 권리를 찾도록 해 줄 생각이다. 즉 그것들을 재인용하는 것이다.

──발터 벤야민, 『아케이드 프로젝트』

적재적소에 잘 인용하는 것이 관건이다. 세상에 홀로 새로운 것은 없다. 기지의 텍스트를 새롭게 배치해 미지의 텍스트를 만드는 것이 중요하다. 이렇게 구보는 마음을 가다듬었다.

그리고 도시의 거리에서 이미지를 포착하려면 먼저 보는 법부터 배워야 한다는 점을 다시 상기했다. 이런 면에서 견자(見者) 릴케는 구보의 좋은 스승이었다. "나는 보는 법을 배우고 있다. 왜 그런지는 모르지만 모든 것이 내 안 깊숙이 들어와서, 여느 때 같으면 끝이었던 곳에 머물지 않고 더 깊은 곳으로 들어간다. 지금까지는 모르고 있었던 내면을 지금 나는 가지고 있다. 이제 모든 것이 그 속으로 들어간다." (라이너 마리아 릴케, 『말테의 수기』) 낯선 이국의 대도시 파리에 홀로 내던져진 스물여덟 살의 덴마크 시골 청년 말테가 처음 익힌 것은 자신의 눈으로 세상을 보는 법이었다. 새로운 인식의 빛에 비추어 세상을 재구성할 수 있는 '세계의 투시자'로 거듭나기 위해 젊은 무명 시인 말테는 부단히 시각을 벼리고 담금질했다. 이런 문제의식을 싹 틔운 말테의 현실 인식은 이렇게 요약된다.

사람들은 지금까지 어떤 진실한 것, 중요한 것도 보지 못하고, 인식도 못하고, 말하지 않았으며, 수많은 발명과 진보에도 불구하고 다만 삶의 표면에만 머물고 있었다.

—라이너 마리아 릴케, 『말테의 수기』

은행

대방동을 지나며 구보는, 이제는 고인이 된 오규원의 시 「대방동 조흥은행과 주택은행 사이」는 어디쯤일까 생각했다. 지금은 사라진 두 옛 은행 '사이'의 위치를 공상하는 자신의 사소함이 답답하게 느껴지기도 했다. 주택은행은 2001년 국민은행과 합병되었고, 국내 최초의 민간 상업 은행으로 출범한 조흥은행도 2006년 신한은행에 흡수 통합되었다. 예나 지금이나 자본은 관용의 미덕을 외면해야 생존했다.

조흥은행과 주택은행 사이에는 플라타너스가 쉰일곱 그루, 빌딩의 창문이 칠백열아홉, 여관이 넷, 여인숙이 둘, 햇빛에는 모두 반짝입니다.

대방동의 조흥은행과 주택은행 사이에는 양념통닭집이 다섯, 호프집이 넷, 왕족발집이 셋, 개소주집이 둘, 레스토랑이 셋, 카페가 넷, 자동판매기가 넷, 복권 판매소가 한 군데 있습니다. 마땅히 보신탕집이 둘 있습니다. 비가 오면 모두 비에 젖습니다. 산부인과가 둘, 치과가 셋, 이발소가 넷, 미장원이 여섯, 모두 선팅을 해 비가 와도 반짝입니다.

빨간 우체통이 둘, 학교 담장 밑에 버려진 자전거가 한 대, 동작구 소속 노란 소형 청소차가 둘, 영화 포스터가 불법으로 부착된 벽이 셋, 비디오 가게가 여섯, 골목에 숨어 잘 보이지 않는 전당포 안내 표지판과 장의사 하나, 보도블록 위에 방치된 하수도 공사용 대형 원통 시멘트관 쉰여섯이 눈을 뜨고 있습니다. 아, 그리고 ××↓↓↓표 가변 차선 표시등 하나도!

대방동 조흥은행과 주택은행 사이에는 한 줄에 아홉 개씩 마름모꼴로 놓인 보도블록이 구천오백네 개, 그 가운데 깨어진 것이 하나, 둘…… 여섯…… 열다섯…… 스물아홉…… 마흔둘……

—오규원, 「대방동 조흥은행과 주택은행 사이」 전문

구보는 유학 가기 전 이 시를 이렇게 분석했다.

"시인은 '대방동 조흥은행과 주택은행 사이'에 있는 여러 가지 사물들을 기계적으로 나열하고 있다. 비유적인 묘사를 포기한 채, 순전히 공간적 인접성의 구성 원리에 따라 시인의 시선이 가닿은 사물의 수를 세고 있을 뿐이다. 시인은 무엇에 주목하고 수를 세는가? 그것은 도시 공간에 산재한 현대 산업 문명의 다양한 부산물들, 즉 우리가 거리에서 흔히 볼 수 있는 가로수, 빌딩, 점포, 병원, 음식점, 술집, 안내 표지판, 보도블록 등이다. 하지만 관찰자의 관심은 그것들의 사회적 역할과 몫에 있지 않다. 단지 양에 초점을 맞출 뿐이다. 그러므로 이 시에서 문제가 되는 것은 대상의 내용적 특성을 따지고 묻는 '존재의 이유'가 아니라, 대상의 현상적 정황을 묻는 '존재의 증명'일 터다. 결국 이 시는 '있음' 자체가 한 편의 시가 될 수 있다는 시인의 확고한 믿음과, 개념화되기 이전의 세계를 있는 그대로 포용하려는 시인의 의도가 극단적으로 반영된 '날이미지'다."

구보는, 여기서 시 읽기를 그칠 때, 이 시에는 단지 도시 공간의 평범한 풍경만이 덩그러니 남게 된다고 생각했다. 그래서 구보는, 이 거리의 풍경 자체가 무엇을 함의하는지 고민해 보았다. 모든 가치를 경제적 효용 가치와 교환 가치에 통합하는 은행의 생리와 철저하게 숫자로만 명명된 사물들 사이에 어떤 연관성이 있지 않을까, 말하자면 강력한 물량주의로 우리 사회를 거미줄처럼 규율하고 통제하는 은행의 생리와 "개소주집이 둘, 레스토랑이 셋, 카페가 넷, 자동판매기가 넷, 복권 판매소가 한 군데" 하는 식으로 모든 것을 숫자로 치환하는 관찰자의 물화된 의식이 은밀히 맞물려 있는 것은 아닐까, 그렇다면 계산할 수 있는 숫자 안에 모든 것을 용해하는 자본주의의 원리가 우리 삶을 삶답지 못하게 만드는 요인은 아닐까 하고 생각의 꼬리를 계속 물어 나갔다.

구보에게 이 시가 각별한 것은, 이 시를 읽고 벤야민이 말한 '범속한 각성(profane Erleuchtung)'을 체험했기 때문이다. 범속한 각성은 가장 물질적이고 구체적인 현실 속에서 경험하는 인식의 트임이자 사유의 해방이다. 구보는 지극히 평범한 사실들이 나열된 풍경 속에서 인식의 상투성을 해체하는 모종의 변증법적 힘을 감지했다.

수수께끼 같은 것에서 그 수수께끼 같은 측면을 열정적으로 또는 광적으로 강조하는 것은 우리에게 별다른 도움을 주지 못한다. 오히려 우리는, 일상을 꿰뚫어 볼 수 없는 것으로, 그리고 꿰뚫어 볼 수 없는 것을 일상적인 것으로 인식하는 변증법적 시각의 힘으로, 그 비밀의 일상 속에서 재발견하는 정도로만 그것을 꿰뚫을 수 있다.

——발터 벤야민, 「초현실주의」

구보는 이 시에서 거대한 이데올로기나 현란한 언어유희를 발견할수 없었다. 이 시는 거리의 모습이 있는 그대로 그려진 사실적 이미지를 제공할 뿐이다. 그런데 이 사실적 이미지가 자동화된 인식에 신선한 충격을 가하고 있지 않는가?

구보는 서울의 거리에서 이런 날이미지를 채집하고 싶었다. 서울거리를 산책하며 이런 범속한 각성의 순간을 체험하고 싶었다.

노량진 수산 시장

구보의 머릿속에서 프로젝트에 대한 생각이 대강 정리될 즈음 버스는 노량진 수산 시장 앞을 통과했다. 불현듯 푸른색 아케이드 천장이기억났다. 시장과 그 옆 횟집 군락 사이의 통로를 연결하는 유리 지붕은 유독 푸른빛을 머금었다. 하늘로 올라간 긴 바다 같았다. 수산 시장의 고무 대야와 수족관 안에서 펄떡펄떡 요동치다 제 풀에 꺾여 한구석에 처박힌 활어들. 죽음의 도래를 무위(無爲)의 유영(遊泳)으로 승화시키는 수도사들. 곧 횟집 건물로 건너가 육신은 토막 나고, 뼈는발라지고, 살은 얇게 포 떠질 사형수들. 다시 푸른 바다로 돌아가고싶은 물고기들의 열망이 아케이드 천장을 푸르게 물들였다. 다시는 고향으로 되돌아갈 수 없다는 뼈저린 자각이 유리 지붕을 시퍼렇게 멍들게 했다.

올해 초 구보는 노량진 수산 시장에 들렀다가 횟집 간판에 쓰인 '용궁'이란 두 글자를 보고 실없이 웃었다. 노량진 수산 시장에서 권력을 움직이는 용왕은 청룡이 아니었다. 날 선 회칼을 움켜쥔 주방장이었다.

고시원

버스는 수산 시장을 통과해 노량진역 앞에 정차했다. 즉석 토스트, 컵 밥, 참치 주먹밥 등을 파는 노점상에서 아침을 간단히 해결하려는 젊은이들이 보였다. 전국 각처에서 뜨내기 보부상처럼 봇짐 하나씩을 짊어지고 모여든 젊은이들이 고시원 쪽방과 원룸텔을 전전하는, 신유랑 시대의 중심지. 얇은 베니어합판을 뚫고 침범하는 옆방의 알람 소리에 잠을 깨는, 저임금 근로자들의 거주지. 길바닥에는 단풍보다 화려한 학원 전단지들이 나뒹구는, 취업과 진학과 신분 상승 욕망의 격투장. 시험에 대해 떠도는 각종 정보와 루머들을 짙은 담배 연기 속에서 공유하는, 서글픈 청춘의 피난처. "합격해야 탈출할 수 있는 섬, '노량도'"(김애란, 「서른」). 여기가 바로 노량진이었다. 한 시인은 도시 속 외만섬 노량진 고시촌을 이렇게 노래했다.

어느 누가 손에 잡힐 듯한 금의환향을 마다하겠는가

한번 떠난 사람들은 다시는 돌아오지 않으며

웃음은 모두 증발해 버린

비린내 대신 짠 내만 가득한 동네

—조영석, 「노량진 고시촌」

구보는 웃음이 증발한 짠 내 나는 동네를 내다보며 '서울 고시원 203호'는 어디쯤 있을까 상상했다. 김미월의 단편 「서울 동굴 가이드」의 주인공이 살고 있는 서울 고시원 203호. 조잡한 인조 동굴 탐험관의 가이드로 일하는 그녀가 살았던, 창문이 없어 어둡고 환기가 안 돼 음습한 동굴과도 같은 골방을 그려 보았다.

벽에 걸린 옷걸이에서부터 창틀에 박아 놓은 못, 의자 등받이, 책상 모서리 할 것 없이 방 전체가 젖은 옷들로 뒤덮였다. 빨래의 습기 때문에 방 안의 공기가 눅눅하게 느껴졌다. 눈을 감고 머리 위로 팔을 뻗으면 어딘가 매달려 있는 종유석이 만져질 것도 같았다.

—김미월, 「서울 동굴 가이드」

203호의 그녀는 과연 고시원이라는 서울의 인조 동굴을 무사히 빠져나왔을까? 아니면 아직도 "마흔 명도 넘는 사람들이 일제히 갈고리 컬 자로 누워 있을 한밤의 고시원"에 누워, 천장에 얼룩진 쥐 오줌 자국을 바라보며 애써 잠을 청하고 있을까? 그녀의 직업은 가이드였다. 체험 학습을 위해 탐험관을 찾은 초등학생들에게 가짜로 만든 석순, 석주, 유석과 동굴 산호 등을 설명해 주는 가이드였다. 그런 그녀가 정작 자기 삶의 길은 찾지 못했다. 소설을 읽으며 마지막 문장이 의미 심장하게 다가왔다. "누군가 정답을 가르쳐 주는 사람이, 길을 안내해 주는 사람이 있으면 좋겠다고 나는 생각했다." 잠시 구보는 기도했다. 부디 그녀가 "미개방 동굴" 서울 고시원 203호에서 탈출해 5월의 햇살이 빛나는 서울 거리를 경쾌하게 활보하고 있기를. 평생직장, 자격증, 인생 역전을 꿈꾸는 노량진 고시촌 사람들도 언젠가는 이곳을 떠나게 될 것이다. 그때는 이들도 자신만의 삶의 길을 찾았기를, 구보는 바랐다.

산책자

김미월의 소설을 되새기며 구보는 서울 시내에서 자기만 길을 잃고 헤매는 것은 아니었구나 하고 잠시 안도의 숨을 내쉬었다. 그렇다면 내가 가야 할 길은 어디인가? 내게 길을 가르쳐 줄 길잡이는 누구인가? 내게 단테의 지옥과 연옥 여행을 안내한 로마 시인 베르길리우스가 되어 줄 사람은 누구인가? 다행히 구보에게는 롤 모델이 두 명 있었다. 박태원의 '소설가 구보 씨'와 발터 벤야민의 '산책자'. 구보는 두 사람을 합체해 보았다.

산책자 구보 씨!

그래, 한곳에 엉겨 붙어 허우적대지 말고 계속 움직이자. "세계에 붙지만 말고 세계를 타라/ 이것이 비밀이다"(최승호, 「반야왕거미」). 구보는 잠시 산책자의 함의를 짚어 보았다. 벤야민이 말하는 산책자는 부질없이 거리를 돌아다니며 볼거리를 훑기에 바쁜 구경꾼과 거리가 있다. 벤야민은 빅토르 푸르넬의 글을 인용하며 이렇게 설명했다.

> 산책자와 구경꾼 사이의 주목할 만한 차이. "하지만 산책자와 구경꾼을 혼동하지 않도록 하자. 둘 사이에는 미묘한 차이가 있다. 순수한 산책자는 항상 자기 개성을 충분히 확보하고 있다. 반대로 구경꾼은 외부 세계에 열광하고 도취되기 때문에 그들의 개성은 외부 세계에 흡수되어 사라지고 만다. 구경거리에 정신이 빼앗긴 구경꾼은 비인격적인 존재가 된다."
>
> ──발터 벤야민, 『아케이드 프로젝트』

길 위의 존재인 산책자는 군중이라는 집단에 편입되지 않는다. 산책자는 비록 거리의 대중과 함께 있지만 집단의 일부가 되기를 거부한다. 산책자는 도시의 대중과 함께 호흡하는 개성 있는 단독자이자, 도시의 유일무이한 유목민이다.

보들레르는 파리의 대로를 걷는 산책자를 가리켜 근대의 대도시를 형상화하는 예술가이자 시인이라고 명명했다. 보들레르의 후예인 벤야민의 산책자는 도시를 완보하면서 도시의 풍경 속에 잠재된 사유이미지를 수집하는 거리의 예술가, 즉 도시 관상학자다. "사유이미지는 일시적인 것이 응고되어 보존되는 문학적 스냅 사진이다."(그레임 질로크, 『발터 벤야민과 메트로폴리스』) 또한 벤야민에 의하면 산책자의 거주지는 자연 속 숲길이 아니라 도시의 거리와 상점과 아케이드와 카페다. 산책자에게 거리의 모든 것은 단순한 사물이 아니라 그 자체로 의미심장한 텍스트다.

거리는 산책자의 거주지가 된다. 산책자는 시민이 자신의 집에서 그러하듯 건물들의 외관에서 편안함을 느낀다. 산책자에게 빛나게 에나멜을 칠한 상점의 간판은 부르주아 살롱의 벽 장식과 유화처럼 좋은 것이다. 벽은 그가 자신의 노트를 내려놓는 책상이며, 신문 가판대는 그의 도서관이며, 카페의 테라스는 일이 끝난 후 가족을 내려다보는 발코니다.

—발터 벤야민, 『아케이드 프로젝트』

구보는 벤야민이 말하는 산책자가 될 자신도 없고 자격도 부족하다고 생각했다. 그럼에도 오늘은 산책자 행세를 한번 해 보기로 마음을 굳게 먹었다. 산책의 깊은 뜻은 잘 몰라도 도시를 산책하는 일만큼은 벤야민 못지않게 좋아했다. 구보는 베르톨트 브레히트의 「내가 좋아하는 것들」을 즐겨 읽었다. 책상 앞에 붙여 놓기까지 했다. 브레히트의 목록은 구보가 일상에서 좋아하는 것들과 거의 일치했다.

아침에 창을 열고 밖으로 내다보는 첫 눈길

다시 찾은 옛날 책

감격에 겨운 얼굴들

눈, 바뀌는 계절

신문

개

변증법

샤워, 수영

옛 음악

편한 신발

이해하기

글쓰기, 풀 심기

여행하기

노래하기

친절하기

구보는 이 목록의 끝에 한 가지를 추가해 적어 넣었다. 산책하기.

한강철교

버스가 한강대교로 들어섰다. 여전히 정체는 풀리지 않았다. 왼편으로 단선 철교 네 개가 나란히 놓여 있는 한강철교가 눈에 들어왔다. 20세기가 시작되는 1900년에 건설된 한강철교는 한강에 놓인 최초의 근대식 다리다. 녹색 삼각형 철골이 교차를 반복하면서 기하학적 역동성을 연출하는 긴 통로를 따라 KTX 열차가 서울로 들어가고 있었다. 마치 한강대교 위의 교통 정체를 비웃기라도 하듯이 기차의 꼬리가 날렵하게 시야에서 사라졌다. 구보는 어머니가 고향을 떠나 서울로 들어왔을 때 탔을 기차를 그려 보았다.

기차를 타고 처음 고향을 떠나올 때

한강철교를 지나던 기차 소리

철커덕철커덕 철커덕철커덕

가난한 어머니의 그 텅 빈 물결 소리

기차를 타고 한강철교를 지날 때마다

기차는 늘 푸른 강물이 되어

나는 그리운 고향의 강물 소리를 듣는다

—정호승, 「한강철교를 지날 때마다」

　구보의 아버지는 구보가 네 살 때 불의의 교통사고로 세상을 떠났다. 아버지와 어머니 모두 대구가 고향이었고 그곳에서 만나 결혼해 작은 한정식 집을 꾸려 가며 살았다. 남편과 사별한 어머니는 친정에서 외아들을 키우며 식당을 계속 운영하다가 구보가 초등학교에 입학할 때 서울 제기동으로 이사 와서 기사 식당을 열었다. 지금 사는 영등포 아파트로 집을 옮긴 것은 구보가 유학을 떠나던 해였다. 어머니는 제기동 기사 식당을 세놓고 영등포역 인근에 도시락 전문점을 냈다. 구보는 어머니가 기차를 타고 한강을 건너면서 들었을 "그 텅 빈 물결 소리"를 들어 보려고 했다. 그러나 소리는 들리지 않았다.

63빌딩

　한강철교 너머로 여의도 고층 빌딩의 스카이라인이 펼쳐졌다. 63빌딩이 단연 우뚝해 보였다. 1만 3400장에 달하는 특수 유리창이 아침 햇살에 황금처럼 번들거렸다. 그 옆에는 63빌딩보다 더 높게 지어진 서울 국제금융센터가 은빛 자태를 뽐냈다. 그러나 구보에게 63빌딩은 여전히 한국 근대화의 비장한 의지를 온몸으로 연출하는 상징이자, 자본 증식의 무한 욕망을 금빛으로 증명하는 불변의 랜드마크였다.

    63빌딩은 거대한 남근 숭배의 신앙이다 올림픽을 앞둔 1988년 이전의 한국인들은 어떤 종류의 번식을 바랐을까 소유의 확대를? 자본의 증식을? (중략) 어차피 자본주의의 탄생 자체가 리비도적 충동의 산물이라면 저 황금빛의 연출은 충분히 암시적이다

—함성호, 「63빌딩」

공간이 정치적이고 이데올로기적이라고 일갈한 사람은 앙리 르페브르였다. 시인이자 건축가인 함성호의 건축 사회학도 이에 동의했다. 1985년 완공된 63빌딩은 서울 올림픽 개최를 통해 한강의 기적을 세계만방에 공표하려 했던 제5공화국 신군부의 정치적 프로파간다였다. "아! 대한민국, 63빌딩은 제5공화국의 송덕비처럼 유유히 흐르는 한강을 바라보며 서 있다."(함성호, 『반하는 건축』) 동시에 63빌딩은 자본 증식을 향한 성적 리비도를 체현하는 오벨리스크였다. 63빌딩을 한국 자본주의의 욕망이 발기한 페니스로 상상하는 함성호의 도발 앞에 구보는 모종의 통쾌함을 느꼈다.

구보가 스마트폰에 저장해 두었던 사진 파일을 급히 찾아본 것은 바로 그때였다. 유학 시절 알게 된 덴마크 건축가이자 사진작가인 닐스 올레 룬의 합성 사진 작품 「건축의 패션」이었다. 철골과 유리를 씨

줄과 날줄로 엮어 만든 황홀한 드레스를 입고 허리에 손을 짚은 여인의 표정이 자못 도도해 보이는 사진이었다. 구보에게 63빌딩은 자본 증식과 축적의 욕망을 에로틱하게 자극하는 여인의 황금빛 실크 드레스로 보였다. 아! 대한민국, 63빌딩은 소비 자본주의의 여신처럼 유유히 흐르는 한강을 바라보며 서 있다.

국립중앙박물관

버스가 한강대교를 넘어 용산역 앞 정류장에 멈췄다. 역 옆에 자리 잡은 거대한 아이파크몰이 하얀 성벽처럼 보였다. 구보는 얼른 시선을 오른편으로 돌려 국립중앙박물관이 있는 쪽을 바라보았다. 보이지는 않았지만 심중에 저장된 이미지만은 오롯해졌다. 구보는 귀국 직후 찾아갔던 국립중앙박물관을 잠시 떠올렸다. 유리 천장으로 덮인 거대한 아케이드가 장관이었다. 한국에서 보기 드물게 아름답게 설계된 아케이드 구조물이었다. 경천사지 석탑이 우뚝 선 중앙 통로의 양편에 다층으로 펼쳐진 역사의 파노라마. 구석기 시대의 손도끼부터 고려의 청자, 조선의 회화, 근대의 사진에 이르기까지 우리나라의 역사와 삶, 그리고 예술이 층층이 전시되고 있었다. 천장의 유리창을 통과해 아케이드로 퍼지는 햇빛이 과거를 미래로 연결해 주는 가교처럼 느껴졌다.

타워 크레인

버스가 한강로를 달렸다. 전용 차선을 탄 버스는 제법 속도를 내기 시작했다. 개발 광풍에 휘말려 건물들이 신속하게 철거된 빈터에 드문드문 세워진 주상 복합 아파트가 사막에 불시착한 외계 우주선처럼 낯설어 보였다. 붉은색 페인트로 여기저기 커다란 X 자가 칠해진, 곧 허물어질 건물들의 남은 생이 비루해 보였다. "북적이는 시장 사람들의 소리를 들으며 지혜롭게 늙어 가던 포도나무는 철거 용역들이 함부로 휘갈긴 빨강 락카 스프레이 해골들만 득시글득시글 거리는 철거촌에서 포크레인에 찍혀 죽었다"(안현미, 「뉴타운 천국」). 굴삭기와 더불어 여기저기 서 있는 타워 크레인이 '뉴타운 천국'에 꽂힌 기형적인 외팔 십자가처럼 보였다. 거대한 콘크리트 성벽 사이에 파묻힌 가위손 같기도 했다.

한밤중에도 허리를 접지 않는 타워 크레인

내가 절망스러운 건
이 도시에선 누구보다도 먼저
저놈이
아침에 떠오르는 태양과 첫 입맞춤을 하리라는 것이다

아무리 부릅뜬 눈으로 새벽을 지킨다 해도
저놈이 허리를 곧추세우고 있는 한

나는 그저 놈이 흘린 햇살 조각이나 만지작거릴 수 있을 뿐

—박일환, 「타워 크레인에 대한 명상」

서울의 욕망을 온몸으로 대변하는 기중기가 바로 타워 크레인이다. 꼿꼿이 서 있던 타워 크레인이 허리를 굽히고 주저앉으면 욕망 하나가 축조된 것이고, 저놈이 다시 허리를 곧추세우면 또 다른 욕망이 발기한 것이다. 서울은 언제나 공사 중이다. 구보의 눈에는 "인간의 직립보다/ 타워 크레인의 직립이 더욱 위대"한 것처럼 보였다. 한진중공업에 정리 해고 철회를 요구하며 열 달 넘게 타워 크레인 위에서 고공 농성을 했던 여인의 검게 그을린 얼굴이 생각났다. 그녀가 떠오르는 아침 태양과 첫 입맞춤을 했을 시간을 생각했다. 그녀의 키는 타워 크레인보다 훨씬 작았지만 더 나은 삶에 대한 그녀의 의지는 철탑의 키를 훨씬 능가했다.

용산 남일당

구보가 탄 버스는 희망버스가 아니었다. 노선버스였다. 버스 창밖으로 2010년 철거된 남일당 터가 순식간에 스쳐 지나갔다. 권력과 자본의 화친이 남긴 상흔의 땅. "진정한 기억들은 어떤 사실을 보고한다기보다는 그 기억들이 떠오르게 된 바로 그 장소를 표시해야 한다." (『사유이미지』)라는 벤야민의 말을 떠올리자 구보의 입에서 얕은 탄식이 새어 나왔다. 남일당 망루에서 펄럭거리던 깃발은 사라졌지만 남

일당 터는 여전히 묻고 있었다. 오늘날 시는 왜 존재하며 도대체 무엇을 할 수 있는가? 프리드리히 휠덜린의 시구를 빌려 표현하면 "궁핍한 시대에 시인은 무엇을 위해 존재하는가?"(「빵과 포도주」)라는 물음을 웅변하고 있었다. 구보에게 남일당 터는 예술과 윤리, 미학과 정치의 관계를 성찰하게 하는 장소의 정령(genius loci)이었다.

구보는 시인 송경동의 분노를 생각했다. 분노를 통해 시의 윤리는 가장 정직하고 첨예하게 표출된다. 분노는 저항의 파토스(문제의식)를 시의 에토스(윤리 의식)로 가감 없이 직결하는 매체다. 타락한 세상의 불의에 대한 가장 직접적인 자기 고백, 즉 시인의 심장에서 들끓는 부정한 사회에 대한 주체할 수 없는 적개는 시적 '실천 이성'의 가장 효과적인 발화 형식이다. 한국 사회의 대표적 참극으로 기록될 용산4가 남일당 진압 사태 앞에서 시는 에둘러 갈 여유가 없었다. 용산 참사 현장 앞에서 빼어난 시어를 찾거나 은유와 비유와 상징의 잉여로 시를 장식할 틈이 없었다. 눈앞에서 자행되는 구체적인 불의 앞에 추상적인 언어유희를 용인하기에는 사태가 너무 절박했다. 시인의 양심과 윤리가 시적 상상과 감각을 부득불 앞서야 하는 비상 상황에 직면한 시업(詩業)은 불우했다.

불에 그을린 그대로

150일째 다섯 구의 시신이

얼어붙은 순천향병원 냉동고에 갇혀 있다

(중략)

이 냉동고를 열어라

이 냉동고에 우리의 용기가 갇혀 있다

이 냉동고를 열어라

이 냉동고에 우리의 권리가 묶여 있다

이 냉동고를 열어라

이 냉동고에 우리 자식들의 미래가 갇혀 있다

이 냉동고를 열어라

이 냉동고에 우리 모두의 것인 민주주의가 볼모로 갇혀 있다

이 냉동고를 열어라

이 냉동고에 우리 모두의 소망인

평등과 평화와 사랑의 염원이 주리 틀려 있다

이 냉동고를 열어라

거기 너와 내가 갇혀 있다

—송경동, 「이 냉동고를 열어라」

소박하게 생존권을 요구하며 최소한의 저항을 펼치던 평범한 시민들을 체제 전복을 기도하는 불온한 테러리스트로 왜곡하는 세상 앞에서, 개발 이익과 시세 차익에 눈먼 광포한 자본 증식의 탐욕 앞에서, 그리고 공권력에 의해 적군처럼 살해당하고 쓰레기처럼 소각된 양민들의 시신 앞에서 시는 경악을 금치 못했다. 동시대의 비극 앞에 '직설의 윤리학'을 관철할 도리밖에 없었던 것이다.

송경동의 분노에 찬 절규는 구보의 마비된 양심을 뒤흔들었다. 구보는 자문했다. 나에게 냉동고를 열 용기가 있는가? 구보는 좀처럼 분노하지 못하는 자신의 무책임한 소시민성과 권태와 신경 쇠약을 한없

이 책망했다. 소설가 구보 씨의 '약한 기질'을 대물림받은 것 같아 씁쓸했다.

문득, 자기는, 혹은, 위선자나 아니었었나 하고, 구보는 생각하여 본다. 그것은 역시 자기의 약한 기질에 근원할 게다. 아아, 온갖 악은 인성의 약함에서, 그리고 온갖 불행이…….

—박태원, 「소설가 구보 씨의 일일」

구보는 점차 멀어지는 남일당 터를 뒤돌아보았다. 자꾸만 자신이 부끄러웠다. 재벌의 불도저에 내밀려 열심히 일군 '낙원구 행복동'에서 쫓겨난 '난장이가 쏘아 올린 작은 공'(조세희)이 남일당 터에서 위태롭게 튀어오르는 모습이 어렴풋이 보인 것 같았다.

서울역

전용 차선으로 제법 빠르게 달리던 버스가 서울역 앞에 정차했다. 대한민국 수도 서울의 관문, 경부선과 경부 고속 철도, 경의선의 시종착역, 수도권 지하철 1호선과 4호선의 환승역. 옛 서울역사가 대중과 예술이 자유롭게 소통하는 문화 예술 공간 '문화역서울 284'로 리모델링되어 아름답게 환골탈태했다면, 그 옆에 새로 지은 역사는 거대한 쇼핑몰이 입점한 소비 공간으로 그로테스크하게 재편되었다. '서울역'이라는 푸른색 글자보다 '롯데아울렛'이라는 붉은 글자가 더 크

고 화려했다. 서울역이 아니라 롯데아울렛역처럼 보였다. 이즈음 서울의 진면목을 압축한 이미지였다. "대형 의류 쇼핑몰이 압도하는 신촌 역사가 그렇고 매머드급 전자 상가와 극장이 먼저 시선을 장악해 버리는 용산역사가 그렇고 대형 쇼핑몰의 보조 기구처럼 전락해 버린 영등포역사가 그렇고, 청량리역 또한 자본의 거대한 쇼핑몰 사이에서 엉거주춤 들어앉은 꼴이 되고 말았다."(정윤수, 『인공 낙원—현대 도시 문화와 삶에 대한 성찰』) 오늘날 서울역은 소설가 구보 씨가 낭만적인 여행의 출발점으로 동경하던 경성역과는 너무 다르게 진화했다. 출발과 도착이라는 정거장의 역할 이외에 부차적인 기능이 너무 많이 입점했다. 소설가 구보 씨가 느꼈을 여행의 행복을 맛보기에는 역사가 너무

상업화됐다. 추억을 담기에는 역사가 너무 자동화됐다.

새로 지은 역사는 이상한 우주 정거장처럼 보였다. 철마를 타고 철과 유리로 만든 플랫폼에 내려 다시 철골과 유리가 합작한 거대한 아케이드 로비를 통과해 철과 유리의 도시 서울로 들어오는 사람들. 역사에서 흘러나온 사람들이 지하로 쪼개져 들어갔다. 들어가서는 어디론가 사라졌다. 서울이라는 도시에서 누릴 욕망의 익명성에 감사하는 듯 보였다. 지하철과 버스와 택시에서 내린 사람들이 역사로 들어갔다. 들어가서는 어디론가 사라졌다. 서울이라는 도시에서 채울 수 없었던 신기루 같은 욕망을 환멸하는 듯 보였다. 불나방 떼처럼 서울로 모였다가 삼상(蔘商)처럼 전국 각지로 흩어졌다. 나타났다 사라지고, 가뭇없어졌다가 오롯해지는 군중의 행보처럼 구보의 머릿속에 김승옥의 단편 「서울, 1964년 겨울」의 한 문장이 이리저리 출몰했다.

서울은 모든 욕망의 집결지입니다. 아시겠습니까?

1964년과 2013년, 서울역의 풍경은 많이 변했을지 몰라도 서울역의 본질은 하나도 변한 것이 없었다.

숭례문

곧 출발한 버스는 숭례문을 왼편으로 돌아 태평로로 진입할 참이었다. 2008년 방화로 소실된 후 약 3년간의 복구 공사를 마치고 새 모습을 드러낸 국보 1호 숭례문. 비록 '한양의 정문'을 관통하지는 못했지만 이제야 비로소 소설가 구보 씨가 산책한 서울에 입성한 기분이 들었다. 숭례문 뒤편으로 '남대문 수입 상가'라고 쓰인 간판이 얼핏 보였다 사라졌다. 순간 숭례문의 이미지와 남대문시장의 이미지가 극적으로 조우해 낯선 이미지가 생성되었다. 구보는 숭례문의 우진각 지붕 위에 화려한 날개를 단 마네킹 천사, 즉 '남대문 천사'가 서 있는 환영을 보았다. 빔 벤더스 감독의 영화 「베를린 천사의 시」 가운데 가장 인상적인, 천사 다니엘이 베를린 전승 기념탑의 꼭대기에 서 있는 승리의 여신상 어깨에 걸터앉아 세상을 바라보는 장면과 이 장면을 유쾌하게 패러디한 유하의 「남대문 천사의 시」가 이 낯선 이미지를 연출한 감독이었다. 벤야민의 통찰은 옳았다. "이미지란 과거의 것이 지금과 함께 갑작스럽게 하나의 형세를 이루는 것이다."(『아케이드 프로젝트』)

나는 남대문 패션을 주도해 온 사진 모델의 여왕

하루에도 수백 벌의 옷을 입어야 했지요,

하니, 미네르바, 이쁜여우, 미스터, 누네띠네……

상표 속엔 내가 있고, 사람들은 내 모습을 즐겨 입었어요

(중략)

옷들은 새로운 패션을 향하여 더욱 빠르게 질주해 가고

(사진 발명 이전의 패션에도 스피드란 게 있었을까요?)

난 차츰 숨이 차기 시작했어요

줄어드는 옷 입기와 텅 비어 가는 주머니…… 난 알았어요

난 그저 옷의 포즈를 위해 만들어진 플라스틱 천사,

수천의 옷들이 나를 입어 볼 뿐이었다는 걸

옷들은 하나둘 나를 떠나가고 아, 인형이 추워요

내게 남은 건, 옷들이 날 골라 주길 바라는 몸 시린 욕망뿐

— 유하, 「남대문 천사의 시」

욕망의 적나라한 나신(裸身)은 '서울의 정문' 위에 서서 우울한 포즈를 취하고 있었다. 베를린 천사는 인간의 존재론적 고통을 이해했고, 남대문 천사는 인간 욕망의 작동 원리를 간파했다. 베를린 천사는 인간을 연민했고, 남대문 천사는 인간을 원망했다. 욕망의 도시 서울의 진앙으로 진입하며 구보는 영화 「베를린 천사의 시」에 나오는 페터 한트케의 시구를 가만히 읊조렸다.

옛날에는 인간이 아름답게 보였지만

지금은 그렇지가 않다

옛날에는 천국이 확실하게 보였지만

지금은 상상만 한다

(중략)

산에 오를 땐 더 높은 산을 동경했고

도시에 갈 때는 더 큰 도시를 동경했는데 지금도 역시 그렇다

— 페터 한트케, 「아이의 노래」

오 서울이여! 싫든 좋든, 구보는 도시를 동경했다. 그 순간 스마트

폰 진동이 감지됐다. 어머니가 보낸 문자 메시지였다. '점심 맛나느거 먹고 일찌 드러와라 사라하는 아들'. 이 짧은 문장을 보내기 위해 잘 보이지 않는 눈과 더딘 손으로 얼마나 집중해 자판을 눌렀다 지웠다 했을까 하는 마음에 구보는 울컥했다. '라'와 '하' 사이에 빠진 자음 하나를 채워 넣으며 구보는 긴 한숨을 내쉬었다. 구보는 단 한 번도 어머니에게 사랑한다는 말을 하지 못했고 어머니로부터도 단 한 번도 사랑한다는 말을 듣지 못했다. 문자 메시지가 갖는 가장 아름다운 기능은 소리 내어 표현하기 힘든 말을 표현하게 해 주는 용기가 아닐까. 구보는 '네' 하고 스마트폰 자판을 재빨리 터치한 후, 한참을 주저하다가 용기를 내어, 아니 죄송한 마음에, 덧붙였다. '사랑해요'. 생애 최초로 어머니에게 사랑한다는 말을 고백한 사건이 오늘 외출의 첫 수확이 아닐까, 구보는 생각했다.

통인시장　경복궁

2

경복궁에서
서울광장까지

광화문광장
세종문화회관

청계광장

서울시청
플라자호텔

경복궁 근정전 회랑

새로 지은 궁전도, 새로 높인 판자와 벽돌도,

오래된 교외도, 모두 내게는 알레고리가 된다

—샤를 보들레르, 「백조」

도성(都城)의 관문을 스쳐 지나 서울의 심장에 근접할수록 달리는 버스의 맥박도 빨라졌다. 광화문 정류장에 버스가 멈추자 구보는 천천히 내렸다. 9시 30분이 다 되었다. 대대적인 복원과 정비를 마치고 기품 있는 자태를 드러낸 광화문 앞에 앉아 서울을 지키고 있는 해태가 익살스러운 웃음으로 구보를 맞이했다. 북한산, 북악산, 인왕산을 자신의 경관으로 넉넉히 품어 안은 경복궁의 앉음새는 언제 봐도 조선 왕조의 정궁(正宮)답게 지엄 있어 보였다. 구보는 느린 걸음으로 광화문과 흥례문을 연이어 통과한 후 금천을 가로지르는 영제교를 건너고 근정문을 지나 궁궐의 심장인 근정전 앞마당 박석 위에 섰다.

이른 오전이었지만 왕의 집무 공간인 근정전은 국내외 관광객들로 북새통을 이루고 있었다. 여기저기서 사진을 찍기 바빴다. "사람과 사람 사이에 카메라가 있었다"(이문재, 「제국호텔―인도에서 소녀가 오다」). 포즈를 취하는 관광객들이 자기 노출증 환자처럼 보였다. 도시 경관이 획일화될수록 차별화된 도시 이미지를 제공하는 역사 도심이 그만큼 더 중요성을 획득하는 건 당연지사였다. 오늘날 궁궐과 같은 역사 도심은 본래의 역사적 의미보다는 도시 이미지를 홍보하기 위한 관광문화 상품으로 기능하는 것은 아닐까.

경복궁 근정전 회랑

듬직한 월대 위에 자리 잡은 근정전 내부의 화려한 어좌(御座)는 구보의 관심사가 아니었다. 구보는 근정전 일곽을 둘러싼 한적한 회랑을 걷기 시작했다. 길게 두 줄로 나열된 나무 기둥 위에 지붕이 덮인 근정전 회랑을 한국 아케이드의 원형으로 여겨 온 터였다. 계인문에서 바라본 동쪽 회랑은 원근법의 대가 알브레히트 뒤러의 그림보다 더 아름답게 원근감을 재현했다. 풍치가 그윽했다. 고색창연했다. 구보는 서양 아케이드의 전형으로 인정받는 튀니지의 카이루안 이슬람 사원 회랑과 견주어도 전혀 뒤지지 않는다고 자부했다.

그러나 회랑의 아름다움에 대한 감상은 곧 슬픔으로 바뀌었고 다시 울분으로 전화되었다. 원래 근정전을 사면에서 에두른 네 통로 중 남쪽은 행랑이었고 나머지 셋은 행각이었다. "행각은 칸을 막고 문을 낸 사무실이나 곳간 따위의 부속 시설이 있던 곳이고, 행랑은 통로로 삼은 회랑이다. 회랑은 월랑이라고도 하는데, 칸막이 없는 통로다."(양택규, 『경복궁에 대해 알아야 할 모든 것』) 그런데 지금은 사면이 모두 회랑으로 되어 있었다. 사무실과 창고를 헐어 행각을 행랑으로 바꾼 건 조선 총독부였다. 1915년 일제는 한국의 강제 병합 5주년을 기념해 '조선 물산 공진회'라는 대규모 산업 박람회를 경복궁에서 개최했다. 병합의 정당성을 합리화하고 이른바 '조선의 진보와 발전'을 공표한다는 명목으로 박람회를 개최하면서 경복궁 내 수많은 건물을 허물고 훼손해 전시 공간으로 개조했을 뿐만 아니라 궁궐 내에 심세관, 농업분관, 특설관, 참고관, 요업관, 미술관 등을 새로 건립했다. 박람회에는 한반도 안에서 생산된 물품 외에도 조선인에게 필요하다고 여겨진 일본산 제품과 외국 수입품 중 판로 확장 필요성을 인정받은 물품들이 전시되었다. 우리 민족이 상대적으로 열등하다는 인식을 심어 주려는 의도였다.

이 과정에서 조선 총독부는 경복궁의 정전인 근정전을 물산 공진회 본부로 사용했고, 행각의 칸막이를 모두 철거해 회랑 형식의 전시 공간을 만들었다. 구보가 걸은 회랑에는 경판과 석판, 비석 등 당시 전국 사찰에서 끌어 모은 불교 유물이 주로 전시되었다. 유교를 국시로 삼았던 조선을 농락하기 위한 야비한 술책이었다. 구보는 일제가 무자비하게 찬탈한 국보급 문화재들을 한갓 진기한 볼거리로 전락시킨 회랑을 관람해야만 했던 민족의 굴욕을 생각했다. 슬펐다. 근정전 옥좌에 앉아 박람회 개회식을 선포한 데라우치 총독이 내외 귀빈과 함께 회랑을 거니는 모습을 상상했다. 치가 떨렸다. 구보는 결론을 내렸다. 경복궁 근정전 회랑은 치욕의 역사가 진열된 고궁의 아케이드다.

이렇게 구보는 회랑을 천천히 거닐면서 망각된 역사의 이미지가 돌연 섬광처럼 깨어나는 것을 체험했다. 19세기 파리의 아케이드가 자본주의 상품 물신이 기거하는 신전이었다면 일제 식민 치하에서 경복궁 근정전 회랑은 제국주의의 망령이 암약하는 무대였다. 벤야민은 이와 같은 예기치 못한 사유이미지의 돌출을 '변증법적 이미지'라고 불렀다. "과거는 자신의 빛을 현재로 던지지 않으며, 현재는 또한 자신의 빛을 과거로 던지지 않는다. 이미지는 그때가 번개처럼 지금과 하나의 구도로 회동하는 것이다. 다른 말로 표현하면 이미지는 정지 순간의 변증법이다."(『아케이드 프로젝트』) 경복궁 근정전에서 사유한 내용을 정리하면 대강 이랬다. 변증법적 이미지는 과거와 현재의 자장(磁場)뿐만 아니라 아름다움과 추함의 길항에서도 발생한다. 근정전 회랑의 고풍스러운 아름다움 속에 숨겨진 제국주의적 신화의 추함을 폭로하는 작업이 도시 관상학자의 임무다. "관상학적 독해는 결을 거스르는 빗질이다. 관상학적 독해는 비판적으로 가면을 벗겨 내는 행위다. (중복) 관상학자는 사물의 외양에 숨어 있는 사물의 진실을 드러내야 한다."(그레임 질로크, 『발터 벤야민과 메트로폴리스』) 구보는 알레고리의 시선으로, 낯선 시각으로, 산책자의 시선으로 대상을 관찰하는 작업의 중요성을 새삼 곱씹으며 경복궁을 천천히 빠져나왔다.

통인시장

 구보는 경복궁 옆 통인동에 위치한 통인시장 쪽으로 걸어갔다. 남대문시장과는 비교가 안 될 정도로 작은 시장이지만 그곳에 설치된 아케이드가 아름답다는 얘기를 들은 적이 있었다. 시장 입구에 이르자 도리에 서까래를 걸치고 그 위에 유리 지붕을 얹은 시장 대문이 눈에 잡혔다. 옛것과 새것 사이의 중도를 지키려고 노력한 흔적이 역력했다. 안쪽을 들여다보니, 미로 같은 다른 시장과 달리 길 양편으로 점포들이 가지런히 늘어서 있었다. 쇠락해 가는 재래시장을 살리기 위한 환경 개선 사업의 일환으로 통로 위에 설치한 투명 플라스틱 가설 지붕은 한국의 환경에 맞게 변형된 아케이드의 모습이었다. 아케이드란 "대도시 상업 지역 가운데 일정 거리의 가로에 전문 상가를 세운 뒤 천장을 유리로 덮은 건축 형식 혹은 판매 형식"(임석재, 『서양 건축사 5 — 역사 기술 인간』)을 지칭한다는 일반적인 개념과도 부합되었다. 거리를 안전한 실내로 포섭하려는 아케이드의 목적은 통인시장 아케이드에서도 관철됐다. 그러나 차이는 엄존했다. 원래 아케이드는 부르주아의 영토였다. 파리 아케이드의 쇼윈도는 생필품보다 유행하는 신제품이나 화려한 사치품이 대부분을 차지했다. 발터 벤야민은 1852년 파리 가이드북에 실린, 아케이드에 대한 아래와 같은 정의로부터 연구를 시작했다.

 "산업적 사치의 새로운 발명품인 아케이드의 지붕은 유리이며, 대리석으로 마감된 통로가 전체 건물을 관통한다. 아케이드의 소유자는 그러한 투기에 합의했다. 위에서 빛이 떨어지는 통로의 양편에는 우아한 가게들이 줄지어 있다."

——발터 벤야민, 『아케이드 프로젝트』

통인시장의 지붕은 플라스틱이고 바닥은 아스팔트였다. 레스토랑 대신 기름 떡볶이집과 반찬 가게들이 들어서 있었다. 골목형 재래시장인 통인시장 아케이드는 서민의 땅이었다. 그러나 구보는 이 촌스러운 아케이드에서 왠지 모를 편안함을 느꼈다. "오세요, 맛 좀 보세요!"라고 외치는 아주머니의 목소리가 정겹게 들렸다. 그러나 시장 상인들의 고단한 움직임과 주름진 얼굴이 보였을 땐 애잔해지기도 했다. 백무산이 장터에 목도한 것을 구보도 엿본 탓이었다.

졸음의 무게가 더 많이 담긴 무더기들
더 잘게 나눌 수 없는 말년의 눈금들
더 작게 쪼갤 수 없는 목숨의 원소들
부스러기 땅에서 간신히 건져 올린 노동들
변두리 불구를 추슬러 온 퇴출된 노동들

——백무산, 「예배를 드리러」

시장 입구 쪽으로 되돌아 나왔을 때, 구보는 "변두리 불구를 추슬러 온 퇴출된 노동들"의 실체를 목도했다. 그건 분명 한 마리 인어였다.

해변에서부터 너무 멀리 와 버린 것일까.

암초 위에 앉아 젖은 머리를 말리며 듣던 노래
더 이상 들리지 않고.

지상의 물기를 모조리 핥아 먹는 여름
쨍쨍한 정오의 태양을 온몸으로 짊어진 채
인어 한 마리 눅눅한 아스팔트 위를 기어가고 있다.
목소리를 내어 주고 얻은 것은 무엇이었나,
인어는 다만 제 꼬리를 고무로 바꾸었을 뿐.
힘차게 한번 펄떡일 힘도 없이 꼬리는
까맣고 끈적거리는 비늘을 녹이며 추진력을 얻는다.
칼날을 밟는 아픔을 참느라
고개 숙인 인어의 얼굴은 일그러져 있다.
인어가 앞세운 녹슨 카세트에서
기쁨과 축복의 노래가 가난하게 흘러나온다.
지느러미처럼 생긴 손바닥 위에 소쿠리를 얹은 채로
인어는 지상에서 살기 위해 구경거리가 된다.

—조영석, 「인어」

구보의 머릿속은 상충되는 이미지들의 격돌로 돌연 팽팽해졌다. 생명의 바다와 불모의 지상, "암초 위에 앉아 젖은 머리를 말리며" 불렀던 로렐라이의 노래와 "녹슨 카세트에서" "가난하게 흘러나"오는 복음 성가, 황금빛 비늘로 화려하게 번쩍이는 인어 공주의 싱싱한 하반신과 "한번 펄떡일 힘도 없이" "까맣고 끈적거리는 비늘을 녹이며 추진력을 얻는" 인어의 고무 꼬리. 동화 속 인어가 내뿜는 신비한 아름다움과 세속 도시의 저잣거리에서 구걸하는 장애인의 남루함이 극적인 대비를 이루며 충돌했다. 비정한 거리를 온몸으로 포복하며 "칼날을 밟는 아픔을" 참고 견디는 이 인어가 꿈꾸는 유토피아는 어디일까? 인어는 지상의 속박에서 벗어나 다시 바다를 유영할 수 있을까? 구보는 인어가 바다로 돌아가기를 기원하며 소쿠리에 1000원짜리 지폐 한 장을 놓았다. 생의 비루함이란 무엇일까. 구보는 통인시장 아케이드를 빠져나와 광화문 광장으로 걸어가며 생각했다. 통인시장 아케이드에는 검은 꼬리 인어가 노래하고 있다. 푸른 바다로 가기 위해.

광화문광장

현대 건축사는…정치적 신념의…시녀가 아니면, 천재적인…

건축가들의…환상일 뿐……

———함성호, 「근대 건축은 왜 망했는가」

최인훈은 소설 『광장』에서 이렇게 썼다. "사람들이 자기의 밀실로부터 광장으로 나오는 골목은 저마다 다르다. 광장에 이르는 골목은 무수히 많다." 구보는 이렇게 아파트 방 안에서 광장에 이르렀다.

구보는 광화문에서 광화문 사거리와 청계광장으로 이어지는 세종로 중앙에 조성된 광화문광장을 왼편으로 바라보며 걸었다. 2009년, 그러니까 구보의 유학 시절 개장한 광화문광장은 폭이 좁아 세종로를 가르는 거대한 중앙 분리대처럼 보였다. 대로 가운데 긴 섬처럼 놓인 광장으로 가려면 횡단보도를 건너야 했지만 그럴 '관광의 의지'가 구보에게는 없었다. 도로의 소음과 매연을 뚫고 팽이버섯 모양의 물줄기를 뿜어 올리는 광장 분수의 '생의 의지'가 제법 의연하고 또 처량해 보였다.

정부종합청사 앞을 지나 세종문화회관 앞에 이르자, 광장 한가운데에 앉아 있는 세종대왕 동상의 프로필이 보였다. 자못 온화하고 인자해 보이는 용안이었다. 사위를 포위한 자동차들을 너그럽게 보듬듯 팔을 벌린 인문주의 계몽 군주 세종대왕이 고독하고 쓸쓸해 보였다. 자기 앞에 묵묵히 서 있는 비장한 이순신 장군이 유일한 친구인 듯 느껴졌다. 하지만 조금 더 지켜보니 광장의 폭과 규모에 비해 동상이 지나치게 크고 육중했다. 왠지 모르게 권위적인 느낌이 들었다. "만약 세종대왕이 이 세상에 다시 오신다면, 저렇게 조잡하고 권위적인 형상이 과연 짐이란 말인가, 당장 치우라고 지엄하게 다스릴 것이다." (정윤수, 『인공 낙원』) 프로젝트를 준비하며 읽었던 책의 문장이 떠올라 구보는 피식 웃었다.

구보의 눈에는 우리 역사상 가장 존경받는 성군 세종의 이름을 빌린 한국 문화 예술의 메카, 세종문화회관도 그리 슬기롭고 자비로워 보이지 않았다. 세종문화회관의 파사드가 조선의 제도와 학문과 예술의 기틀을 잡아 찬란한 민족 문화를 꽃피웠던 세종의 성숙한 인문 정신을 제대로 구현하지 못했다고 감히 판단했던 것이다. 구보는 세종문화회관 대극장 계단을 올라 궁궐 지붕을 닮은 처마를 받치고 있는 여섯 개의 육중한 기둥 옆에 섰다. 거대한 철근 콘크리트 아케이드 속

세종문화회관

에 들어온 셈이었다. 아무리 봐도 건물에 비해 열주가 너무 크고 너무 높았다. 비유하자면 6개월 이상 헬스클럽에서 운동만 한 골리앗의 근육질 다리 같았다. 권위주의적 국가 이데올로기를 과시하는 강건한 군인들의 열병식 같다는 인상도 받았다. 함성호가 적시한 대로 "궁궐 건축의 기둥 형태를 기괴한 스타일로 '뻥튀기'하여 육중한 돌로 포장한 광화문 네거리의 세종문화회관"(『반하는 건축』)은 유신 시대의 정치적 이상을 구현하듯이 보였다. 구보가, 히틀러의 전임 건축가이자 군수장관을 지낸 알베르트 슈페어가 설계한 베를린 총통 관저의 신고전주의 양식 수직 열주를 떠올린 까닭이 여기에 있다.

"건축은 명백히 한 시대를 '고발'한다."(함성호, 『반하는 건축』) 메인

스타디움 귀빈석 같은 중앙 계단을 내려오는 구보의 마음속에 아로새 겨진 문장이었다. 구보는 세종문화회관을 떠받들고 있는 지주가 상징 하는 남성적 영웅주의가 거북했다.

광화문 사거리

광화문 사거리에 섰다. 스마트폰 옆구리를 누르니 디지털시계의 숫 자가 '10 : 47'을 가리켰다. 시청 방향으로 걸어갈 참이었다. 오가는 차 들과 사람들로 오전부터 사거리가 분주했다. 그러나 정작 구보는 광 화문 거리에서 지겹다고 외치는 권태로운 목소리들을 감청했다.

지겨워, 가로수들이 철망 같은 제 그림자를 온몸에 뒤집어쓰고 있다
(뛰어내릴 빈 곳이 보이지 않는다)

지겨워, 이순신은 제 몸에 찬 긴 칼을 수십 년째 빼지 못하고 있다
(칼에 밀린 허공에 독이 오른다)

지겨워, 사람들이 기다리던 버스를 따라가다 버스를 지나쳐 뛰어가고 있다
(노란 중앙선과 초록 표지판은 이미 벼랑까지 삼키고 있다)

지겨워, 그림자들이 죽어라 뛰어간다

지겨워, 몸들이 죽어라 그림자에 붙어 간다

빌딩의 창들이 달궈진 해를 온몸에 덕지덕지 붙이고 있다

—이원, 「광화문에서」 전문

광화문광장이 조성되기 전에 묘사된 풍경이지만 지금도 그리 크게
변한 것은 없었다. 세종문화회관 앞 가로수들은 기력이 쇠잔해졌는지
온몸에 영양제 주사를 뒤집어쓰고 있었다. 이순신 장군의 칼은 여전
히 칼집에 꽂혀 있었다. 사람들은 버스를 기다렸고 버스는 종종 기다
리는 사람들을 앞질러 정차하거나 뒤에 섰다. 노란 중앙선은 광장의
푸른 잔디에 자리를 양보했지만 초록 표지판은 여전히 허공의 심연을
삼키고 있었다. 사람들의 몸에는 욕망의 그림자가 붙어 있었다. 교보
빌딩과 KT 빌딩의 창들이 달궈진 해를 선크림처럼 덕지덕지 붙이고
있었다. '지겨워.'라고 구보는 느꼈다. 전망과 비전 없이 기계처럼 반
복되는 도시인의 일상. 아무리 밀어 올려도 시시포스의 바위처럼 자
꾸자꾸 되돌아오는 의미 없는 시간. 구보는 거리의 이 공허한 리듬에
몸을 맡기고 다시 걷기 시작했다. "산책은 이런 무기력의 리듬이다."
(『아케이드 프로젝트』)

청계광장

광화문 사거리에서 구보는 교보 빌딩 앞으로, 다시 동아일보사 방

클래스 올덴버그와
코셔 반 브뤼겐,
「스프링」(2006)

향으로 길을 건넜다. 복원된 청계천이 시작되는 지점에 조성된 청계
광장이 나타났다. 4미터 아래로 떨어지는 2단 폭포의 물줄기가 꽤 시
원해 보였다. 여름이 코앞에 와 있었다. 분수 뒤편 광장에는 이상하게
생긴 거대한 꽈배기가 불쑥 솟아 있었다. 태극의 두 색인 청색과 적
색 띠가 교차하면서 위로 휘감아 올라가는 역동적인 다슬기 형상이었
다. 미국의 팝아트 작가 클래스 올덴버그와 코셔 반 브뤼겐 부부의 공
동 작품이었다. 이름이 걸작이었다. 「스프링(Spring)」. 구보는 봄의 절
정에서 봄의 약동과 대면한 이 아름다운 우연에 잠시 기뻐했다. 봄,

샘, 용수철, 도약 등을 중의적으로 지시하는 설치 예술 「스프링」은 청계천의 시원(샘)에서 서울이 용수철처럼, 봄처럼 튀어 올라 비상하기를 기원하는 상징탑이 아닐까. 역시 예술 작품의 부가 가치를 높이는 결정적인 요소는 작명이라는 사실을 새삼 절감했다. "이름이 곧 운명이다."라는 로마 격언은 그냥 나온 말이 아니었다. 이름은 나중에 붙이는 표찰이 아니다. "먼저 이름이 주어졌다. 그다음에 의식과 기억이 생기고 이어서 자아가 형성되었다. 이름이 모든 것의 출발점이었다." (무라카미 하루키, 『색채가 없는 다자키 쓰쿠루와 그가 순례를 떠난 해』)

혹자는 이 조형물이 일제가 조선의 국운과 한민족의 정기를 가로막기 위해 국토 곳곳에 박은 쇠 말뚝 같다고 비난했고, 혹자는 서울시에서 가장 보기 싫은 환경 조형물이라고 비판했다. 굳이 35억 원이라는 비싼 몸값을 부담하며 이런 기둥을 도심 요지에 설치해야 하는가 하는 진지한 반론도 제기됐다. 모두 나름대로 경청에 값할 의견임을 구보도 인정했다. 그러나 구보는 조금 다른 각도에서 이 스프링의 존재 가치를 매겨 보았다. 광화문광장과 청계천을 잇는 곳에 놓인 이 팝아트 조형물은 국가 이미지의 상징 축으로 기능하는 광화문광장의 권위주의적 색채를 완화해 줄 것이다. 덕분에 서울의 풍경이 좀 더 밝아질 수 있겠다는 낙관적인 결론을, 구보는 내렸던 것이다. 구보는 늘 예술과 예술가들에게 후한 점수를 주곤 했다.

시단의 래퍼 오은의 시 「스프링」이 떠올랐다. 구보는 가벼운 언어로 무거운 의미를 경쾌하게 들어 올리는 오은의 발상법을 좋아했다. 그의 시를 읽으면 명랑해졌다.

더블린은 지금

텀블링하기 좋은 날씨

방과 후의 아이들이

봄처럼 튀어 올랐다

(중략)

주근깨를 볼에 심은 아이들이

발끝을 모으고

해를 향해

자신들의 경쾌한 근원을 향해

스프링, 스프링

튀어 오를 때

스카이가 다른 이유를

불가능이란 아무것도 아님을

열심히 일한 자들이 왜 떠나는가를

방과 후 학습에서

비로소 이해할 때

아이들은

샘물 위에 피어난

마블링처럼 웃으며

고블린보다 신 나게

더블린 한복판에서

텀블링, 텀블링

—오은, 「스프링」

　비상은 경계를 넘는 행위다. 기성 가치가 설정한 금을 넘을 때 비로소 발전이 가능하다. 물론 이 도약은 강압과 명령에 의해서 이루어지지 않는다. 마치 아이들이 신 나게 공중제비를 돌 때 비약할 수 있듯이, 흥이 나서 뛰어올라야 새로운 세계로 넘어갈 수 있다. 교육도 마찬가지다. 강제에 의해서가 아니라 자발적으로, 즐기는 마음으로 공부할 때 자아를 실현할 수 있다. 오은의 문제의식은 여기에서 출발한다. 아일랜드의 수도 더블린의 아이들은 방과 후 신 나게 놀며 자아 정체성을 찾는다. "자신들의 경쾌한 근원을 향해" 뛰어오른다. 그러나 과도한 경쟁 속에 있는 한국의 아이들은 명문 대학을 가기 위해("스카이가 다른 이유를"), 나는 무조건 할 수 있다는 경쟁 지상주의 신화를 체득하기 위해("불가능이란 아무것도 아님을") 방과 후 학원에 간다. 시는 개성과 끼를 인정해 주지 않고 경쟁에서 이기는 것만이 최고의 가치이자 제1의 생존 원리라고 주입하는 한국 교육의 현실을 꼬집는다. 구보는 시구를 음미하며 공공 미술 「스프링」을 올려다보았다. 자신은 지금 왜 걷고 있는가? 신이 나서, 즐거워서, 흥에 겨워 프로젝트를 준비하고 있는가? 기획의 지지부진함을, 자신의 게으름을 반성했다.

　청계천 전 구간을 100의 1로 축소한 모형이 광장 바닥에 만들어져 있었다. 명동과 가장 가까운 다리가 무엇인지 살펴보았다. 삼일교였다. 세운상가와 인접한 다리가 세운교라는 사실도 알았다. 청계천 모형을 빙 돌아보며 구보는 자신이 마치 거인이 된 듯한 착각에 빠져, 이렇게 몇 걸음 안에 서울시를 일주할 수 있다면 얼마나 좋을까 하는 생각에 빠졌다. 그러나 서울은 넓고 구보의 보폭은 짧았다.(물론 큰 보폭은 산책자의 덕목이 아니다.)

구보는 세종로를 따라 걷다 프레스센터 건물 앞에 섰다. 신문 기자가 된 대학 동창에게 전화를 걸어 볼까 아주 잠깐 고민하다가 계속 걸었다.

서울시청

구보는 서울광장에 멈춰 섰다. 새로 지은 서울시청 건물은 한국 전통 가옥의 처마를 재해석한 건축물이라 들었는데 그보다는 옛 서울시청 건물을 집어삼키는 노한 파도(쓰나미) 같다는 인상이 먼저 들었다. 건물의 라인을 자세히 관찰하자니 세기말 유미주의자 오브리 비어즐리가 오스카 와일드의 희곡「살로메」의 삽화로 그린 여인의 고혹적인 S 라인 같다는 야릇한 생각도 들었다. 에로티시즘을 자극하는 선으로 부르주아 계급의 퇴폐성을 꼬집은 아르누보의 미학이 공공 건축에 응용되는 섹시한 시대에 살고 있다는 생각이 스쳐, 실없이 웃었다. 다시 살펴보니 정면 파사드는 임신한 여인의 볼록한 배처럼 보이기도 했다. 우주의 자궁 속으로 회귀하는 듯한 묘한 기분으로 신청사 1층 로비 '에코플라자'로 천천히 들어갔다.

외관보다는 실내가 마음에 들었다. 철골과 유리의 조합이 만든 거

서울시청

대한 파사드의 위용 앞에 입이 벌어졌다. 예술과 기술의 결합이 축조
한 미래주의 승전탑 같았다. 뉴욕 AT&T 빌딩의 지상층 아케이드와도
닮아 보였다. 1층부터 7층까지 '그린월'이라 불리는 수직 정원을 타고
뻗어 올라가는 공기 정화용 식물은 압권이었다. 내부가 거대한 온실
같았다. 최첨단 기계 문명이 녹색 자연을 품어 안은 생태 친화적 아케
이드를 보면서 구보는 포츠담의 상수시(Sanssouci) 궁전을 떠올렸다.

　프랑스어로 '근심 없이(sans souci)'란 뜻의 상수시는 프로이센의 계
몽 군주 프리드리히 2세의 별장이었다. 그는 상수시를 예술과 정치,
문명과 자연이 아름답게 조화를 이루었던 그리스 아르카디아의 부활
로 여겼다. 프랑스 예술 애호가였던 프리드리히 2세는 상수시에 볼테

르를 초대해 선진 정치 철학을 공부했고, 로코코 시대의 대표 화가인 앙투안 바토와 앙투안 펜을 불러 마음 놓고 창작에 전념하도록 후원했다. 정치와 예술의 결합뿐만 아니라 문명과 자연의 공존 또한 그의 관심사였다. 정원에 층층이 포도나무를 심어 아름다운 포도원을 꾸미고 실내 디자인에도 포도 넝쿨 무늬를 넣어 넝쿨이 건물 외벽을 타고 궁전 내부로 자유롭게 뻗어 들어오는 환상을 불러일으켰다. 프리드리히 2세는 문명과 자연이 상생하는 축복과 풍요의 이상향을 만들고자 했던 것이다. 이런 맥락에서 구보는 이 시청 로비가, 상수시 궁전이 의도했던 아르카디아의 현대적 변용이 아닐까 하는 즐거운 상상에 잠시 빠져들었다. 현대 '아케이드(arcade)'와 고대 '아르카디아(Arcadia)'의 거리는 그리 멀지 않다.

이제야 구보는 런던 수정궁의 유리 지붕 아래 있던 키 큰 야자수의 의미를 간파했다. 조셉 팩스턴은 1851년 런던 하이드파크에서 개최된 제1회 만국 박람회를 위해 개최 연도를 상징하는 높이 1851피트의 초대형 건물 수정궁을 설계했다. 주철 골조와 유리로 만들어진 세계 최초의 철골 건축물이었다. 벽돌 한 장 사용하지 않고 지은, 당시 건축 기술로는 몹시 혁신적인 건물이었다. 팩스턴은 원래 정원사이자 온실 설계자였다. 수정궁의 온실풍 아케이드에는 정원, 조각상, 분수대를 비롯해 야자수도 들어가 있었다. "유리판 속의 공주님이나 크리스털로 만든 집에 사는 여왕님과 요정들이 나오는 옛날 동화에서 우리가 상상한 모든 것이 거기서 구현되는 것처럼 보였다."(수전 벅모스, 『발터 벤야민과 아케이드 프로젝트』) 당시 사람들에게 수정궁은 문명과 자연이 공존하는 상상 속의 동화 나라가 현실에서 실현된 신세계에 다름

조셉 팩스턴이 설계한 수정궁 내부(1851)

아니었다.

　구보는 시청 안의 수직 정원을 따라 올라가 보고 싶었다. 로비 오른편에서 '하늘광장'으로 가는 전용 엘리베이터를 타고 8층에서 내리니 공중에 돌출된 전망대가 나왔다. 우주선 조정석에 탄 듯한 느낌이었다. 유리 밖으로 서울광장이 초록빛으로 앙증맞게 반짝였다. 그리고 광장 맞은편으로 플라자호텔이 보였다. 구보는 플라자호텔 16층이 어딘지 한 층 한 층 세어 올라갔다. 16층 복도 끝 객실의 창문이 어디쯤 있을까 물끄러미 가늠해 보았다.

플라자호텔

시청 부근을 지날 때면 누구나 한 번쯤 올려다보게 되는 건물, 차도 건너 서울광장을 호위하듯 위풍당당하게 서 있는 플라자호텔. 구보는 '완벽'을 구매할 수 있는 호텔에 투숙한 기분을 상상해 보았다.

매트리스는 탄성이 좋았다. 시트는 보송보송했고 햇볕에 바싹 마른 수건 냄새를 풍겼다. 나는 아예 드러누웠다. 에어컨 바람에 적당히 차가워진 공기가 얼굴이며 팔뚝 위로 기분 좋게 내려앉았다. 눈을 감았다. 완벽한 온도, 완벽한 습도, 완벽한 청결 상태, 완벽한 서비스, 완벽하게 대접받는다는 느낌. 호텔을 계속 찾게 되는 것은 바로 그 완벽의 느낌이 좋아서 아닐까. 돈을 주고 완벽을 산다니 그거야말로 자본주의의 축복이 아닌가.

——김미월, 「프라자호텔」

유학 시절 구보는 자본주의의 축복이 강림한 호텔에서 하룻밤 자고 싶다는 꿈을 품은 적이 있었다. 학위를 마치고 나면 귀국하기 전날 꼭 시내 최고급 호텔에 투숙하겠다는 이상한 호기를 부려 본 적이 있었다. 가톨릭 공동체 기숙사와 학교 기숙사 골방에서 7년 넘게 면벽 수련하며 인내하고 버텨 온 간난한 청춘의 시간을 일거에 보상받고 싶은 치기 어린 심리의 장난이었다. 그러나 구보는 그날을 위해 모았던 아르바이트비를 결국 어느 독일 시인의 전집과 홀어머니 선물을 사는 데 쓰고 말았다. 인생이란 계획대로 움직이는 게 아니었다.

여기 구보처럼 호텔에 투숙하려는 청년이 있다. 자취방 월세 석 달

분과 맞먹는 하룻밤 호텔 숙박비를 아르바이트로 어렵게 마련해 여자 친구와 함께 밤을 보내려 했던 대학생이다. 그러나 여자 친구는 약속 장소에 나타나지 않고, 기다리다 지친 청년은 홀로 플라자호텔 16층 복도 끝 방으로 들어간다. 구보는 청년이 통유리 너머로 바라보았을 서울 중심의 야경을 심중에 그려 보았다.

그것은 가장 낯익고도 가장 낯선 풍경이었을 것이다. 마치 20년 전 피치 못할 사정으로 부모에게서 버림받고 외국으로 입양된 고아가 성인이 된 후 20년 만에 고국을 찾아 투숙한 플라자호텔에서 서울의 한복판을 바라보는 시선과 유사하지 않을까. 시점을 바꾸면 익숙한 것이 돌연 낯설어지는 법이다. 누구에게나 잘 알려진 시청 앞 풍경도 어디서 어떻게 보는가에 따라 달라진다.

지크프리트 크라카우어는 단편 「창가에서 바라본 풍경」에서 도시 공간 이미지를 둘로 나눴다. 도시의 랜드마크처럼 정부가 계획적으로 만든 고착된 도시상과, 개인의 특정한 맥락과 관점 속에서 불현듯 빚어진 도시상. 구보는 '아름다운 수도 서울'의 이미지를 홍보하는, 의도적이고 계획적으로 만들어진 공간상이 아니라 우연하게 포착된 이미지의 파편을 통해 진짜 서울의 풍경을 독해하는 작업이 중요하다고 생각했다. 「창가에서 바라본 풍경」의 마지막 문장이 구보의 가슴을 쳤다. "도시의 인식은 이처럼 도시가 꿈결같이 내뱉는 이미지들의 해독에 달려 있다."

서울도서관

구보는 서울시청에서 나와 옛 시청사 건물로 들어갔다. 정문 위에 '서울도서관'이라는 글자가 새겨진 나무 현판이 보였다. 반가웠다. 일제 강점기 당시 경성부 청사였던 건물이 4년간의 리모델링을 거쳐 2012년 장서 20만여 권을 소장한 최첨단 도서관으로 탈바꿈했다. 세상에서 가장 아름다운 변신이 아닐까. 1926년 건립 당시의 외벽과 홀, 중앙 계단을 그대로 복원해 역사적 상징성도 살렸다. 건물에 들어서니 무엇보다 2층까지 이어지는 벽면 서가가 눈에 띄었다. 높이가 5미터 가까이 되어 보였다. 그야말로 온통 책 세상이었다. 구보는 벽면 서가 옆 나무 계단에 앉아 잠시 도서관이란 무엇일까 생각에 잠겼다.

여기 의미의 무한 확산이 있다. 한글 자모음 스물네 개가 서로 만나 무수히 많은 단어가 조합되고, 거기에 구두점이 몇 개 첨가되어 수많은 문장이 줄을 잇고, 그 문장이 행을 바꿔 가며 무수히 많은 텍스트가 직조되며, 그 텍스트들이 어우러져 무궁무진한 책들이 탄생한다. "시작은 미약하나 끝은 실로 창대하다."라는 말은 이런 걸 두고 하는 말이 아닐까. 이렇게 완성된 책들은 다시 여러 범주에 따라 여러 책장에 나눠 꽂히고 여러 개의 책장들은 도서관에 체계적으로 배치된다. 자모음과 단어, 단어와 문장, 문장과 텍스트, 텍스트와 책, 책과 책이 유기적으로 연결된 도서관은 거대한 우주 질서의 축소판인 것이다. 넓고 높은 서가 앞에 앉아 구보는 소설가 보르헤스의 말에 동의했다. "도서관은 하나의 천체다."(「바벨의 도서관」)

계단을 올라 2층 '일반자료실 2'로 들어갔다. 어학, 문학, 역사 지리,

예술, 기술 과학 분야의 장서가 비치된 책장들이 미로처럼 놓여 있었다. 구보는 상상했다. 서가와 서가 사이의 통로는 지식과 학문의 여신 아테나가 지나는 독서가를 유혹하는 아케이드다. 이렇게 많은 책 중 과연 어떤 책부터 손에 잡아야 할지 잠시 고민에 빠졌다. 지식을 향한 욕망이 스멀스멀 고개를 치밀었다. 한 시인은 독서 행위를 "먹어도 먹어도 줄지 않는 헛된 식욕"(차창룡, 「도서관에서」)에 비유했다. 다른 시인은 도서관에서 이런 기도를 올렸다. "일용할 굶주림?/ 굶주림이라면 그것은 내게 너무도 충분하다/ 아무리 먹어 치워도 질리지 않는 탐욕의 눈빛과/ 어둡게 입 벌리고 있는 머릿속의 허방"(남진우, 「도서관에서의 기도」). 아무리 채워도 채워지지 않는 헛된 지식욕이 끝없이 꼬리를 물고 일어나는 곳이 바로 도서관이겠구나 생각했다. 그러나 구보는 부질없는 짓이라 해도 존재의 허기를 채워 줄 수 있는 단 한 권의 책, 비유하자면 '타오르는 책'을 찾고 싶었다.

그 옛날 난 타오르는 책을 읽었네
펼치는 순간 불이 붙어 읽어 나가는 동안
재가 되어 버리는 책을

행간을 따라 번져 가는 불이 먹어 치우는 글자들
내 눈길이 닿을 때마다 말들은 불길 속에서 곤두서고
갈기를 휘날리며 사라지곤 했네 검게 그을려
지워지는 문장 뒤로 다시 문장이 이어지고
다 읽고 나면 두 손엔

한 움큼의 재만 남을 뿐

— 남진우, 「타오르는 책」

구보는 얄팍한 지식과 정보를 자본주의 경제 논리로 그럴싸하게 포장해 놓은 책 더미 속에서 인간 존재의 근본적 미스터리를 해명해 줄 신화적인 책을 희원했다. 자신을 진리의 문으로 안내해 줄 바벨의 도서관, 그 서가 어딘가에 꽂혀 있을 '완전한 책(a total book)'을 갖고 싶었다. "펼치는 순간 불이 붙어 읽어 나가는 동안/ 재가 되어 버리는 책", 존재의 허기를 온전하게 충족해 줄 단 한 권의 책. 구보는 무릎을 쳤다. 그 책은 멀리 있지 않았다. 어깨에 멘 가방 속에 들어 있었다. 행복의 파랑새는 자기 집 처마 끝에 숨어 있는 법이었다.

발터 벤야민, 『아케이드 프로젝트』.

2006년 노벨 문학상을 수상한 오르한 파묵의 소설 『새로운 인생』에서 이스탄불의 평범한 공대생 오스만은 한 권의 책과 조우하면서 돌연 학업을 중단하고 진아(眞我)를 찾으러 터키의 방방곡곡을 순례한다. 소설의 첫 문장은 이렇다. "어느 날 한 권의 책을 읽었다. 그리고 나의 인생은 송두리째 바뀌었다."

열람실을 나오면서 구보는 파리 국립 도서관에서 자료를 찾는 벤야민의 진지한 얼굴을 기억해 냈다. 독서광이었던 그는 하루 아홉 시간 이상 도서관에 머무르며 다양한 책을 섭렵했다. 그 시절의 벤야민이 서울도서관 어느 구석에 앉아 책을 읽고 있을 것만 같다는 생각에 자꾸만 주위를 두리번거렸다. 구보는 도서관에 진득하게 앉아 책을 읽어 본 때가 언제였던가 자문하며 자신의 배회를 책망했다.

서울광장 분수대

분수대에서 춤추는 여러 가닥의 물줄기가 서로 경쟁하듯 오르락내리락했다. 광장에는 기존의 분수대가 철거되고 '춤추는 바닥 분수대'가 설치되어 있었다. 수조가 땅 밑에 파묻혀 있어 분수를 가동하지 않을 때는 인도로 쓸 수 있었다. 좋은 아이디어였다. 비둘기 몇 마리가 초여름 햇살에 벌써 지친 듯 바닥에 고인 물을 쪼고 있었다. 도시 한복판에서 사람들 틈에 뒤섞여 거리의 자동차들과 함께 부대끼며 무한히 번식하는 비둘기. 오늘따라 비둘기의 날개가 아주 질겨 보였다. 가까이 다가가자 아랑곳하지 않던 비둘기 무리에서 한 마리가 갑자기 후드득후드득 날갯짓하며 소공동 빌딩 숲으로 날아올랐다.

매 순간마다 실낱같은 목숨의 줄기를 매번 바꾸어 가며
입석의 광고탑만 네온사인에 점멸하는 ON, OFF의 도시를 보여 주는
조감도의 하늘을
비둘기는 쓸쓸히 날고 있다 ── 빌딩의 숲 속에선
약물 중독의 건물들이 사지를 뒤틀며 환각을 꿈꾸고
(꾸꾸르 꾸꾸) 그대 마음속 빈 사막
비둘기는 왜 도시를 떠나지 않는가

──함성호, 「비둘기는 왜 도시를 떠나지 않는가」

구보는 서울광장을 빙 돌았다. 대청마루에 뜬 보름달 같은 잔디 광장이었다. 새파란 5월의 잔디는 싱그러웠다. 그러나 문득 구보의 눈에

이 거대한 타원이 분화구처럼 비쳤다. 서울이라는 욕망의 분화구.

구보는 시청 쪽을 바라보았다. 신고전주의 양식의 옛 시청사와 포스트모던한 신청사가 이상하게 동거하고 있었다. 이질적인 두 양식이 바특하게 붙어 있어서 그런지 다소 기괴해 보였다. 21세기 통섭과 혼종의 시대를 서울의 '중심의 중심'에서 건축으로 현시하는 것 같았다. 서울은 이렇게 포스트모더니즘의 시대로 넘어가고 있었다.

3

롯데호텔에서
세운상가까지

청계천　　　　세운상가

롯데호텔　　　　　　명동성당
　롯데백화점

신세계백화점

롯데호텔 아케이드

날아간 비둘기를 쫓아 소공동으로 길을 건넌 구보는 을지로를 걷기 시작했다. 그리고 롯데호텔 로비로 들어가 지하 아케이드로 내려가면서 벤야민이 말한 아케이드의 특성을 상기했다. "아케이드는 교통수단의 위험뿐만 아니라 변덕스러운 비바람도 차단하여 궂은 날씨에도 여유롭게 산책을 즐기거나 안락한 기분 속에서 진열된 상품을 구경할 수 있는 안전지대를 확보한다."(『아케이드 프로젝트』) 유리 지붕만 없을 뿐이지 롯데호텔 지하 아케이드는 지상의 아케이드와 마찬가지로 산책자 구보가 무의한 시간을 보내기에는 최적의 공간이었다. 아케이드의 통로는 실내이면서 거리였다.

신고전주의 열주와 아치로 장식된 진열대, 상품의 전시 가치를 극대화하는 은은한 조명, 고급스럽게 마감된 대리석 바닥 등으로 이루어진 아케이드 양편으로 고급 부티크와 맞춤 양복점, 귀금속 상점, 도자기 상점, 안경점 등이 우아하게 도열해 있었다. 특히 부티크와 양복점에서는 벤야민이 말했던 '아우라'가 감지됐다. 이곳은 기성복을 판매하는 상점이 아니라 한 사람의 신체 사이즈와 감성과 취향에 맞춰 장인이 정성스럽게 옷을 제작하는 공방이었다. 대량으로 복제된 옷에는 아우라가 없다. 오직 단 한 사람만을 위한 옷, 그것은 아우라를 분무하는 예술 작품으로 승격된다. 호텔 아케이드는 현실 밖에 가상으로 존재하는 유토피아, 즉 '이 세상에 없는 좋은 곳'이 아니라 현실의 이면이나 현실의 내부에서 실현된 유토피아, 푸코의 개념을 빌리자면 '헤테로피아'일지도 모른다. 벤야민은 썼다. "아케이드 — 이것은 동

롯데호텔 지하 아케이드

화 속 동굴처럼 제2제정기의 파리를 환하게 비췄다.”(『아케이드 프로젝트』) 이 문장을 구보는 이렇게 바꿔 보았다. 지하 아케이드——이것은 동화 속 동굴처럼 소비 자본주의의 메카인 서울의 하계를 환하게 비춘다.

구보는 이 동화 속 동굴의 부티크에 진열된 매혹적인 지중해풍 원피스를 바라보는 한 여인의 시선을 목도했다. 그녀는 옷을 '구매할 물건'이 아니라 '숭배할 물신'으로 쳐다보는 듯했다. 본시 인간의 노동에 의해 만들어진 물품이, 인간이 통제할 수 없는 독자적 힘을 지니게 되면서 오히려 인간을 굴복시켰다. 그 물신의 덫이 섬뜩했다. 현란한 상품 물신이 뿜어내는 환등상에 도취된 여인을 보며 구보는 사이렌의 노래, 마법의 노래를 생각했다.

시계도 창문도 없는 쇼핑의 원더랜드. 지상에서 내려오는 계단이 끝나는 곳에 있는 커피숍 모퉁이를 돌아서면 내 가슴은 이상한 슬픔으로 조여든다. 내 지상의 삶에 새겨진 남루함을 일시에 지워 주는 눈부시게 아름다운 것들이 거기 살고 있다. 구시대의 인간들이 추상 명사라고 생각하는 것들, 추억이나 행복, 사랑의 슬픔 따위가 형상을 부여받고 색채가 덧입혀져 진열되어 있는 그 아케이드를 따라 걸어가노라면 저마다의 목소리로 외치는 그것들의 노래가 사이렌의 매혹처럼 나를 이끌어간다. 그것 외에는 아무것도 보이지 않고 들리지 않으며 모든 것이 무의미해져 버리는 마법의 노래.

──정미경, 「호텔 유로, 1203」

아케이드는 도취의 공간이자 우울의 공간이다. 아케이드는 지상의 빡빡하고 누추한 현실을 잠시나마 망각시켜 주는 판타스마고리, 즉 요술 환등의 성전이지만, 갖고 싶은 상품을 향한 리비도가 이 상품을 결코 소유할 수 없다는 각성과 꼼짝없이 독대하면서 우울이 생성되는 '이상한 슬픔의 원더랜드'다. 소설 속 여인은 갈구한다. "저걸 가질 수 있다면, 황실의 여인들이 선택할 만한 저걸 가질 수 있다면, 나도 항성처럼 스스로의 존재를 증명할 수 있을 것만 같다." 환상과 현실, 매혹과 각성이 진자처럼 오가는 곳이 아케이드인 것이다. 아케이드의 쇼윈도는 '거리'의 일부이면서 동시에 투명한 유리 뒤에서 명품의 특권적 지위와 행인 사이의 '거리(距離)'를 유지시킨다.

구보는 명품 예물 시계가 전시된 쇼윈도 앞에서 발을 멈췄다. 그리고 "다른 어떤 것도 비추고 싶지 않다는 듯 인색한 한 줄기 램프 빛 아래 (중략) 타원형의 자판 바깥을 따라 두 줄로 한 치의 빈틈도 없이 빼곡하게 박힌 다이아몬드들이 내뿜는 창백한 귀족성"(정미경,「호텔 유로, 1203」)에 무방비 상태로 나포되었다. 자신을 흡입하는 강력한 힘, 자신을 집어삼키는 거부할 수 없는 마력에 전율하며 구보는 '텅 빈 악어의 배 속'이라는 이미지 하나를 채집했다.

악어의 기본 속성은 어떤 것인가? 대답은 분명하지. 사람을 삼키는 것이네. 사람을 삼키려면 악어의 구조가 어떻게 되어야 하겠는가? 대답은 더욱 분명하지. 텅 비게 만드는 것이네. 자연이 진공 상태를 견디지 못한다는 것은 이미 오래전에 물리학에 의해 결정되었던 거야. 이와 마찬가지로 악어의 내부는 꼭 비어 있어야만 하는데, 그 진공 상태를 참을 수 없으니 손에 닥치는 대로 무엇이든 끊임없이 삼켜서 가득 채울 수밖에. 바로 이것이 모든 악어들이 우리의 형제를 삼켜 버리는 유일하고 합리적인 이유네.

— 표도르 도스토옙스키,「악어」

도스토옙스키의 미완성 단편 「악어」는 이반 마트베이치라는 신사가 아케이드 전시장에서 악어에게 산 채로 잡아먹히지만, 그 속에서 죽지 않고 오히려 풍요롭게, 만족스러워하며 산다는 기괴한 이야기다. 구보는 악어의 배 속을 추악한 현실을 감추는 이상향, 비유하자면 수정궁 내부나 아케이드에 대한 알레고리로 읽었다. 구보는 자신을 집어삼키려고 큰 입을 딱 벌린 악어의 동굴에서 얼른 지상으로 빠져나왔다. 우아한 쇼윈도 뒤에 잠복한 검은 악령을 목격했기 때문이다.

정오

아, 내 머리 위의 하늘이여, 그대 맑고 맑은 자여! 깊고 깊은 자여! 그대 빛의 심연이여! 그대를 바라보며 나는 신성한 욕망에 몸을 떠노라.

— 프리드리히 니체, 『차라투스트라는 이렇게 말했다』

구보는 찬란한 조명으로 빛나는 지하에서 찬란한 햇빛이 보도에 부딪히는 바깥세상으로 첫발을 내딛으며 당혹감을 느꼈다. 구보가 지하 아케이드로 내려갔던 20분 전에도 태양은 지금과 똑같이 빛나고 있었지만 구보는 그렇게도 빨리 지상의 날씨를 잊어버렸던 것이다. 해가 중천까지 솟아 있었다. 정오의 태양이 도심의 빌딩 사이로 보였다. 햇빛은 수직으로 강하고 그림자가 급격하게 짧아졌다. 주위 빌딩과 도로와 자동차들과 사람들에 드리워졌던 그림자가 꼬리를 거의 감추었다. 드디어 니체의 차라투스트라가 인식의 중심을 향해 비상했던 시간이 도래했다고 구보는 생각했다.

짧은 그림자들

정오에 가까워지면 그림자는 단지 사물들의 끝자락에 검고 날카로운 가장자리가 되면서 소리 없이, 부지불식간에, 그 자신의 거처, 자신의 비밀 속으로 물러갈 태세를 하게 된다. 그러고 나면 그것의 밀려나 있고 움츠러든 충만 속에서 '삶의 정오', '여름 정원' 속의 사상가인 차라투스트라의 시간이 도래한다. 왜냐하면 인식은 자기 궤도의 정상에 다다른 태양이 그런 것처럼 가장 엄격하게 사물들의 윤곽을 그려 내기 때문이다.

──발터 벤야민, 『사유이미지』

구보는 자신이 결코 차라투스트라가 될 수 없다고 생각했다. 언감생심이었다. 구보에게는 현실의 굴레를 돌파하는 '힘에의 의지'가 없었다. 정오의 태양 아래 사물들의 윤곽은 또렷해졌지만 구보는 오히려 햇빛의 취기에 빠져 어지러웠다. 지하 아케이드 못지않게 지상도 눈부셨다. 정오의 태양이 구보의 머릿속 환등상을 하얗게 점화했다. 태양과 아스팔트가 결혼하는 시간이었다. 머리가 지끈거렸다.

롯데백화점

백화점은 성스러운 전능한 상품의 경내로서의 아케이드를 대체한다.

──발터 벤야민, 『아케이드 프로젝트』

상품 물신의 흡인력은 실로 대단했다. 지하 아케이드에서 도망치듯 지상으로 올라온 구보는 미처 숨을 돌리기도 전에 호텔 옆에 붙은 롯데백화점으로 향했다.(구보는 롯데호텔 지하 아케이드와 롯데백화점 지하 식품 코너가 연결된 것을 몰랐다.) 아니, 정확히 표현하자면 그곳으로 빨려 들어갔다. 젊은 베르테르를 자살로 이끈 여인 샤로테의 덫에 걸려들고 말았던 것이다.

벤야민은 백화점을 가리켜 도시의 "배회자가 마지막으로 다다른 곳"(『아케이드 프로젝트』)이라고 했다. 아케이드의 끝이 백화점으로 이어진다는, 혹은 아케이드의 진화된 형태가 백화점이란 뜻일 터다. 백화점은 아케이드의 한계를 극복하기 위해 자본주의가 발명한 혁신적인 구조물이었다. 19세기 초에 처음 등장해 전성기를 구가하던 아케이드는 1867년 파리 만국 박람회의 성공 이후 점차 쇠락하기 시작했다. 상업 자본주의가 본격화되면서 급격하게 늘어난 생산품을 진열하고 판매하기에도, 급증한 대중의 소비량을 감당하기에도 아케이드의 면적은 턱없이 부족했다. 이 한계를 극복하기 위해 고안된 소비 공간이 바로 백화점이었다. 백화점은 '이윤'을 남기는 데 '산책'을 이용할 수 있는 최적의 공간으로 설계되었다. "백화점은 단일 건물 안에 여러 층에 걸쳐 가게와 매장을 빽빽이 집어넣어 공간 효율을 높여 명실공히 소비 공간의 대명사가 되었다. 아케이드를 실내 공간에 농축해서 수직으로 중첩한 개념이었다."(임석재, 『서양 건축사 5』) 시인 이상의 기하학적 상상력을 동원해 보면, 백화점은 '아케이드의 건축무한육면각체'와 다름없었다.

구보는 샹들리에가 뿜어내는 화려한 산광이 매끈하게 미끄러지는 백화점 1층 대리석을 조심스럽게 밟았다. 자신의 방에서도, 버스 안에서도, 거리에서도 맡을 수 없던 냄새가 났다. 사회 계급의 차이를 확인시켜 주는 후각적 차별화 기제였다.

백화점 1층에 딱 들어갔을 때 나는 냄새 있잖아요. 뭔가 일상이 제거된 느낌. 일상이 팍팍하고 괴로웠는데 거기에 들어가면 온갖 향수 냄새들이 나면서 뭔가 일상이 거세된 듯한 느낌이 들잖아요. 그런 것도 저는 사랑하거든요.

──백영옥, 『마놀로 블라닉 신고 산책하기』

호텔 지하 아케이드처럼 이곳으로 진입하는 순간 "일상이 거세된" 느낌을 받았다. 판매원들은 (훈련받은 친절함이겠지만) 한없이 상냥했고 손님들은 (청구될 카드 명세서를 미리 걱정하지 않는다는 전제 하에서) 더없이 행복해 보였다. 행복을 치장하고 과장하는 곳이 백화점이었다.

백화점에는 다양한 상품들이 진열되어 있었다. 도서관이 지식의 소우주라면 백화점은 상품의 은하수였다. 구보는 산책하듯 백화점을 거닐며 '잘 배치된 부'를 감상했다. 백화점은 자본주의 시장 원리를 가장 세련된 형태로 극대화한 공간이다. 세계의 모든 상품이 모여 소비자를 현혹하는, 말하자면 자본주의의 세계화가 실천되는 현장이다. 화려한 쇼윈도로 소비자를 유혹하고 사시사철 바겐세일로 덫을 놓는다. 백화점은 여러 가지 탐스러운 미끼를 사용해 사람을 낚시하는 물고기였다. 장정일은 이렇게 썼다. "번뜩이는 네온의 월계관을 쓴/ 왕관 없는 현대의 왕/ (중략) 다가올 할인 판매를 광고하고 잽싸게 뒤돌아서서/ 새로운 판매 전략을 고심하는 이자가 바로/ 우리들의 등과 배를 간지르며/ 만들라! 만들라! 만들라!"(「백화점 왕국」) 일찍이 벤야민은 백화점의 속성을 이렇게 간파했다.

손님들은 그곳에서 스스로를 군중으로 느낀다. 그들은 엄청나게 진열되어 있는 상품에 직면한다. 그들은 모든 층을 한눈에 바라본다. (중략) 보

그랑빌,
「사람을 낚시하는
물고기」(1844)

들레르의 '대도시의 종교적 도취'에 대해. 백화점이란 이러한 도취에 바쳐
진 사원이다.

—발터 벤야민, 『아케이드 프로젝트』

정교한 연출과 마술적 배열을 통해 상품을 영원한 숭배의 대상으로
만드는 거대한 욕망의 사원이 백화점이다. 요컨대 백화점은 자본주의
의 신흥 종교다. 자본주의가 급부상하기 시작한 19세기 중엽을 배경
으로 백화점의 작동 메커니즘을 예리하게 포착한 에밀 졸라의 소설
『여인들의 행복 백화점』에 이런 구절이 있다.

그가 창조해 낸 것들은 새로운 종교를 일으켰다. 그의 백화점은 여인들의 비어 있는 영혼 속으로 파고들었다. 여인들은 공허한 시간을 채우기 위해 그의 백화점을 찾았다. 그리하여 예전에는 예배당에서 보냈던 불안하고 두려운 시간들을 그곳에서 죽여 나갔다. 백화점은 불안정한 열정의 유용한 배출구이자, 아름다움의 신이 존재하는 내세에 대한 믿음과 육체에 대한 숭배가 끊임없이 다시 생겨나는 곳이었다.

— 에밀 졸라, 『여인들의 행복 백화점』

　백화점은 상품 물신이 존재의 공허를 일시적으로 위무해 주는 자본주의의 예배당이다. 구보는 이 예배당에 가득 찬 신자들을 보았다. 아무리 채워도 채울 수 없는 욕망의 공회전을 보았다. 생의 불안과 두려움을 상품 구매와 소유로 보상받으려는 신도들의 가난한 영혼을 목격했다. 구보는 이 행복의 나라에서 점점 불행해졌다. 여기서는 행복을 찾을 수 없었다. 젊은 베르테르의 연인 로테는 시골 마을의 순박하고 아름다운 처자였다. 그러나 쇼핑 제국의 기표인 롯데는 우아하고 간교한 상품의 여신이었다. 삶의 진정한 행복은 어디서 찾을 수 있을까? 구보는 갑자기 명동성당에 가고 싶어졌다. 그곳은 마음의 안식처가 될 수 있을까?

러브릿지

　구보는 롯데백화점 본점 7층에서 명품관인 에비뉴엘 6층으로 연결되는 구름다리를 천천히 걸었다. 통로 왼편의 유리창 너머로 남대문로와 명동 거리의 풍경이 파노라마처럼 펼쳐졌다. 건물과 건물 사이 '공중'을 잇는 새로운 형태의 아케이드가 아닐까 생각했다. 놀라운 것은, 에비뉴엘 건물 6층에서 다시 롯데 영플라자 7층으로 연결되는 가교가 또 놓여 있다는 사실이었다. 구보는 이 공중 아케이드를 통과해 영플라자 7층 하늘정원에 도착했다. 백화점 측은 이 연결 통로에 '러브릿지(love + bridge)'라는 달콤한 표찰을 달아 주었다. 사랑의 다리. 발상이 재미있었다. 이 공중 회랑에서 이동의 편리함을 느꼈지만 두렵기도 했다. 구매 동선을 조종하는 오작교 마케팅 전략이 뻔히 보였다. 연인을 사랑하듯 쇼핑을 사랑하라는 요구 같아서 조금 불쾌했다. 이 거대 상품 자본의 정교한 결탁을 보라! 공룡 쇼핑 군단이 제공하는 전망과 배려와 쾌적함이 노골적이었다. 서울의 아케이드는 자본의 욕구에 따라 이렇게 신속하게 진화하고 있었다.

신세계백화점

구보는 한국은행 화폐박물관 앞에서 횡단보도를 건너 신세계백화점 본관으로 걸음을 옮겼다. 커다란 분수가 허공의 미궁에 장쾌하게 물을 내쏘고 있었다. 분수대 옆에 서서 스마트폰 검색창에 '신세계백화점' 여섯 글자를 쳐 넣었다. 한국 최초의 백화점. 1930년에 생긴 미쓰코시백화점 경성 지점이 모태인 신세계백화점은 광복 이후 동화백화점으로 상호를 변경했다가 1963년 삼성이 인수한 후 지금의 이름을 갖게 됐다.

육중한 회전문을 밀고 1층 로비로 들어갔다. 한산했다. 아니, 고요했다. 몇몇 사람들의 움직임이 보였지만 대체로 정적이 흘렀다. 상품 물신 중에서도 최상의 '명품 신'이 분무하는 아우라로 자욱했다. 오래전에 지은 건물이라 롯데백화점보다 규모는 작았지만 분위기는 더 고풍스럽고 귀족적이었다. 1층 로비에는 샤넬, 에르메스, 루이비통 대형 매장이 삼각 편대를 이루었다. 최고급 명품 가방과 구두와 옷들이 쇼윈도에 아주 깔끔하게 전시되어 있었다. 이곳에서 상품은 오직 전시 가치로만 전면화되었다. 교환 가치의 의미는 제로인 것 같았다. 영원히 진열 중인 상품. 소유 가능성이 희박해질수록 상품 물신이 내뿜는 광채는 더욱 화려하게 빛났다. 이곳에서 상품은 박물관에 진열된 희귀한 보석 같았다. 적절한 조명, 대리석 바닥, 은은한 음악, 세련된 쇼윈도를 무대 배경으로 감각 있는 연출자에 의해서 공연되는 '종합 예술 작품'. 요컨대 이곳은 상품의 바로크 궁전이었다. 상품이 고가 미술품처럼 진열된 갤러리였다. 소설가 백영옥은 『마놀로 블라닉 신고 산책하기』에서 이렇게 썼다. "나에게 자본주의란, '부자라는 영광의 골을 향해 맹렬하게 싸우는 게임'이다. 그리고 명품은 그 게임의 경품이다." 전투력이 턱없이 부족한 구보는 이 게임의 경품을 영원히 받지 못할 것 같았다.

루이비통 매장 쇼윈도에 전시된 한정판 물소 가죽 서류 가방이 눈에 들어왔다. 품새가 당당하고 자태가 고전적이었다. 중후하고 멋있다는 첫인상, 갖고 싶다는 욕망, 영원히 손에 넣을 수 없으리라는 깨달음, 그리고 이어지는 우울이 순식간에 동시다발적으로 일어났다. 결국 구보의 심중에서 최후의 승리자는 문명 비판론이 아니라 명품 숭배론이었다.

> 가죽들의 무덤, 쇼윈도우에 나타나는
> 물소
>
> 문명엔 너의 식욕이 필요하다
> 숫자와 서류 뭉치와
> 도장을 먹고
> 불룩해지는 가죽 가방
> 이제 네 뱃속에 풀물 든 내장은 없다
>
> ——최승호, 「물소 가죽 가방」

구보는 샤넬, 에르메스, 루이비통이 빚어내는 가장 '세속적인 성스러움'의 삼위일체를 한 바퀴 순례하고 6층 옥상 공원으로 올라가는 엘리베이터에 탔다. 공원 이름이 걸작이었다. 트리니티 가든. 우리말로 옮기면 삼위일체 정원이었다. 그러나 예상외의 진풍경에 구보는 깜짝 놀랐다. 야외 정원에 진짜 예술 작품이 전시되어 있었던 것이다. 모빌의 창시자 알렉산더 칼더의 「작은 숲」이 각도에 따라 천의 얼굴로 변신했다. 초현실주의 거장 호안 미로의 청동상 「인물」이 로봇 태권브이에 나오는 주전자 깡통 로봇처럼 천진하게 웃고 있었다. 헨리 무어의 「와상」은 서커스단 연기자가 곡예를 펼치듯 유연하게 몸을 구부렸다. 검은색 화강암으로 사람의 눈을 형상화한 루이즈 부르주아의 「아이 벤치스 III」는 구보를 뚫어져라 쳐다보았다. 도시 풍경 독법을 배워야 했던 구보는 그 형안(炯眼)을 자세히 들여다보았다. 작가는 이 눈빛으로 말하고 있었다. "당신의 눈이 지닌 힘과 본질을 여기에 표현하였다. 내가 보고 싶은 대로가 아닌 사물의 있는 그대로를 보고자 한다." 사물의 날이미지를 보라는 충고였다. 오규원의 시각과 크게 다르지 않았다. 구보는 이 정원이 백화점의 아트 마케팅 전략의 일환임을 잘 알면서도, 서울 시내 한복판 건물 옥상에서 이런 예술 작품들을 감상할 수 있다는 것 자체가 자본의 축복이라는 생각이 들었다.

그때였다. 한쪽 구석에 설치된 거대한 오브제가 눈에 들어왔다. 보랏빛으로 빛나는 초콜릿 봉지에 금빛 리본이 묶여 있었다. 다가가 보니 포스트모던 키치 예술의 제왕 제프 쿤스의 작품이었다. 2011년 백화점 측이 300억 원에 구매해서 세간을 떠들썩하게 했던 문제작이었다. 구보는 저속한 키치를 예술로 승화한 쿤스의 최첨단 감각을 높이 평가하면서도, 뛰어난 사업 수완과 연예인적 기질을 가진 그를 진정한 예술가보다는 예술 사업가쯤으로 여겨 왔다. 항상 조르지오 아르마니의 최고급 슈트를 입고 화려한 스포트라이트를 받으며 대중 앞에 선 그의 영리한 모습을 얄미워했다. 이 조각도 대중문화의 세례를 받은 쿤스다운 작품이었다. 현대 물질문명과 기술의 상징인 반짝이는 크롬 도금이 입혀진 보랏빛 초콜릿 봉지와 황금빛 리본. 참을 수 없는 키치의 가벼움! 그럼에도 이 작품은 바라보는 사람에게 리본을 풀면 저 안에 무엇이 들어 있을까 하는 궁금증과 호기심을 자극했다.

작품의 표제 또한 기가 막혔다. 「신성한 심장」. 종교적으로 해석하면 예수 그리스도의 심장, 즉 그리스도의 사랑과 속죄를 상징하는 오

제프 쿤스,
「신성한 심장」(2011)

브제였다. 역설적인 이름이었다. 구보는 그제야 트리니티 가든, 즉 삼
위일체 정원에 놓인 거대한 초콜릿 봉지 안에 무엇이 들어 있는지 간
파했다. 이곳은 성부와 성자와 성령의 숭고한 삼위일체가 역사하는
성소가 아니었다. 물신과 상품(물신의 아들)과 욕망(물신과 상품의 영혼)
이라는 '소비 자본주의 삼위일체'가 역사하는 '신성한 심장'이었다.
서울의 아케이드를 다스리는 상품 물신의 심장은 바로 신세계백화점
트리티니 가든이라는 신전 위에서 아주 '키치적'으로 뛰고 있었던 것
이다.

좀 더 가까이 다가서니 이 신성한 심장의 힘찬 박동 소리가 들렸다. 구보는 안절부절못했다. 옥상 정원 카페의 통유리 창가에 앉아 커피 한잔의 여유를 즐기려 했던 애초의 마음을 바꿔 서둘러 지상으로 내려왔다. 자본주의 성심(聖心)의 영향권에서 가급적 멀리 도망치고 싶었다. 그러나 뜻대로 되지 않았다.

지하도

신세계백화점에서 나온 구보는 명동으로 가기 위해 지하도로 내려갔다. 조금 섬뜩했다. 지하도가 마치 뒤죽박죽 무질서하게 움직이는 거리의 사람들을 시종일관 한곳으로 모아 담는 도시의 깔때기 같았다. 구보는 행인들과 함께 지하도 입구로 쑥 빨려 들어갔다.

명동 눈스퀘어

명동으로 들어섰다. 거리 입구에 유리 상자처럼 생긴 패션몰 눈스퀘어가 눈에 띄었다. "서울의 중심, 패션의 중심에 위치한 눈처럼 아름다운 쇼핑몰"이라는 선전 문구가 보였다. 철과 유리로 만든 거대한 건물의 내외부가 눈(snow)의 신비로운 육각형 결정체처럼 반짝반짝 빛났다. 태풍의 눈(eye)처럼 서울에서 가장 땅값이 비싼 명동 한복판에 자리 잡았다고 자랑하는 것처럼 보였다. 명동에서 최고 정상(noon)의

명동 눈스퀘어

쇼핑몰이라고 자부하는 영특한 아이의 눈빛처럼 보이기도 했다. 세 가지 의미를 내포한 쇼핑몰 이름이 자못 문학적이었다.

　대한민국 유행을 주도하는 패션 1번지답게 몰 안에 다양한 의류 브랜드가 입점해 있었다. 유행에 민감한 젊은 패셔니스타들, 유행을 주도하는 트렌드세터들, 20대 초반의 커플들, 점심을 먹으러 나온 세련된 커리어우먼들로 북적였다. 최신 유행을 즉각 반영해 빠르게 디자인하고 빠르게 제작해 빠르게 유통하는 해외 패스트패션 브랜드들이 생존을 위해 격렬하게 전투를 벌이고 있었다. 1년에 네댓 번씩 계절별로 신상품을 내놓는 일반 브랜드와 달리 1~2주일 단위로, 심지어 사나흘 만에 신제품을 쏟아 내는 가공할 만한 패션 교체 속도전이 벌어지는 현장으로 구보는 들어왔다.

> 소비재는 지속을 알지 못한다. 소비재는 파괴를 구성적 요소로서 자기 안에 품고 있다. 사물의 등장과 파괴의 주기는 점점 짧아진다. 성장을 해야 한다는 자본주의의 지상 명령에 따라 사물은 점점 더 빠른 속도로 생산되고 소비되기에 이른다. 소비의 강제는 생산 시스템에 내재되어 있다. 경제 성장은 사물의 빠른 소모와 소비에 의존하고 있다. (중략) 그런 물건들은 최대한 빨리 소비되고 소모되어야 한다. 그래야만 새로운 제품, 새로운 수요를 위한 자리가 생겨난다.
>
> ──한병철, 『시간의 향기──머무름의 기술』

새 옷에 대한 본능적이고도 열광적인 갈망은 남에게 자신을 드러내기 위함만은 아니다. 옷을 향한 인간의 욕구는 페티시즘에 뿌리박고 있다. "에게 해의 물빛을 연상시키는 푸른 스트라이프 셔츠의 가슴께를 손등으로 가만히 쓸어 보았다. 까슬하면서도 결코 숨길 수 없는 섬세함. 그걸 손으로 만지고 있자니 그의 아랫배에 얼굴을 대고 누워 있을 때보다 더 따스하고 어지러운 느낌에 순간 아득해져 버린다. 물질이 줄 수 있는 즐거움은 이토록 즉각적이면서도 강렬하다."(정미경, 「호텔 유로, 1203」) 인간은 몸에 옷이 닿을 때 성적 쾌감을 느끼는 이상한 동물이다. 스키니 룩이 사랑받는 패션인 이유는 여기에 있다.

그녀는 희고 미끈한 피부를 입고 있었다.

내 시선에서 근육과 핏줄을 확 빨아들이는

고탄력 피부를 입고 있었다.

내 시선에서 난폭하게 뽑아낸 올로 촘촘하게 싼

천연 섬유를 입고 있었다.

내 시선에서 침 흘리는 혀를 길게 늘여

엉덩이부터 복사뼈까지 남김없이 핥는 촉감을 입고 있었다.

다리가 스스로 뽑어내는 스키니 룩을 입고 있었다.

안 입은 느낌을 입고 있었다.

──김기택, 「스키니 룩」

인간에게 옷은 부끄러운 나신을 가리는 덮개가 아니라 제2의 피부
다. "패션은 육체다 ── 몸 밖으로 불거져 나온 남근처럼/ 육체를 외연
한다"(함성호, 「홍대 앞 금요일」). 패션은 자기애의 물질적 표현이자 타자
의 시선이 집적되는 욕망의 구심점인 것이다. 벤야민은 패션의 메커
니즘을 이렇게 간파했다.

모든 패션은 살아 있는 육체를 무기체의 세계와 결합시킨다. 무기체의
성적 매력에 빠져드는 행위인 페티시즘은 패션을 위한 필수적 신경계다.

──발터 벤야민, 『아케이드 프로젝트』

이 패션의 작동 원리에서 인간은 좀처럼 벗어날 수 없다. 물론 이
페티시즘은 천의 촉감에서 비롯하지 않는다. 구매자의 신경계를 자극

하는 건 원단의 질감만이 아니다. 중요한 건 상표의 짜릿한 촉감이다. 물론 고가 브랜드일수록 쾌감을 더 많이 느낀다.

우선 옷을 갈아입는다. 그러면 이상하게도 항상 기운이 많이 난다. 옷을 갈아입으면 말이다. 알렉산더의 바버 재킷을, 이제는 네 소유가 된 그 재킷을 상의 걸이에 걸친 다음 문 뒤의 옷걸이에 건다. (중략) 내 셔츠는 전부 브룩스 브라더스 제품이다. 그 어떤 셔츠 제조사도 이렇게 멋진 물건을 만들어 내지는 못한다. 이 셔츠들은 칼라가 약간 둥글게 말리고, 하늘색은 언제나 신선해 보여서 정말 언제라도 입고 다닐 수 있다.

— 크리스티안 크라흐트, 『파저란트』

상표는 상품을 지시하는 본래 역할을 넘어 자기 정체성과 사회적 정체성을 지시하는 기표 역할을 한다. 패션 산업의 오늘을 움직이는 중축은 상표 페티시즘이다. 브랜드 미학이 구매욕을 유발한다. 그래서 사람들은 오늘도 옷을 고르고 입어 보고 산다. 어제의 옷을 고루한 것으로 망각하게 하고, 오늘의 옷을 최신으로 숭배하도록 하며, 내일의 옷을 최첨단으로 갈애하도록 만드는 유행의 최전선이 명동이라고 구보는 생각했다. 상표의 성좌가 만든 미로. 명동에서 오늘은 곧 어제로 퇴행하고 내일은 곧 오늘로 승격된다. 이 환상극이 연출되는 무대가 쇼윈도다. "우리는 윈도쇼핑을 하며, 끊임없이 욕구 불만을 불러일으켜 상품의 구매를 촉진시키는 그 유리창 너머에서 '계산된 몽환극'을 만나게 된다. 상품을 찬양하기 위해 행해지는 교묘한 몽환극을 보게 되는 것이다."(강심호, 『대중적 감수성의 탄생 — 도박, 백화점, 유행』)

새것에 대한 끝없는 갈증과 강박으로 쇼윈도의 마네킹들은 오늘도 정신없이 옷을 갈아입었다. 고단하고 지쳐 보였다. 구보는 미처 옷을 입지 못한 채 벌거벗고 서 있는 어느 마네킹의 눈동자와 눈과 마주쳤다. 김기림의 시가 떠올랐다. "쇼윈도의 마네킹 인형은 홋옷을 벗기우고서/ 셀룰로이드의 눈동자가 이슬과 같이 슬픕니다."(김기림, 「가을의 태양은 플라타나스의 연미복을 입고」) 강기원의 시도 떠올랐다.

웨딩드레스를 입고 있는 마네킹
모피를 걸친 마네킹
비키니를 입은 마네킹

고향이 없다
누울 곳이 없다
쓰레기를 베고
토막 나리라

　　　　　　　　　　　　　　　　　　　　─강기원, 「마네킹」

구보의 눈에 비친 명동은 마네킹 천국이 아니었다. 힘든 고역에 시달리다가 토막 나 버려질 마네킹의 무덤이었다. 어쩌면 마네킹의 숙운은 인간의 운명에 대한 알레고리인지도 모른다. 욕망의 대상은 더 이상 인간이 아니라 인간이 걸친 매력적인 옷이다. 이제 인간은 옷을 걸치는 옷걸이일 뿐이다. 빠르게 입고 빠르게 버려져 쓰레기로 전락하는 수많은 옷들은 현대 사회에서 빠르게 소비되고 빠르게 퇴출되는 인간의 비극적 운명을 상징한다. 구보가 반짝반짝 빛나는 명동 눈스퀘어에서 채집한 암울한 이미지의 실체였다.

이동 통신 대리점

> 나도 얼마 전에야 샀어요. 정말 기묘한 물건이에요. 어떤 상황
> 에서도 현실을 자각하게 하죠.
>
> ——다니엘 켈만, 『명예』

　패션몰과 옷 가게 못지않게 이동 통신 대리점도 눈에 많이 띄었다. 대한민국 속도 전쟁을 주도하는 KT, SKT, LGT 세 군대가 명동길 요지마다 진지를 배치하고 서로 마케팅의 총구를 겨누며 보이지 않는 전투에 돌입하는 듯 보였다. 오늘날 명동은 류복성의 노래 가사처럼 "추억 그리워서 걷는 길"(「혼자 걷는 명동길」)이 아니었다. 명동, 이곳은 욕망과 자본의 전장이었다.

　구보는 걸으며 계속 스마트폰을 만지작거렸다. 스마트폰을 사용한 지 두 달이 지났다. 처음엔 이 납작한 마법 상자의 민첩함과 영리함이 마냥 신기하고 대견스럽기까지 했다. 하나 짓궂은 녀석의 시도 때도 없는 간섭과 투정이 꽤나 귀찮고 경망스럽게 느껴지기도 했다. 그리고 차츰 두려워졌다. 갈수록 구보는 자신이 뉴미디어를 '휴대'한 것이 아니라 오히려 이 애물단지가 자신의 일거수일투족을 '관리'한다는 의혹을 품게 되었다. 이 주종의 역전을 명동 거리에서 확인했다. 거리

를 걷는 젊은이들은 쇼윈도보다 스마트폰 화면을 더 자주 들여다보았다. 때론 가만히 멈춰 서서 손가락만 부산히 움직였고, 때론 걸어가면서 스마트폰에 시선을 고정했다. 움직이지 않으면서 움직였고 움직이면서 움직이지 않았다. 정중동, 동중정의 미학은 오늘날 스마트폰을 통해 거리에서 실현되고 있었다.

스마트폰은 산책의 리듬을 무시로 끊었다. 여유로운 걷기의 미학을 아슬아슬한 곡예로 둔갑시켰다. 거리의 풍경을 외면하게 만들었다. 요컨대 스마트폰은 도시 산책자의 적이었다. 구보는 단호히 결론을 내렸다. 벤야민이 스마트폰을 가지고 있었다면 『아케이드 프로젝트』는 쓸 수 없었을 것이다.

구보는 손에 쥐고 있던 스마트폰을 주머니에 넣었다. 현대인의 일상과 행동 방식과 (무)의식을 숨 가쁘게 재편하는 이 작은 괴물의 정체는 무엇인가 하고 이 명랑한 거리에서 진중한 질문을 던져 보았다. 구보는 두 달 전 모 잡지에 다음과 같은 칼럼을 썼다.

나는 터치한다, 고로 존재한다(Tactus, ergo sum)

첫째, 스마트폰은 산만과 집중의 통섭을 실현한다. 우선 스마트폰은 심심함을 허용하지 않는다. 총천연색 볼거리가 눈길을 붙잡고 고음질의 디지털 사운드가 귀청을 울린다. 온갖 정보가 쇄도하고 스팸 메일이 기습한다. 트위터는 지저귀고 카톡은 재잘거린다. 정보를 포식하느라 눈과 귀는 피곤하고 손은 분주하다. 요컨대 디지털 시대 인간은 "정신이 산만한 시험관"(발터 벤야민, 「기술 복제 시대의 예술 작품」)이다. 동시에 스마트폰은 '순간 집중력'을 훈육한다. 거리에서, 지하철 안에서, 수업 시간에, 새끼손톱보다 작은 자판을 정확하고 집요하게 두드리는 고도의 주의력을 보라. 산만한 집중! 이 모순적 정신 상태가 현대인의 자화상이다. 여기서 문제는, 단순한 번잡함이 창조적 상상력을 잉태하지 못하고, 찰나의 집중이 진득한 성찰로 이어지기 어렵다는 것이다. 컷 컷 컷! 신속하게 다음 장면으로 질주하는 조건 반사적 인지 모듈이 자기반성적 체험을 교란한다.

둘째, 스마트폰은 소통을 촉진하면서 방해한다. 스마트폰은 시공간의 제약 없이 주체와 타자를 수평적으로 연계한다. SNS의 광장에서 스마트폰이 갖는 영향력과 파급력을 보라. 하지만 개인을 단자로 소외시킬 위험성도 다분하다. 스마트폰만 곁에 있으면 외로움을 느낄 틈조차 없다. 느닷없이 울리는 벨소리와 알림음은 면 대 면 의사소통의 리듬을 무시로 끊는다. 교실 책상 밑에서 스마트폰 위를 기민하게 유영하는 손가락은 선생과 학생 사이에 '딴전의 장벽'을 쌓는다. 카페에 마주 앉은 연인도 자기 폰을 더 자주 들여다본다. 가상의 존재와 대화하기 위해 잠깐 스마트폰을 보는 순간, 눈앞에 엄연히 실존하는 파트너와의 관계는 일시 중단된다. 소통의 과잉이 소통의 정체를 양산하는 꼴이다. 점점이 흩어진 사람들을 광적인 속도로 네트워킹하는 스마트폰이 동시에 인간관계의 단절을 낳는 이상한 가역 반응! "사람들 사이에 섬이 있다"(「섬」)라고 정현종은 썼다. 오늘날 사람들 사이에는 스마트폰이 있다.

셋째, 스마트폰은 메시지이자 마사지다. 매체 철학자 마셜 매클루언이 옳았다. 이제 스마트폰은 메시지를 전달하는 수단을 넘어 메시지 그 자체다. 스마트폰은 정보의 콘텐츠가 수집, 분석, 저장되는 지각의 연장, 즉 제2의 자아로 승격되었다. 그래서일까. 자기 자신을 경영하는 스마트폰 이용자는 기업가의 아비투스를 내면화한다. 스마트폰은 자본주의 경영 이데올로기의 전도사인 것이다. 또한 스마트폰은 현대 소비 사회의 욕망이 집적된 물신이다. 연인을 애무하듯 매 순간 스타카토 주법으로 톡톡 쓱쓱! 나는 터치한다, 고로 존재한다. 바야흐로 촉각이 사유에 선행하고 속도가 본질을 규정하는 감각의 제국이 도래했다. 싫든 좋든, 똘똘한 폰이 왔다.

구보는 애인의 손을 터치하듯 스마트폰을 손으로 만지작거렸다. 습관인가, 혹은 외로움의 무의식적 발로인가, 둘 사이에서 잠시 주춤댔다. 그 순간 문자 메시지가 도착했다는 진동이 느껴졌다. 구보는 고민을 잠시 중단하고, 인파로 북적이는 복잡한 명동 거리에 서서, 스마트폰 위로 손가락을 민첩하게 미끄러트렸다. 산만한 집중! 사유를 방해하는 소통! 제2의 자아! 구보가 글로 묘사했던 모든 상황이 순식간에 몸을 통해 현실화되는 순간이었다.

'오랜만, 홍대 입구 사거리 탐앤탐스 5시 어때, 지금 봤어 미안 :-)'. 벗 K가 보낸 답 메시였다. 문자에도 K 특유의 언어 미니멀리즘이 또렷했다. 구보는 어젯밤 늦게 K에게 오늘 오후 시간이 되면 시내에서 커피나 한잔하자고 문자 메시지를 보냈다. 답이 없어 바쁘려니 하고 잊고 있었다. 구보와 K는 고등학교 동창 사이였다. 같은 반인 적은 없었지만 교내 문학부에 만난 이래 지금까지 우정을 쌓아 왔다. 프랑스에서 보들레르를 전공한 K는 2년 전 서울 시내 모 대학에 취직한 교수이자, 유학 시절 신춘문예로 등단한 시인이었다. 빙그레 웃는 이 모티콘이 K의 얼굴을 닮은 듯 여겨졌다. 구보는 시계를 보았다. 벌써 1시 30분이 조금 넘었다. 망설임 없이 디지털 자판을 톡톡톡 오차 없이 터치했다. '그래 거기서 봐^^'. 산만한 집중의 소산이었다. 어쨌든 구보는 이렇게 명동 한복판에서 K와 잠깐 소통했다.

맥도날드

> 혼자서 하는 식사는 삶을 힘겹고 거칠게 만든다. (중략) 모든
> 사람이 각자 혼자서 식사를 하고 자리를 일어서는 곳에서 경
> 쟁의식이 싸움과 함께 일어나기 마련이다.
>
> ─발터 벤야민, 『일방통행로』

위는 정신보다 더 솔직했다. 구보는 허기를 느꼈다. 오전 내내 쉬지 않고 걸어다닌 터였다. 갑자기 전신에 피로가 몰려왔다. 배가 고팠다. 구보는 무엇을 먹을까 주변을 두리번거렸다. 간편하게 점심을 해결할 수 있는 곳을 찾았다. 저편에 답이 보였다. "점심의 정답, 맥도날드 맥런치 세트". 매장 안으로 들어가니 맥런치의 정체가 밝혀졌다. "한국 맥도날드 오픈 25주년 기념 1955버거 출시! 맥도날드가 처음 생긴 1955년, 그 맛 그대로". 이제는 패스트푸드점도 바야흐로 오랜 전통을 강조해 매출을 올리는 시대가 온 것이다. 메뉴판에 적힌 "맥런치 세트 890~1057kcal"라는 아주 친절한 비만 경고문을 올려다보고 잠시 망설였지만, 구보는 결국 '정답'을 따르기로 했다. 이곳에서도 빠름의 효

율성은 관철되었다. 주문 후 1분도 채 안 지나서 쟁반에 담긴 세트 메뉴를 건네받았다. 빠름, 빠름, 빠름! 이런 이동 통신 광고 카피는 패스트패션 매장은 물론이고 맥도날드의 경영 철학을 대변하는 말이기도 했다.

맥도날드는 들어오는 것에서부터 나가는 것에 이르기까지 속도를 높이기 위한 모든 것을 갖추었다. (중략) 계산대까지는 몇 발자국이 채 안 되며, 가끔 줄을 서기도 하지만 음식은 대체로 빨리 주문하고 전달되고 계산된다. 그리고 매우 제한된 메뉴는 먹는 사람의 선택을 쉽게 하여, 다른 식당에서의 다양한 선택과 대조를 이룬다. 음식을 받으면 식탁까지 몇 걸음 걸어가서는 곧바로 식사를 할 수 있다.

— 조지 리처, 『맥도날드 그리고 맥도날드화』

구보는 맥도날드에서 고객에게 암묵적으로 강요하는 이 보이지 않는 매뉴얼에 충실히 따랐다. 시장이 반찬인지, 생각보다 맛있었다. 그러나 서둘러 먹을 수 없었다. '패스트푸드'라지만 먹는 과정은 매끄럽지 못하고 지지부진했다. 빵 두 조각이 힘겹게 덮고 있는 고기 패티와 야채 더미를 손에 쥐고 먹는 일이란 여간 힘들고 번거로운 작업이 아니었다. 포장지에 압사당한 야채들이 기필코 틈을 비집고 탈출에 성공하기 일쑤였고, 소스는 노란 닭똥 같은 눈물을 뚝뚝 흘렸다. 구보는 포장지 안으로 햄버거를 요리조리 돌려가며 가능하면 토핑을 떨어뜨리지 않고 남김없이 모두 씹어 삼키려는 자신의 허기와 맹목적인 식탐에 비애를 느꼈다. 햄버거는 거인 같았고 그걸 감당하기에 자신은 난쟁이 같았다. 구보는 자기가 햄버거를 먹는 것이 아니라 햄버거가 자신을 집어삼킨 것 같은 이상한 기분마저 들었다. 햄버거 속 토마토가 먹잇감을 보고 날름거리는 표독한 독사의 혀 같았다.

118개국 진출, 3만 3000개 이상의 매장 수로 전 세계에서 가장 사랑받고 있다고 자처하는 외식 브랜드 맥도날드 안에서 구보는 고독했고 쓸쓸했고 섬뜩했다. 맛있는 음식을 함께 먹고 대화를 나누며 행복해야 할 식사 시간마저도 철저하게 고립되어 햄버거 하나와 사투를 벌이는 자신이 측은하게 느껴지기도 했다.

구보는 '녹색 시민 구보 씨'의 존재를 책을 통해 알고 있었다. 일상적인 소비 생활의 생태학적 문제점을 추적했던 녹색 시민 구보 씨. 그는 햄버거에 대해 이렇게 썼다.

구보 씨는 오늘 점심을 서둘러서 먹어야 했다. 그래서 그는 회사 근처의 패스트푸드점으로 향했다. 그곳에서 구보 씨는 치즈버거 하나를 시켰고, 피클을 서비스로 받았다.

햄버거에 들어 있는 100그램 정도의 쇠고기 패티는 경기도 남부에 있는 한 목장에서 길러 낸 송아지 고기로 만들었을 것이다. 그러나 송아지는 강원도 대관령 근처의 한 목장에서 길러 냈을 수도 있다. 이 대규모 목장들은 그곳의 초지를 철저하게 파괴했으며, 특히 엄청난 양의 배설물로 인해 주변의 하천들을 심각하게 오염시켰다. 초지에서 자연스럽게 자라난 풀만으로는 이 송아지들을 충분히 키울 수 없기 때문에 농장 주인들은 옥수수, 콩, 수수, 보리 등과 인공 사료를 뒤섞은 복합 사료를 소들에게 먹일 수밖에 없었다.

100그램의 햄버거 고기를 생산하려면 한 컵의 휘발유를 생산하는 데 들어가는 것과 같은 양의 에너지가 필요하다. 그 에너지의 일부는 목장을 유지하거나 고기를 수송하는 데 쓰이지만, 대부분은 사료를 더 많이 생산하는 데 쓰인다. 햄버거용 고기 100그램을 생산하려면 2000리터 이상의 물이 필요하다.

——존 라이언 · 앨런 테인 더닝, 『녹색 시민 구보 씨의 하루』

구보는 자신이 무심코 먹은 햄버거 하나가 파괴했을 초지와, 오염시켰을 하천과, 농약과, 운송비와, 물의 양을 가늠해 보았다. 끔찍했다. 갑자기 자신이 지구 환경과 생태계를 파괴한 공범자가 된 듯해서 심히 부끄러웠다. 이제는 소비 문제를 진지하게 논의할 때다. 대량 생산과 대량 소비의 악순환(물론 기업에서는 선순환이라 부를 것이다.)을 끊을 대안을 모색해야 한다. 구보는 맥도날드를 빠르게 나오며, 에너지 과잉 소비 국가 대한민국의 수도 서울 한복판에서, 이렇게 자못 거창한 생각을 품었던 것이다. 갑자기 하릴없이 서울을 걷는 자신이 초라해졌다. 지식의 포로로 살아가는 자신의 용렬함이 무기력해 보였다. 구보는 녹색 시민 구보 씨에게 경의를 표하고 싶었다. 그래도 오늘은 시민이 되기보다는 그냥 산책자로 남기로 했다. 구보는 계속 걸었다.

올리브영

명동성당 입구 근방에 올리브 열매가 보였다. 건강과 싱그러움을 형상화한 드러그스토어 로고였다. 갖가지 화장품과 각종 비처방 의약품 등이 예쁘고 앙증맞게 진열장에 빼곡히 들어차 있었다. 이것들이 모두 신체 어느 부위에, 어떤 목적으로, 어떻게 사용되는 건지, 구보는 도통 헤아릴 수가 없었다. 성경에서 올리브 열매와 올리브유는 성령과 성령의 기름 부음을 상징한다. 고대 이래 신의 제단에 바쳐졌던 올리브 열매가 이제는 인간의 신체와 건강한 라이프스타일을 향해 바쳐지고 있었다. 격세지감이란 이런 것이었다. 구보는 명동성당 입구로 걸어가며 이런 생각을 해 보았다.

기독교의 향주삼덕(向主三德)은 믿음, 소망, 사랑이다. 물론 그중에 제일은 사랑이다. 올리브영의 향인삼덕(向人三德)은 헬스, 뷰티, 스타일이다. 물론 그중에 으뜸은 스타일이다. 건강한 바디 라인도 아름다운 얼굴도 중요하다. 백옥 같은 피부도 찰랑찰랑한 머릿결도 포기할 수 없다. 어느 것 하나 도외시할 수 없다. 그러나 헬스와 뷰티가 오직 스타일 완성을 위해서만 동원된다면, 루키즘을 위해서만 복무한다면, 자아를 분장(扮裝)하는 자기기만의 가면이 된다면, 건강과 아름다움의 진정성에 대한 심각한 결례일 것이다.

구보는 명동 거리에 산재한 수많은 화장품 가게와 미용 관련 상점들의 진열대를 오고 가는 사람들이 소망하는 환영을, 바로크 시대 시인 호프만스발다우의 「완벽한 아름다움에 대한 묘사」에서 본 적이 있었다.

베레니케에게 당당히 맞서는 머리카락
장미를 물고 진주를 품은 입

(중략)

백조의 흰 눈빛을 저만치 물리치는 목덜미

플로라의 광채가 흐르는 두 뺨

예나 지금이나 인간의 욕망 자체는 조금도 변하지 않았다. 주로 화장품을 쇼핑하는 중국인 관광객들과 일본인 관광객들이 자주 눈에 띄었다. 모두들 회춘의 음료수를 찾아 헤매고 있었다.

명동성당

구보는 푸른 하늘을 배경으로 양지바른 언덕에 자리 잡은 명동성당을 물끄러미 바라보며 자드락길을 천천히 걸어 올라갔다. 성당의 붉은 벽돌이 회색 벽돌과 어우러져 온화해 보였다. 유흥가 뒷골목을 배회하던 소년이 난데없이 교회를 발견한 순간 느낄 법한 양심의 가책 비슷한 기분이 들었다. 사실 구보는 가톨릭 신자였다. 유학 시절 2년간 가톨릭 기숙사 공동체에서 살았는데, 당시 인내심이 많으셨던 기숙사 주임 신부님의 친절한 권유(끈질긴 설득)와 구보의 실존적 고독(타향살이의 외로움)이 조화로운 합을 이루어 세례까지 받았다. 세례명은 토마스 아퀴나스. 그러나 구보는 이 중세 철학의 대부다운 삶을 살지 못했다. 학문적으로는 말할 것도 없고 신앙생활도 그랬다. 귀국 후에는 주일 미사에 거의 참석하지 않았다. 냉담자가 된 것이다. 성당에 가까워질수록 가책은 죄의식으로 바뀌었다. 집으로 돌아가는 탕아의 마음을 알 것 같았다. 관광객이 생각보다 많았지만 그래도 시끄러운 도심 속에 숨은 묵상의 수도원에 들어가는 것 같아 차분해졌다.

한국 가톨릭의 본산이자 민주화 운동의 상징, 1987년 6월 항쟁의 진원지 역할을 했던 농성 투쟁과 2009년 용산 참사 범국민 대책 위원회 철야 농성 등이 구보가 명동성당에서 기억해 낼 수 있는 장면의 전부였다. 구보는 성당에 배치된 팸플릿을 읽어 보았다.

이 건물은 한국 천주교회의 발상지인 종현에 있는 천주교 서울대 교구 주교좌 성당 건물이다. 1892년 5월 8일 공사를 시작해서 1898년 5월 29일에 완공된 건물로 여러 차례 고쳐 지었지만 비교적 원형이 잘 보존되어 있다. 파리 외방 전교회 소속의 프랑스인 코스트 신부가 설계하고, 한강통 연화소에서 생산한 벽돌로 중국인 기술자가 지었다.

이 건물은 폭 29미터, 길이 67.7미터, 높이 22.5미터다. 십자가를 제외한 종탑 높이가 47.25미터에 이르며, 바닥 면적은 1399제곱미터다.

이 건물 양쪽으로 늘어선 기둥에 의해 공간이 3열로 구분된 라틴 십자형 삼랑식(三廊式)이다. 수직으로는 아케이드, 트리포리움(공중 회랑), 크리어스토리(광창)의 3개 층을 두었고, 천장은 교차 근골 궁륭으로 된 국내의 유일한 순수 고딕 양식 건물이다. 원래 고딕 양식은 돌로 지어 그 정교함을 잘 드러내지만, 이 건물은 적색 벽돌과 회색의 이형(異形) 벽돌을 사용하여 세부 곳곳에 장식을 했다.

명동성당은 한국 교회 공동체가 처음으로 탄생한 곳이자 여러 순교자의 유해가 모셔진 곳으로 한국 천주교회의 상징이다.

명동성당 우측 측랑
아케이드

'아케이드'라는 단어에 눈이 잠시 고정됐다. 구보는 쾰른 성당, 아
미앵 성당, 랭스 성당 등 유럽에서 보았던 고딕 양식 교회의 내부 구
조를 마음속에 복기하면서 차분하게 본당 안으로 들어갔다. 주님에게
무릎 꿇고 속죄하기 위해 입당하는 것이 아니라 속세에서 천국으로
가는 문지방을 넘었다는 상상의 자유를 누려 보기도 했다. 성당의 기
본 형태는 십자가형 바실리카 구조와 상응했다. 삼랑, 즉 세 개의 복
도로 성당의 평면이 질서 정연하게 분할되어 있었다. 미사 중 신자들
이 앉는 중랑 양편에 측랑이 나란히 놓여 있고 중랑과 측랑이 합쳐진

본진을 익랑(翼廊)이 가로질러 라틴 십자가 형태를 만들었다. 중랑과 익랑이 만나는 십자 교차부에는 미사를 집도하는 제단이 놓여 있고, 제단 뒤 후진(後陳)은 화환형 예배실로 꾸며져 있었다. 중랑과 측랑의 천장은 전형적인 고딕 양식인 갈비뼈 모양의 궁륭이었다. 하느님의 나라에 좀 더 가까이 올라가려는 인간의 의지가 천장을 드높였던 것이리라.

구보는 천천히 오른편 측랑을 걸어 제단 쪽으로 걸어갔다. 이곳이 바로 팸플릿에 언급된 아케이드였다. 측랑의 오른편 창은 스테인드글라스로 장식되어 있었고 왼편에 도열한 열주들 사이로 가지런히 배치된 긴 예배 의자들이 보였다. 구보는 몸을 돌려 왔던 통로를 거슬러 걸어가다가 멈춰 서서 눈을 감았다. 서울에서 가장 아름다운 아케이드는 바로 이곳이다.

물론 외형만 염두하고 내린 결론은 아니었다. 이 아케이드에는 교활한 상품 물신이 숨어 있지 않았다. 검은 입을 벌린 무시무시한 자본의 악어도 없었다. 행인을 매혹하는 "계산된 몽환극"이 연출되는 쇼윈도도 부재했다. 이곳에는 인간의 욕망을 농락하는 '보이지 않는 손'이 없었다. 대신 '기도하는 손'이 있었다. 오직 고요와 침묵이 흘렀다. 이곳에는 삶에 대한 진득한 반성이 있었고, 누군가를 향한 진심이 있었으며, 바람직한 삶에 대한 성찰이 있었다. 믿음과 소망과 사랑이 있었다. 불의에 저항하는 양심과 민주화에 대한 열망이 있었다. 요컨대 이곳은 아름다웠다. 형식과 내용, 물질과 정신이 신비로운 합일(unio uystica)을 이루어 낸 속세 속 성소였다.

구보는 아케이드에 놓인 긴 나무 의자에 앉아 손을 모았다. 홀어머니를 생각했다. 어머니의 고독과 고생을 생각했다. 그리고 편모 슬하에서 공부한 자신을 생각했다. 자신의 막막한 현재와 불투명한 미래를 생각했다. 구보는 이기적인 인간이었다. 마음이 완전히 식은 냉담자라기보다는 아쉬울 때만 예수님을 찾고 아쉽지 않으면 찾지 않는그런 인간이었다. 구보는 이런 자신이 싫었다. 그러나 한 가지 수확은있었다. 구보는 오늘 서울에서 가장 아름다운 아케이드를 걸었다. 오늘 서울 산책에서 얻은 두 번째 행운이었다.

구보는 본당을 나와 명동성당 진입로에 서서 명동 거리를 바라보았다. 여전히 거리는 외국 관광객들의 호기심과 활기찬 선남선녀들의쇼핑 열기로 북새통을 이루고 있었다. 구보는 대한민국에서 가장 땅값이 비싼, 휘황찬란한 명동의 거리에서 한 해직 교사 시인이 바라본새벽의 쓸쓸한 풍경을 떠올렸다.

사람은 없고
건물들만 부스스하다

불침번을 서다 바라보는
새벽 명동
얽어 세운 천막 위로
장맛비는 내리고
내려 흩어지고
눈꺼풀도 무거워 가라앉은
사람들의 마음속으로

드문드문 불 밝힌

가로등

명동성당에서 구보는 농성 천막을 볼 수 없었다. 구보는 가슴 아픈 질문 하나를 스스로에게 던져 보았다. '지금 여기' 우리는 최성수가 새벽 명동을 노래했던 그때보다 더 나은 삶을 살고 있는가? 명동 거리의 불빛은 찬란했고 건물들은 위풍당당했다. 그 시절의 상점은 화장품 가게가 되었고, 식당은 패션몰이 되었으며, 몇몇은 아예 허물어졌고 그 자리에 빌딩이 들어섰다. 성당 앞 건물에 붙은 '로얄호텔'이라는 글자가 유독 커 보였다. 던적스러워서 꺼려졌다.

N서울타워

구보는 명동성당 사거리로 나왔다. 오른편을 올려다 보니 N서울타워가 보였다. 생뚱맞게 붙은 N 자는 새로운(New) 남산(Namsan)을 상징하는 이니셜이라고 했다. 옛 남산타워를 모던하게 리모델링한 N서울타워의 전망대에서 서울을 내려다보면 어떨까, 잠시 궁금했지만, 5시까지 홍대 앞으로 가야 하는 터라 시간도 없었고, 또 그럴 만한 이유도 딱히 못 느꼈다. 타워는 원형 감시탑처럼 느껴졌다. 서울을 통제하고 관리하는 '빅브라더'가 있다면 그곳 창가에 거만하게 앉아 있을 것만 같았다. 타워가 마치 구보같이 삐딱한 시선으로 트집을 잡는 불순

분자의 목소리를 감청하는 고감도 안테나 같아 유쾌하지 않았다. 구보는 가끔 서울에 염증을 느꼈다. 그건 그만큼 구보가 서울을 사랑한다는 반증이었다. 구보는, 남산 팔각정에 올라 장안을 개관하며 "서울아, 너는 조국이 아니었다./ 오백 년 전부터도,/ 떼 내 버리고 싶었던 맹장"이라고 울분을 토해 내다가도 곧 "그러나 나는 서울을 사랑한다"(「서울」)라고 고백하는 신동엽의 마음처럼 서울에 애증을 가졌던 것이다.

구보는 높은 전망대에서 서울 장안을 굽어보는 것은 도시 산책자의 기본 자세가 아니라는 평소 지론을 고수하고 싶었다. 그렇게 원경을 감상해서는 서울이 이렇게 복잡하고 넓다니 하고 경탄할 수 있을지는 몰라도 도시 거리에 대한 사유이미지를 순간적으로 포착하기에는 한계가 있다고 믿었다. 타워는 도시 산책자에게 관찰 시점을 제공하기 어렵다고, 사람들 틈에서, 사람들과 함께, 사람들과 부딪치며 거리의 풍경을 관찰할 때만이 서울을 제대로 이해할 수 있다고 생각했다. 프랑스 문화 사회학자 미셸 드 세르토의 개념을 차용하자면, 구보는 높은 곳에서 관망함으로써 하나의 총체적 이미지로 인식되는 개념 도시(city as concept)보다는 직접 도시의 거리를 걸으며 도시 일상의 세목을 체험함으로써 인식되는 보행 도시(city as pedestrian)의 초안을 작성하고 싶었다.

구보는 사거리에서 남산을 등지고 청계천 방향으로 걸음을 내딛었다. 슬쩍 고개를 돌려 남산을 쳐다보며 타워의 좋은 점 하나를 떠올리곤, 빙그레 웃었다.

"이거 지금 돌고 있는 거, 맞죠?"

김영수의 천진한 질문에 웨이터가 웃으며 설명해 주었다.

"예, 한 바퀴 도는 데 48분 걸립니다."

"아무 노력 안 해도 지가 알아서 조심조심 한 바퀴 돌고 또 제자리로 데려다 주기까지 하다니, 사는 게 이 회전판만 같다면 참 좋겠죠?"

—정이현, 『달콤한 나의 도시』

을지로2가 사거리로 걸어가며 저도 모르게 들국화의 노래 「돌고 돌고 돌고」를 흥얼거렸다. "어두운 곳 밝은 곳도 앞서다가 뒤서다가 다시 돌고— 돌고— 돌고". 구보는 이렇게 살고 싶었다.

청계천

청계천을 가로지르는 삼일교에 도착했다. 서울의 한복판인 종로구와 중구를 가르는 경계였다. 오염되었던 지하 하천이 복원 사업을 거쳐 광명을 찾은 해방의 공간으로 구보는 천천히 내려갔다. 생각 없이 흥얼거렸던 노랫말이 다시 떠올랐다. "어두운 곳 밝은 곳도 앞서다가 뒤서다가 다시 돌고— 돌고— 돌고". 물론 청계천이 다시 어둠에 파묻히는 퇴행은 바라지 않았다.

오전에 청계광장에서 보았던 풍경과는 달랐다. 뱀처럼 꾸불꾸불 흐르는 물줄기가 시원해 보였다. 하천을 따라 나무와 풀과 넝쿨과 꽃과 물고기와 청둥오리와 비둘기와 모래와 흙과 돌과 대리석과 벽돌과 분수와 조명과 조각과 설치 미술과 음악이 때론 사이좋게, 때론 다소 어색하게 어울렸다. 요컨대 청계천은 인간이 만든 도심 속 자연이었다. 이 긴 통로에는, 봄의 절정을 우울하게 관망하는 노인들, 생의 여일(麗日)을 만끽하며 데이트를 즐기는 젊은이들, 봄 소풍 나온 천진난만한 어린이들, 나른한 졸음을 쫓으며 바람을 쐬는 직장인들, 세상의 모든 고민을 혼자 짊어진 듯 고뇌에 찬 표정을 짓고 걷는 아웃사이더들, 따스한 봄 햇볕을 이불 삼아 달콤하게 잠든 노숙자들, 계절의 여왕 5월의 서울 풍경을 사진에 담기 바쁜 국내외 관광객들이 뒤섞여 있었다. 청계천의 봄은 하나이자 각양각색이었다. 구보는 자신에게 청계천의 봄이 어떤 의미인가를 물으며 잠시 낭만적인 감상에 젖어 들었다. 벤치에 앉았다. 왠지 이곳이 편안했다. 눈을 감았다. 하이네의 시가 속삭이기 시작했다.

참으로 아름다운 5월,

모든 꽃봉오리 피어날 때,

나의 가슴속에도

사랑이 싹텄네.

참으로 아름다운 5월,

모든 새들이 노래 부를 때,

나의 그리움과 아쉬움

그녀에게 고백했네.

―하인리히 하이네, 「참으로 아름다운 5월」 전문

구보는 자신의 우울한 마음속 음지에도 사랑의 꽃이 피길 바랐다. 누군가를 향해 그리운 마음을 고백하고도 싶었다. 그러나 5월의 찬란함 앞에 산책자 구보의 외로움은 아주 찬란하게 슬퍼졌다. 소설의 한 문장이 폐부를 찌르고 들어왔다. "나를 죽도록 사랑하는 사람도 없고, 내가 죽도록 사랑하는 사람도 없다. 우울한 자유일까, 자유로운 우울일까."(정이현, 『달콤한 나의 도시』) 구보는 자신의 우울이 자유의 다른 얼굴이 되길 소망했다.

그렇다고 청계천이 구보에게 애상의 감정만 선사한 건 아니었다. 소설가 구보 씨는 1930년대 청계천 인근에 살았다. 구보가 청계천에서 포근함을 느낀 이유였다. 아낙네의 빨래터이자 아이들의 놀이터였던 당시 청계천의 풍경은 지금과 많이 달랐지만, 청계천이 제공하는 관찰자 시점은 지금도 여전히 유효했다. 구보는 청계천 인근에 사는 사람들의 일상과 풍속을 다룬 박태원의 세태 소설 『천변 풍경』에 등장하는 소년 창수의 시선을 떠올렸다.

소년은 곧바로 뛰어나왔다. 그리고 신기롭게 주위를 둘러보았다. 이곳은 가평이 아니라 서울이다. 나는 그렇게도 오고 싶어 마지않았던 서울에 기어코 오고야 말았다 — 이 생각이 소년의 눈에 보이는 것, 귀에 들리는 것, 그 모든 것에 감격을 주었다. 아무리 시골서 처음 올라온 소년의 마음에라도, 결코 그다지는 신기로울 수 없고, 또 아름다울 수 없는 이곳 '천변 풍경'이, 오직 이곳이 서울이라는 그 까닭만으로, 그렇게도 아름다웠고, 또 신기하였다.

창수는, 우선, 개천 속 빨래터로 눈을 주었다. 한 20명이나 모여든 빨래

꾼들──, 그들의 누구 하나 꺼리지 않고 제멋대로들 지절대는 소리와, 또 쉴 사이 없이 세차게 노리는 방망이 소리가, 그의 귀에도 무던히나 상쾌하다.

그는 눈을 들어, 이번에는 빨래터 바로 위 천변의, 나무장 가판이 서 있는 곳을 바라보았다. (중략) 그러한 소년의 눈에, 천변을 오고 가는 사람들, 그 모두가, 한결같이 잘나만 보이는 것도 또한 어찌 할 수 없는 일이 아니냐, 임바네쓰 입은 민 주사며, 중산모를 쓴 포목전 주인이며, 인력거 위에 날아갈 듯이 앉아 있는 취옥이며, 그러한 모든 사람들은 이를 것도 없거니와 아리 밑에 모여서들 지껄대고, 툭 치고, 아무렇게나 거적 위에서 뒹굴고, 그러는 깍정이 떼들도, 이곳이 결코 시골이 아니라 서울일진댄, 그것들은 또 그만큼 행복일 수 있지 않느냐.

──박태원, 『천변 풍경』

청계천은 시골에서 상경한 소년 창수가 주변의 다양한 사람들과 그들의 일상, 그리고 서울의 풍경을 관찰하는 창 역할을 했다. 지금 구보도 창수와 비슷한 시점에서 청계천 주변 풍경을 관찰하고 있었다. 구보는 수표교와 관수교 밑을 차례대로 통과하며 천변 풍경을 살펴보았다. 청계천 양편으로 서울의 거리와 행인들의 모습과 건물들의 라인이 파노라마처럼 눈에 들어왔다. 구보가 걷고 있는 청계천은 말하자면 일종의 변용된 아케이드였다. 상업적 목적으로 조성된 아케이드와 달리 청계천 양편 쇼윈도는 대한민국 서울의 맨얼굴을 가감 없이, 왜곡 없이, 치장 없이 보여 주었다. 청계천은 서울 도심 일상의 진면목이 전시된 아케이드였다. 아케이드의 바닥은 화려한 대리석이나 고급 카펫이 아니라 물과 흙과 돌과 나무였다. 아케이드를 덮은 지붕은 유리가 아니라 서울의 하늘이었다. 구보는 두 가지 단상을 추슬렀다.

(1) 청계천은 서울 일상의 풍경을 가장 솔직하게 보여 주는 아케이드다.

(2) 문명이 만든 인공 자연 청계천은 '도시 속 낭만주의'와 '문명 속 목가주의'의 신화를 연출하는 서울에서 가장 긴 아케이드다.

세운교

조금 더 걸어 내려가자 세운교의 모습이 구보의 눈에 점점 크게 들어왔다. 다리 위에 특이하게 생긴 조형물이 보였다. 오전에 청계광장에서 본 「스프링」을 더 길고 홀쭉하게 잡아 늘린 형태였다. 스마트폰은 조형물의 이미지와 정보를 신속하게 제공해 주었다. "디지털 상징 조명탑. 청계천의 개념을 내포한 상징물로 청계천 전체를 아우르는 디지털 조명탑으로 상징화. 세운, 광도, 아세아, 대림, 조명 상가의 디지털 첨단 기기 및 조명 상가를 관람객이 방문, 체험할 수 있도록 상징화." 전형적인 관공서 문체였다. 두 번 반복되는 '상징화'란 단어가 거슬렸다. 습관처럼, 빨간색 모나미 플러스펜으로 문장을 교정해 주고 싶었다. 알고 지내는 한 시인의 말이 문득 떠올라 속웃음을 쳤다. "나는 날치기당해서 조서 쓸 때도 형사한테 자꾸 띄어쓰기 틀렸다고 지적한 여자였어."

어쨌든 이 조형물을 세운 취지는 자명해 보였다. 1970년대 황금기를 누렸으나 지금은 쇠락한, 거의 빈사 상태에 빠진 세운상가에 최첨단 디지털 전자 상가의 이미지를 덮어씌워 포장하려는, 강력한 환경 개선의 의지가 첨탑을 그토록 하늘 높이 치솟게 했던 것이다. 외형이 그리 마음에 들지는 않았지만, 더 시비를 걸 생각도 없고, 시간도 없었을 뿐만 아니라, 일몰 후 여덟 가지 색의 LED 조명이 켜지면 화려한 빛이 외형의 단점을 보완해 주겠거니 싶었다. 조명탑은 세운(世運)상가라는 이름이 함축한 뜻, 즉 '세계의 기운이 이곳으로 모이라.'라는 1967년 건립 당시의 철학을, 거의 반세기 가까운 시간이 흐른 지금에 이르러 재차 설교하는 전광탑으로 보였다. 그래서일까, 팔모로 봐도, 교회 옥상 위에 십자가를 세우기 위해 만든 철탑과 흡사해 보였다. 조명탑이 세운상가의 비전보다는 세운상가의 흥망성쇠를 암묵적으로 대변하는 것 같아 우울한 기분마저 들었다.

디지털 상징 조명탑 양편으로, 세운상가는 청계천과 거의 수직으로 교차되게 가로놓여 있었다. '드디어'라는 세 음절이 구보의 입에서 새어 나왔다.

세운상가

시계를 보니 벌써 3시가 조금 넘었다. 구보는 먼 길을 돌아 세운상가에 도착했다. 오전에 청계광장에서 청계천을 따라 곧바로 세운상가로 걸음을 옮길까 잠시 고민했지만, 나중에 둘러보는 것으로 경로를 바꿨다. 자고로 조용필은 맨 끝에 등장해야 멋지지 않은가 하는 아주 단순한 판단의 소산이었다.

구보에게 세운상가는 금지된 욕망이 밀거래되는 곳, 말하자면 '등록이 거부된 세상'의 암울한 이미지로 각인되어 있었다. 구보가 갓 중학교에 입학했을 때, 손위 사촌형이 제대 후 복학해 구보 집에서 2년간 함께 살았다. 팝 음악을 좋아했던 형은 틈만 나면 세운상가에서 해적판 레코드를 사들였다. 구보가 엿본 앨범 커버 사진(록 밴드 멤버들의 긴 파마 머리와 철심 박힌 검은 가죽 옷과 화려한 문신)은, 정숙한 가정에 침투한 도발적인 별천지였다. 세운상가는 유하의 비유처럼 "고담시(市)의 뒷골목"(「세운상가 키드의 사랑 3」) 세계 같았다. 또 형이 가끔 세운상가에서 밀반입한 선정적인 도색 잡지들은 구보를 호기심과 죄의식 사이에서 부단히 방황하게 했다. 구보에게 '세운상가'라는 네 글자는 무의식에 감춰진 "욕망의 벌집"을 쑤셔 모든 금지된 것들을 들끓게 한 주홍글씨였다.

> 네가 욕망하는 거라면 뭐든 다 줄 거야
> 환한 불빛으로 세운상가는 서 있고
> 오늘도 나는 끊임없이 다가간다 잡힐 듯 달아나는
> 마음 사막 저편의 신기루를 향하여,
> 내 모든 내부, 어두운 욕망의 벌집이 웅웅 댄다
>
> ──유하, 「세운상가 키드의 사랑 2」

구보에게 세운상가는 "사춘기의 스승"(유하, 「째즈」)이었다. 그게 전부였다. 아케이드에 관심을 갖고 이런저런 자료를 수집하면서야 비로소 세운상가의 건축 사회학을 조금 이해했다. 1968년 국내 최초의 주상 복합 건물로 완공되어 국내 유일의 종합 전자 제품 상가로 호황을 누렸던 세운상가가 한국 근대 산업화의 과도한 욕망이 낳은 아케이드였다는 사실을 뒤늦게 공부했던 것이다.

세운상가는 전쟁의 폐허를 딛고 일어나 조국 근대화를 위해 열심히 살아가는 사람들에게 하나의 성공 신화적 기호다. 세운상가는 산업 자본주의 성공을 위해 모든 이들에게 자본의 위대함을 보여 주는 데 있어 하나의 성육 신화된 제단이라 할 수 있다. 아시아 최고의 주상 복합 건물, 세계의 모든 잡화점들의 각축장으로 명명된 세운상가는 모든 이들에게 근대 산업주의의 성공적 발전에 희망을 심어 주는 욕망의 전광판이다.

—이동연, 「세운상가의 근대적 욕망」

세운상가는 제2차 세계 대전 막바지였던 1945년 일제가 연합군의 공습이 화재로 번지는 것을 막겠다는 명분으로 조선인이 모여 살던 주거지를 철거하고 만든 공터였다. 여기에 한국 전쟁 이후 피난민들이 모여 살다가 1960년대 들어 집창촌이 들어섰다. 이 자리에 1966년 고 김수근 건축가가 주상 복합 아파트로 설계한 것이 바로 세운상가였다. 1층에서 4층까지는 상가, 5층부터는 주거 공간으로 이루어진 세운상가는 주거, 쇼핑, 여가, 의료 서비스를 원스톱으로 해결할 수 있는, 지금으로 말하자면 도곡동 타워팰리스와 유사한 곳이었다. 이 '첨단'의 공간에 연예인, 고위 공직자, 대학교수 등이 앞다투어 입주했다. 세운상가는 1970년대 한국 전자 산업의 메카로 호황을 누렸고 1980년대 말에는 개인용 컴퓨터가 보급되면서 컴퓨터와 소프트웨어 대부분이 이곳에서 거래되었다. 그러나 1970년대 후반부터 강남이 개발되고 서울 곳곳에 고층 아파트가 들어서면서 주거 시설로서의 매력은 점차 줄어들었다. 상가도 1987년 용산전자상가의 등장으로 1990년대 이후 쇠락하기 시작했고, 2000년대 들어서는 슬럼화되는 양상을 보였다. 2008년부터 단계적으로 세운상가를 철거하고 대규모 녹지축을 조성하는 정비 사업이 시작되었지만, 상가군 가운데 현대상가 한 동만 철거한 후 사업 자체가 백지화됐다. 세운상가의 역사성을 보존하기 위해 건물을 존치하고 대신 환경 친화적으로 리모델링하는 방향으로 급선회한 것이다.

구보는 세운교 북쪽에 위치한 세운전자상가(세운상가 나동)를 관통해, 종로와 청계천 사이에 놓여 있던 현대상가(세운상가 가동)가 철거된 자리에 조성된 공원을 둘러보았다. 메밀, 수수, 옥수수 등이 자라는 시골 들녘을 도심에 고스란히 옮겨 놓은 것 같았다. 사라진 현대상가를 기념하기 위한 존치 기둥도 남아 있었다. 공원 건너편으로 연중무휴 노인들로 붐비는 종묘광장공원이 보였다. 해체된 건물의 터와, 도래할 죽음을 장기와 바둑과 산책과 무료함으로 연기(延期)하는 노인들의 천국이 마주 보고 있다는 사실에 구보는 잠시 우울해졌다.

구보는 고개를 돌려 세운상가의 전면 파사드를 쳐다보았다. 철거를 앞둔 때의 세운상가를 배경으로 한 황정은의 소설 『백의 그림자』에 묘사된 모습과 똑같았다. "가동을 잘라 내기 직전까지 수십 년간 숨겨져 있었던 나동의 외벽이 이제는 단락된 모습으로 판판하고도 밋밋하게 솟아 있었다." 종로부터 퇴계로까지 길게 늘어선 세운상가는 얼핏

세운청계상가 3층에서 본 디지털 상징 조명탑과 세운전자상가

보면 하나의 건물 같지만 실제로는 건물 다섯 동이 바투 붙어 한 줄로 연이어 놓인 구조였다. 현대상가가 철거되기 전에는 "가동을 시작으로 나, 다, 라, 마동까지, 도심 하천 쪽으로 길게 이어진 상가 건물들이 (중략) 다섯 량의 거대한 객차들처럼 보였다. 바퀴도 없이 배를 끌며 열을 지어 가다가 문득 멈춰서 굳어 버린 듯한 모습이었다."

구보는 다시 세운전자상가 안으로 들어갔다. 계단을 올라 5층 로비에 서서 천장을 쳐다보았다. 먼지로 얼룩진 유리 때문에 서울의 푸른 하늘이 회색빛으로 보였다. 그 유리 지붕 아래 사무실과 상점들의 초라한 모양새가 드러났다. 전형적인 아케이드 구조였다. 몇몇 상점 앞에는 사람들이 서성거렸고, 몇몇 상점은 아주 괴괴했고, 몇몇 점포는 문을 닫았다. 어떤 곳은 빽빽했고, 어떤 곳은 텅 비어 있었다. 종잡을 수 없었다. "대도시의 아케이드는 멸종한 것으로 여겨지는 원동물의 화석을 간직한 동굴"(수전 벅모스, 『발타 벤야민과 아케이드 프로젝트』) 같았다. 화려한 백화점이나 호텔 지하 아케이드와 비교하면 세운상가는 "버림받은 물신의 말로" 같다는 인상이 들었다. 급변하는 자본주의 사회의 소비 흐름을 제때 흡수하지 못해 산소 호흡기로 근근이 생명을 연장하는 창백한 환자 같았다. 이 쇠락한 아케이드의 풍경은 대형 백화점의 등장으로 몰락한 파리 아케이드 내의 소매점을 연상시켰다. 구보는 세운상가와 파리 아케이드의 접점을 예리하게 포착한 글을 발견하고 깜짝 놀란 적이 있었다.

세운상가의 흥망성쇠는 마치 19세기 프랑스 도심에 출현한 아케이드의 흥망성쇠와 일견 흡사하다. 자본주의 도시의 유령처럼 나타나 시대의 유행과 취향을 지배했던 파리의 아케이드는 새로운 세기에 출현한 백화점에 의해 그 지배적 자리를 뺏기면서 도시의 흉물로 전락했는데 세운상가의 운명도 파리 아케이드의 그것과 크게 다르지 않다. 1960년대 대중의 라이프스타일과 소비 욕망을 흡입한 세운상가 아케이드가 산업 자본주의의 전성기인 1970년대 전성기를 누리다 소비 자본주의의 등장으로 그 위용을 대형 백화점에 물려주고 주변부의 '잔여적' 소비 공간으로 쇠락한 과정은 아케이드의 생성과 소멸 과정과 유사하다.

—이동연, 「세운상가의 근대적 욕망」

구보가 추측한 둘 사이의 연관성을 확인해 주는 비교 문화사적 성찰이었다. 세운상가 아케이드를 산책한 후 맺고 싶었던 말이기도 했다. 세운상가 아케이드는 한국 근대 산업 자본주의의 신화가 좌절된 유토피아의 폐허다.

구보는 상품 물신의 환등상이 꺼진(아니 아주 희미하게 비추는) 이 몰락한 아케이드의 2층으로 내려갔다. 가전제품을 수리하는 점포 하나가 눈에 들어왔다. 구보는 이곳이 혹시 『백의 그림자』의 주인공 은교가 일하던 '여 씨 아저씨 수리실'이 아닐까 하는 상상에 잠겼다. 어두침침한 수리실 안을 슬쩍 들여다보니, 유행이 지나도 한참 지난, 낡고 오래된 가전제품들이 녹슨 철제 선반 위에 뽀얀 먼지를 뒤집어쓴 채 무질서하게 놓여 있었다. 사물의 밀도가 높았다. 구보의 눈엔 이곳이 수리실인지 폐가전제품 창고인지 구분이 가질 않았다. 수리실 책상 위와 열린 서랍과 캐비닛 안에 우북하게 담겨 있는 다양한 잡동사니들은 몰락한 세운상가의 우울함을 대변하는 듯 보였다. 수리실 선반의 상태가 서랍 속 상태와 매한가지며, 이 수리실 전반의 상태가 세운상가의 운명을 함축한 알레고리로 읽혔다. 은교가 수리실 책상을 정리하기 위해 서랍을 엎자 이런 물건들이 쇠락의 신호처럼 쏟아졌다.

철사 조각, 나사들, 드라이버 손잡이, 카세트테이프, 라벨들, 봉투에 담긴 알약들, 처방지들, 메모들, 쇳가루들, 전선들, 어딘가에서 떨어져 나온 금속 박편들, IC 칩들, 기판 조각들, 구멍이 뚫린 지퍼 백, 볼펜 심지, 바늘, 납땜에 사용하는 납 줄, 손목시계, 음료 뚜껑들, 가죽끈들, 고무줄, 노끈들, 무엇인가를 닦아서 동그랗게 뭉쳐 놓은 종잇조각들, 아교나 섬유 린스가 담긴 필름 통, 커피 분말, 둥글게 말린 먼지, 필터 부근에서 접힌 담배꽁초

들, 바싹 말라서 강냉이처럼 굴러다니는 벌레들, 딱지 모양으로 접은 회로
도 같은 것 외에도 아무리 봐도 뭔지 모를 마른 것이라거나 브래지어 후
크 같은 것이 발견되기도 하는 등 종잡을 수가 없었다.

—황정은, 『백의 그림자』

흩어진 사물들의 잔해 앞에 선 은교의 막막한 슬픔, 단 하나의 의미
로 환원되지 않는 파편들 속에서 느끼는 허망한 수심(愁心)을, 만약 발
터 벤야민이 보았다면 "은교! 당신은 멜랑콜리커!"라고 말했을 것 같
다. 벤야민은 말했다. "우울한 인간이 스스로에게 허락하는 유일한 쾌
락은, 매우 강력한 것인데, 바로 알레고리다." 알레고리는 몸과 영혼
에 우울한 체액(humor melancholicus)이 흐르는 슬픈 사람(un triste)이 세상
을 판독하는 방식이다. 알브레히트 뒤러의 동판화 「멜랑콜리아 I」 속
천사의 모습처럼, 멜랑콜리커는 거대한 상징체계가 무너진 폐허 속에
서 의미를 구원하려는 깊은 상념(Tiefsinn)을 가진 사람이다. 구보는 은
교의 모습에서 「멜랑콜리아 I」의 천사의 얼굴을 엿보았다. "세상을 어
떻게 읽어야 할지 가장 잘 아는 사람은 바로 우울증 환자다. 혹은 세
계는 다른 누구도 아닌 우울한 관찰에 스스로를 내맡긴다고 할 수 있
을 것이다. 사물에 생명이 없으면 없을수록 그것을 고수하는 정신은
더욱 강력하고 영민해진다."(수전 손태그, 『우울한 열정』) 이 세운상가 아
케이드 전체가 바로 멜랑콜리의 상징체라는 생각도 들었다.

아케이드는 인간들을 포장하는 기능을 담당한다. 개별 인간들의 수집
상의 품목들인 양 아케이드 속에 저장되는 것이다. 수집상은 그의 수집 물

알브레히트 뒤러,
「멜랑콜리아 I」
(1514)

품 목록들로부터 상품으로서의 본성을 빼앗아 버린다. 이 개별자들은 살아 움직이는 순환 관계로부터 억지로 떨어져 나가, 말하자면 살해되어 고요한 생명 즉 죽은 자연이 된다. 이런 이유로 아케이드는 권태 심하게는 우울증의 상징이 된다. 이 상가 안에서는 시간이 정지한다. 통행인들은 문턱에 들어서자마자 굳어 버린다. 아케이드는 바로 문지방이다. 그것은 하나의 변환이자 정지다.

— 발터 벤야민, 『아케이드 프로젝트』

구보는 한국 근대 산업 자본주의의 신화와 영광이 좌절된 유토피아의 폐허에서 왜 영문 모를 슬픔으로 경직될 수밖에 없었는지 짐작이 되었다. 세운상가 전체가 몰락한 아케이드의 검은 쓸개에서 분비되는 멜랑콜리로 자욱했기 때문이다. 만일 벤야민이 무덤 속에서 부활해 서울을 방문한다면 세운상가를 제일 먼저 산책하지 않았을까? 바로 여기에서 자신이 연구하던 파리의 몰락한 아케이드의 잔영을 엿볼 수 있을 테니까.

세운상가를 나온 구보는 다시 세운교를 건너 지하철 을지로4가역으로 걸음을 옮겼다. 물건을 배달하는 오토바이들이 좁은 길을 사납게 질주했다. 약속대로 5시까지 홍대 입구로 가야 했다. 벌써 4시가 조금 넘었다. 구보의 머릿속에 이런 단상들이 맴돌았다. 청계천과 직각으로 교차되는 세운상가. 서울의 동서를 잇는 긴 주랑 청계천과 남북으로 놓인 짧은 익랑 세운상가가 교차하는 세운교. 구보는 두 아케이드가 합작해 만들어 낸 십자가를 '서울 아케이드 십자가'라고 부르고 싶었다. 세운상가 가동의 철거로 익랑의 한쪽이 잘린 불완전한 십자가가 서울이 지고 가야 할 운명이었다.

인터로그

을지로

홍대입구

지하철

지하철. 밤마다 불빛이 붉게 타는 (중략) 이 미로의 내장 속에
는 돌진하는 눈먼 황소가 한 마리가 아닌 수십 마리 숨겨져 있
으며, 이 황소들의 아가리 속으로는 한 명의 테베 처녀가 1년
에 한 번 몸을 던지는 것이 아니라 매일 아침 수천 명의 핏기
없는 청소부 아가씨와 잠이 덜 깬 판매원 청년이 몸을 던진다.
—발터 벤야민, 『아케이드 프로젝트』

구보는 서울의 하계로 내려갔다. 서울이라는 "미로의 내장" 속으로
들어갔다. 지하철역 벽에 걸린 서울 지하철 노선도를 잠시 훑어보았
다. 빨주노초파남보 무지갯빛 선들이 제각기 달리고 꺾이고 다시 달
리면서, 또 서로 복잡하게 교차하면서 서울 지하 세계의 거대한 성좌
를 아름답게 그려 내고 있었다. 서울이라는 미로의 내장도 미로였다.
지하철을 이용하는 사람들은 제각각 자기 일상의 동선이 만들어 내
는 고유한 별자리를 몇 개씩 갖고 있을 터였다. 구보는 자신의 별자리
를 찾아보았다. 좀처럼 삶의 코스가 그려지지 않았다. 그러나 적어도
오늘 이 순간만큼은 길이 자명했다. 을지로4가-을지로3가-을지로입
구-시청-충정로-아현-이대-신촌-홍대입구. 소요 시간 약 16분.
　자동 개찰구에 지갑을 대고 들어가 승강장으로 내려갔다. 타일로
뒤덮인 벽과 바닥, 에스컬레이터와 계단, 플라스틱 의자와 냉온 음료
자판기. 땅 밑 세상이었지만 흙냄새가 나지 않았다. 인공 동굴에 만들
어진 승강장을 따라 긴 유리 장벽이 세워져 있었다. 안전사고를 방지

하기 위해 설치된 스크린 도어 앞에 섰다. 구보는 자신이 반대편 승강장에 선 사람들을 쇼윈도를 통해 보고 있는 것인지, 거꾸로 자신이 반대편 승강장 사람들을 위해 쇼윈도 안에 전시된 것인지 잠시 혼란스러웠다. 분명한 것은 사람과 사람 사이를 차가운 유리 벽이 가로막고 있다는 사실이었다. 무표정한 사람들 틈에서 구보도 무표정하게 지하철을 기다렸다. 구보는 갈증을 느꼈다. "소비자의 욕망을 언제든지/충족—소비시켜 주는 자동판매기"(최승호, 「바퀴벌레 일가」)에서 캔 음료수를 꺼내 마셨다. 서울에서 욕망은 시간과 장소를 불문하고 즉각적으로 충족될 수 있다는 사실을 새삼 깨달았다. 물론 전제 조건은 지불 능력이다.

열차가 선로를 따라 승강장으로 진입하기 시작했다. 도시의 지하 세계를 사통팔달 연결하는 땅굴을 요리조리 기어다니는, "징그러운 발을 감추고/ 안 보이는 한 쌍의 촉각을 세운"(이가림, 「2만 5천 볼트의 사랑」) 한 마리 기다란 철 지네 같았다. 속도를 줄이는 열차의 유리창 너머로 승객들의 모습이 스쳐 지나갔다. 열차가 멈췄다. 문이 열리기 전까지 아주 짧은 긴장의 순간, 스크린 도어를 사이에 두고 사람과 사람들이 서로를 무표정하게 마주 보았다.

오후 4시 20분. 지하철 2호선은 생각보다 한적했다. 그래도 앉을 자리는 없었다. 구보는 선 채로 영혼 없이 흔들리며, 좌석에 앉아 꾸벅꾸벅 조는 앞사람의 팔자를 잠시 부러워하기도 하고 시커먼 어둠이 획획 지나가는 창밖을 멍하니 응시하기도 했다. 지하철은 대도시에 새로이 출현한 무표정한 지옥 같다는 생각이 스쳤다. 철관 속에 생매장된 채 어색한 시선을 애써 감추고 있는 익명의 승객들. 은박지로 된 인형처럼 바스락거리는 생기 없는 사람들. 단테는 『신곡』의 「지옥」 편에서 이렇게 썼다. "지옥의 가장 암울한 자리는 도덕적 위기의 순간에 중립을 지킨 자들을 위해 마련되어 있다." 승객들의 무표정한 얼굴에는 어떠한 상황에도 개입하지 않고 중립을 지키겠다는 '무관심의 의지' 같은 것이 스며 있었다.

구보는 조심스럽게 주위를 돌아보았다. 지하철 풍경을 지배하는 주연은 단연 스마트폰과 이어폰이었다. 신문이나 책을 읽는 사람은, 적어도 구보가 탄 칸에는 단 한 명도 없었다. 젊은이들 거의 대부분은 너 나 할 것 없이 귓속에 이어폰을 꽂은 채 스마트폰을 응시하고 있었다. 구보는 스마트폰과 혼연일체가 된 사람들을 보면 가끔 사이보그 같다는 생각을 하곤 했다. 건조하게 충혈된 눈. 감각만 살아 있는 손. 기계가 된 인간. "눈물이 나오질 않는다// 전자 상가에 가서/ 업그레이드해야겠다/ 감정 칩을"(이원, 「사이보그 3」). 시간과 장소를 불문하고 즉각적인 소통을 장려하는 스마트폰은 편리를 주었지만 애틋함과 그리움을 앗아 갔다. 가수 조용필이 「서울 서울 서울」에서 노래했던 "베고니아 화분이 놓인 우체국 계단/ 어딘가에 엽서를 쓰던 그녀의 고운 손"을 찾기 어려운 시대였다.

지하철에서 사람들은 이제 신문보다는 스마트폰을 통해 세상을 바라보고 읽고 이해했다. 이런 맥락에서 함민복은 스마트폰에 열중하는 승객들을 의사에 비유한다.

전철 안에 의사들이 나란히 앉아 있었다
모두 귀에 청진기를 끼고 있었다

손가락 두 개로 전파 그물을 기우며

세상을 진찰하고 있었다

— 함민복, 「서울 지하철에서 놀라다」

　이어폰을 청진기, 스마트폰을 전파 그물로 연상한 상상력이 재미있었다. 구보는 스마트폰을 링거액 주머니, 이어폰 줄을 호스, 이어폰을 주삿바늘로 상상해 보았다. 그랬더니 승객들이 밤새 충전한 링거에서 흘러나오는 수액을 맞으면서 시름시름 앓던 마음을 치유하는 환자 같아 보였다. 고개를 살짝 숙인 채 서 있는 승객들이 왠지 모르게 숙연해 보이기도 했다. 흡사 기도하는 모습 같았다. 해 질 녘 삼종 기도를 드리는 부부의 모습을 통해 노동의 숭고함과 삶의 진실을 표현한 밀레의 「만종」에서 모자를 손에 든 남자의 포즈와 닮아 보였다. 그 시절에는 들판에서 일하다가도 교회 종소리가 울리면 일을 멈추고는 죽은 이들, 가엾은 이들을 위해 기도를 올렸다. 오늘날 지하철에서는 카톡으로 친구와 대화를 나누거나, 보지 못한 드라마나 영화를 보거나, 음악을 듣거나, 맛있는 식당을 찾거나, 영화 표를 예매하거나, 인터넷 뱅킹을 하거나, 네이버 실시간 급상승 단어를 검색하거나, 뉴스 속보를 읽거나, 어제 찍은 셀카 사진을 예쁘게 화장하는 등 실용적 목적을 달성하고 일상의 무료를 달래기 위해서 기도를 올린다. 스마트폰이 있어도 사람들은 여전히 고독하고 외로운 것 같았다. 그래서 스마트폰을 들고 이렇게 기도하는 거라고 구보는 생각했다. 승객들의 속마음을 헤아릴 길은 없으나, 고개를 살짝 아래로 숙이고 앞에 있는 사람에게 공손하게 인사하듯 서 있는 자세만큼은 아주 예의 발라 보였다. 스

장 프랑수아 밀레, 「만종」(1859)

마트폰은 익명의 타자에게 묵례(默禮)하게 만드는 디지털 시대의 새로운 에티켓 교육 도구였다.

구보는 가방 속에 넣어 두었던 스마트폰을 꺼냈다. 기도하는 자세로, 경건한 마음으로, 검색을 시작했다. 네이버 길 찾기 창에 톡톡톡 손가락으로 일곱 글자를 정확히 쳐 넣었다. 특히 마지막 네 자를 터치하는 데 고도의 집중력이 필요했다. 일상에서 가장 무엇인가에 몰두하는 시간이었다. '홍대 앞 탐앤탐스'. 똘똘한 스마트폰이 신속하게 카페의 위치를 알려 주었다. 오늘날 나침판은 전화기 속에 있다.

구보는 개찰구를 빠져나와 9번 출구로 걸어갔다. 지하도 한구석에 놓인 큰 화분들이 눈에 들어왔다. 고무나무인 듯싶었다. 널찍한 진녹색 입들이 포개져 작은 정원을 연출했다. 진짜 나무일까 하는 의구심이 들어 가까이 다가가 살펴보았다.

> 지하철역 개찰구를 빠져나오면
> 가짜 나무 세 그루
> 큰 화분에 담겨 솟아 있다.
> 나무의 모습으로
> 나뭇잎 빛깔을 띠고 말이다.
> 꼬물거리는 애벌레가 보이지 않는다.
>
> ──최승호, 「가짜 나무 세 그루」

　구보는 이곳이 도시의 무표정한 지옥, 즉 인공 땅굴인 줄 깜박 잊었던 것이다. 계단을 따라 지상으로 올라가면서 단테의 『신곡』에서 시인 베르길리우스의 안내로 땅 밑 지옥의 세계를 여행하고 연옥의 산을 올라가는 단테의 모습이 떠올랐다. 구보는 이 계단의 끝이 과연 천국으로 가는 문과 연결될까 하는 헛된 공상에 젖어 천천히 밖으로 나왔다. 홍대 앞은 분명히 젊음과 풍요의 인공 낙원같이 빛났지만, 구보를 천국으로 인도할 베아트리체는 찾을 수 없었다. 거리는 청춘 남녀의 발걸음으로 활력이 넘쳤지만, 연옥의 정상에서 단테를 맞이했던 베아트리체, 단테의 영원한 연인 베아트리체는 어디에도 없었다.

홍대 입구에서

홍대입구

탐앤탐스

작가는 자신의 생각을 카페의 대리석 테이블 위에 올려놓는
다. 오랫동안 관찰한다. 주문한 음료의 유리잔이 앞에 놓일 때
까지 시간을 이용할 수 있으니까. 그의 앞에 놓일 유리잔은 환
자를 살필 때 필요한 렌즈다. 그런 다음 그는 서서히 자신의
진찰 도구를 펼친다. 만년필, 연필 그리고 담배 파이프. 야외극
장처럼 질서 정연하게 카페를 채우고 있는 대중은 그의 임상
실습을 보고 있는 관객이다.

—발터 벤야민, 『일방통행로』

지하철, 벤야민의 비유를 차용하자면 "눈먼 황소"가 질주하는 도
시의 내장을 빠져나온 구보는 양화로를 따라 홍대입구역 사거리 방
향으로 걸어갔다. 2분 남짓 걸었을까, 교차로에서 홍익대학교로 올라
가는 길 오른편에 자리 잡은 커피 전문점 탐앤탐스 간판이 시야에 잡
혔다. 'TOM N TOMS COFFEE'. 멋 부리지 않은 굵은 고딕체가 경박
하지 않았고, 붉은색으로 균일하게 칠해진 알파벳 테두리에 흰색 띠
가 정갈하게 둘러 있어 돋을새김 효과를 극대화했다. 녹색 글자에 흰
색으로 테두리를 감싼 스타벅스 로고와 보이지 않는 색깔 경쟁을 벌
이는 듯했다. 어쨌든 가독성이 좋은 디자인이었다. 형식은 이처럼 단
순했으나 뜻은 아리송했다. 가운데 N 자가 걸렸다. 그냥 소리 나는 대
로 앤드, 즉 '&'을 음차한 듯싶었다. 그렇다면 '탐과 탐들'. 한국의 '철
수'처럼 미국에서 가장 흔한 이름인 탐을 단수와 복수로 병렬했다고

가정하면, 그야말로 평범한 '보통 사람과 보통 사람들(부정적인 뉘앙스로 말하면 어중이떠중이)'이 만나는 장소를 뜻하지 않을까? 한국 사회의 '탐들'에 속하는 구보로서는 참 부담 없는 브랜드였다. 한국 토종 커피 브랜드가 미국의 어중이떠중이를 대표하는 이름을 굳이 빌릴 필요까지 있었을까 하는 불쾌한 심기가 잠시 고개를 쳐들기도 했으나, 만약 '철수와 철수들'로 이름을 지었다면 과연 대형 프랜차이즈로 성공할 수 있었을까 하는 의문으로 반론을 잠재우면서, 실속 없는 상상의 유영을 급히 마무리했다. 산책자 구보의 생각은 늘 실용의 길을 걷지 못했다.

구보는 2층으로 올라갔다. 많지도 적지도 않은 젊은 남녀들이 점점이 흩어져 앉아 있었다. 다행히 창가 쪽에 빈자리가 보였다. 한국의 철수 구보가 한국의 철수들 사이에 자연스럽게 편입되는 순간이었다. 예상했던 시간보다 조금 일찍 도착했다. 5시가 되기 15분 전이었다. 앉자마자 원형 테이블 위에 놓아둔 스마트폰이 부르르 몸을 떨었다. 문자 메시지가 왔다. '5시 10분쯤 도착 미안'. K로부터 온 급전이었다. 오래 걸어서 근육이 뭉친 종아리를 손으로 주무르며 구보는 카페를 둘러보았다. 첫인상은 조용하다는 것이었다. 조금 과장해서 말하자면 흡사 도서관 같았다. 물론 요사이 출판사들이 문을 연 북 카페의 면학 분위기에는 못 미치지만 그래도 분위기가 차분했다. 흡연 공간을 유리 벽으로 분리해 놓아 퀴퀴한 담배 냄새도 나지 않았다. 절반 이상이 혼자 앉아서 책을 읽거나, 보고서를 쓰거나, 노트북과 휴대 전화로 업무를 보거나, 한가롭게 스마트폰 게임을 하고 있었다. 카페를 도서관으로 활용하는 카페브러리족과 카페를 사무실로 이용하는 코피스족

이 대부분이었다. 물론 이들 중에는 노트북으로 일자리를 찾고 있는 청년 백수들도 섞여 있을 터였다. 둘 혹은 삼삼오오 모여 있는 테이블에서도 대화 소리는 크지 않았다. 대학 인근 카페라 그런지 발표 준비를 하는 공부 모임 같았다. 세련되고 깔끔한 인테리어로 꾸며진 카페에서 자유롭고 여유롭게 자기 일에 몰두하는 젊은이들이 내심 부러웠다. 공부도 점점 엄숙함과 결연함의 중압에서 벗어나 도회적 생활 양식의 한 부분으로 세련되게 편입된 것 같았다.(물론 지금도 도서관, 독서실, 고시촌의 작은 책상 앞에서 비장하게 면벽 수련하는 학생들은 많다.) 토론은 자판기 커피를 마시며 담배 냄새에 찌든 칙칙한 동아리방에서만 하던 밀실의 시대는 지나간 것처럼 보였다. 이제는 공부도 유행하는 옷을 입고, 개방된 공간에서, 로스팅한 원두를 갈아 만든 에스프레소 커피를 마시며 '멋있게' 하는 광장의 시대가 온 것이라고 구보는 생각했다.

구보는 20세기 초 다다이스트와 초현실주의자들의 회합장이었던 전설적인 카페 세르타를 떠올렸다. 프랑스 소설가 아라공이 『파리의 농부』에서 묘사한 바로 그 카페다. 파리의 오페라 아케이드 안에 있었던 이곳은 당대의 전위적인 지식인, 작가, 예술가들이 모여 허물없이 토론하며 새로운 사상과 예술을 모색했던 모더니즘의 모태이자 사랑방이었다. 벤야민이 이렇게 말한 데는 근거가 있었다. "초현실주의의 아버지는 다다이고 어머니는 파사주다."(발터 벤야민, 「꿈 키치」) 물론 대한민국의 커피 전문점과 세르타를 직접 비교할 수는 없을 터였다. 이곳 탐앤탐스에서 시대를 바꿀 수 있는 위대한 사상이 발아할지는 예측할 수 없지만, 그럴 가능성은 희박해 보였다. 지금 이곳에 있는 사람들은 책에 집중하는 시간보다 스마트폰을 바라보는 시간이, 노트북

자판보다 스마트폰 화면을 터치하는 시간이 많았기 때문이다. 그러나 구보는 독일 유학 시절 카페에서 논문을 최종 교정했던 기억을 되살리며 방금 전 생각을 수정했다. 엄숙한 분위기에 금세 갑갑해지는 도서관이나 언제든 누울 수 있는 침대가 유혹하는 기숙사보다 카페가 훨씬 작업 생산성이 높음을 몸소 체험한 구보였다. 노동과 휴식, 긴장과 여유가 조합을 이룬다면 카페는 잠재된 창의적 발상을 촉발하는 최적의 장소가 될 터였다.

갑자기 구보는 카페 세르타 메뉴판에 적힌 '다다 칵테일'은 도대체 어떤 맛일까 궁금해졌다. 기성의 모든 가치를 부정하며 '무의미의 의미'를 실험했던 다다이즘의 미학은 무슨 맛이었을까? 구보는 체질적으로 술을 거의 못 마셨다. 소주 한 잔과 맥주 한 컵이 견딜 수 있는 주량의 최대치였다. 구보는 주신(酒神) 디오니소스의 키스를 받지 못한 사람이었다.

서울 아케이드 프로젝트 초안

구보는 거리의 독서실 탐앤탐스의 2층 창밖을 내다보았다. 홍대 입구는 다른 곳에 비해 구보에게 낯익은 지역이었다. 구보는 작년 봄 귀국 후 홍대 입구 근처를 돌아다닌 적이 있었다. 조동범의 첫 시집 『심야 배스킨라빈스 살인 사건』을 읽고 평론을 준비하면서 이곳에 두어 번 왔다. 조동범은 서울의 거리에서 흔히 볼 수 있는 편의점, 스타벅스, 버거킹, 배스킨라빈스, 던킨도너츠, 주유소 등 현대 소비 사회의 상징물들을 예의 관찰하면서 무기력하고 불모화된 현대인의 삶을 표정을 세밀하게 포착해 왔는데, 구보는 그의 이런 작업을 발터 벤야민의 『아케이드 프로젝트』와 비교 분석해 보고자 홍대 입구 주변을 배회했던 것이다. 세 주간 매달려 겨우 퇴고한 글에 구보는 과감하게 '서울 아케이드 프로젝트 초안'이라는 다소 거창한 제목을 달았다. 지금 구보가 구상 중인 서울 아케이드 프로젝트는 이렇게 잉태된 것이었다. 구보는 가방에서 초안 원고를 꺼내 K가 올 때까지 빨리 훑어 내려갔다. 초안은 이런 문장으로 힘겹게 출발했다.

*

이 글은 조동범의 시집 『심야 배스킨라빈스 살인 사건』을 분해한 뒤, 그 텍스트들과 나의 해석을 뒤섞어 '서울 아케이드 프로젝트 초안'이라는 문학적 몽타주를 만들어 보려는 무모한 모험의 부끄러운 결과물이다.

르네상스 안경점

유럽풍 야외 카페와 클럽들로 흥성거리는 홍대 앞의 "찬란과 풍요의 거리"(조동범, 「르네상스 안경점」)로 접어드는 길목에 '르네상스 안경점'이 있다. 그 안에서 안경사는 "무료하게 빛나는 불빛에 밥을 말아, 천천히 늦은 저녁을 먹"으며 거리로 몰려드는 젊음의 행렬을 향해 "무기력한 시선을 풀어놓는다." "기념일처럼 펼쳐져 있는" 시끄러운 바깥세상과 "화석처럼 앉아" "안경알을 연마"하는 조용한 내부 공간. 운동과 정지, 산만과 집중이 투명한 유리창을 사이로 무심하게 나뉘어 있다. 유리 상자에 갇혀 "화석"처럼 굳어진 안경사는 자본주의 사회에서 소외되고 익명화된 개인의 실존적 공허를 상징한다. 겉으론 안온해 보이는 현대 문명의 일상 뒤에 독버섯처럼 퍼지고 있는 권태와 무력감.

여기서 떠오른 질문 하나. 안경점의 상호는 왜 하필 '르네상스'인가? 주지하듯, 14~16세기 이탈리아를 중심으로 일어난 인간성 해방 운동이자 문화 혁신 운동인 르네상스는 도시 발달과 상업 자본 형성을 배경으로 합리성과 현세적 욕구를 추구했던 반(反)중세적 정신 운동이다. 간단히 말하자면 서구 근대화의 사상적 원천이 바로 르네상스였다. 이렇게 보면 '르네상스 안경점'은 중세의 암흑 속에서 약해진 이성의 '시력'을 교정하여 "하나의 세상을 완성해 보이는" 공간의 메타포로 해독할 수 있다. 하지만 이 근대 문명이 연마되는 공방에서는 근대적 이상의 파토스와 활력을 찾아볼 수 없다. 그곳엔 갑갑한 공기가 가득 차 있을 뿐이며 안주인은 정체성을 가진 주체가 아니라 생기 없는 마네킹처럼 굳어 있다. 이는 근대 문명의 출발점부터 부정하려는 시인의 의지의 표현으로 읽힌다. 어떤 발전과 변화도 담보하지 못하는 '진공의 상점', 이것이 서울의 아케이드로 진입하는 길목에 자리 잡은 르네상스 안경점의 정체다.

안경점을 지나 "찬란과 풍요의 거리"로 들어서니 스타벅스, 던킨도너츠, 버거킹, 배스킨라빈스 등 미국의 대표적인 다국적 패스트푸드

기업의 휘황한 간판들로 눈이 부시다. 미국식 문화의 세계화(아니 식민화)가 아주 모범적으로 수행되고 있는 현장에 들어선 것이다.

> 서울은 광난다 ── 누가 이렇게 밤새 서울을 닦아 놓았나
> 번쩍번쩍합니다, 수입 완제품인 서울
>
> ──함성호, 「서울, 서울, 서울」

스타벅스

전 세계 40여 개국에 매장을 거느린 커피 전문점 "스타벅스에 앉아 미라가 되어 가는 남자"(조동범, 「파랑」)가 눈에 띈다. "남자는 선인장, 스타벅스 입구에 놓인 느린 죽음처럼, 미라가 되어 가고 있다. 미라가 되어 가며 말라 죽은 햇볕 한 조각을 어루만지고 있다."

햇볕. 커피. 카페. 에드워드 호퍼의 그림 「카페테리아의 햇빛」이 자아내는 이 무미건조한 멜랑콜리. 여인과 남자의 시선은 어긋나 있다. 여인의 손이 죽은 햇볕 한 조각을 만지작거리는 듯 허허롭다.(얼핏 보면 스마트폰을 만지작거리는 자세다.) 통유리 창 앞에 놓인 선인장을 주시하는 남자는 선인장처럼 보인다.

스타벅스는 현대 자본주의 욕망이 세련된 형태로 분출, 충족되는 공간의 표상이다. 하지만 시인은 그곳에서 오히려 촉촉한 생의 욕망이 '탈진'되어 부석부석해진 황폐한 현대인을 목도한다. 부패하지 않고 천천히 말라 죽는 미라와 선인장, 스타벅스에서 시인이 본 박제된

에드워드 호퍼, 「카페테리아의 햇빛」(1958)

유물과 같은, 생산 능력을 잃어버린 환관으로 전락한 현대인의 초상
이다. 이 미라가 된 댄디 보이는 모든 개인들이 하나의 섬으로서만 존
재하는 소통 불능의 단절된 세계 속에 살아가는 쇠약한 소시민을 떠
오르게 한다.

던킨도너츠

"마감 시간을 앞둔 도너츠 판매점"(조동범, 「도너츠의 여왕」)에 한 젊
은 여성이 "등장한다." 뉴요커처럼 뾰족한 하이힐을 신고 "푸른 선글

라스"를 낀 채 그녀는 "도너츠의 여왕"답게 우아한 포즈로 도너츠를 "한입 가득 베어 문다." 한눈에 봐도 도회적인 커리어우먼이지만 "구두 뒤축에서 우수수, 사막이 떨어"지고 "머리카락에는 모래 폭풍이 묻어 있다." 시인이 보여 주는 이 시대의 인간 군상은 온갖 문명의 혜택은 다 누리면서도 정신적으로는 모래알처럼 서걱거리고 사막처럼 메말라 있다. 이 시는 유두분면한 카라반(된장녀)이 다시 낙타(자동차)를 타고 황량한 사막(도시의 거리)으로 사라지는 장면으로 끝맺는다.

그녀는 사막의 흔적을 남긴 채 자리에서 일어선다. 그녀는 사막이 되어 가고 있는 중이다. 그녀의 머리카락 사이로 우수수, 사막이 떨어진다.

그녀는 낙타를 타고 사막을 향해 퇴장한다.

—조동범, 「도너츠의 여왕」

황막한 도시 사막의 저편으로 흔적을 감추는 모래 여인의 뒷모습. 사멸한 문명의 운명.

버거킹

맥도날드와 더불어 지구촌 음식 서비스 산업을 완전히 지배할 야심을 품은 버거킹은 햄버거를 만들 때 고기만 굽지 않는다. 버거킹은 "이미지를 구워 햄버거를 만든다"(조동범, 「버거킹을 먹는 여자」). 보드리

야르가 적시했듯이 현대인은 사물을 소비한다고 생각하지만 정말로 소비되는 것은 사물이 지닌 기호나 이미지다. 가령 버거킹에서 소비되는 것은 둥근 빵에 스테이크를 끼운 커다란 와퍼만이 아니라, 젊음, 화려함, 세련됨, 청결함이라는 버거킹의 기호학적 가치라는 것이다.

> 그녀는 버거킹의 이미지를 먹는다
>
> 버거킹의 간판을 먹고
>
> 빛나는 바닥을 먹고
>
> 화려한 네온 기둥,
>
> 화장실의 변기까지 먹어 치운다
>
> (중략)
>
> 햄버거 하우스 버거킹에서는
>
> 누구나 공주가 된다
>
> 버거킹 마니아, 그녀는
>
> 버거킹과의 거리를 가늠하며
>
> 이미지의 왕국, 버거킹으로 간다
>
> ──조동범, 「버거킹을 먹는 여자」

버거킹은 가상 실재의 왕국, 시뮬라크르의 궁전이다.(버거킹의 인터넷 홈페이지를 장식하는 광고 카피는 햄버거의 사용 가치보다 기호 가치가 더 중요함을 다음처럼 강조한다. "1900원 하지만 그 이상의 가치.") 이 이미지의 제국은 우리의 식도와 내장은 물론 욕망까지 점령한다. 햄버거는 단순한 먹을거리가 아니라 우리의 욕망을 길들이고 통제하고 지배하는 보

이지 않는 권력으로 작동한다. 일찍이 장정일이 간파했듯이, 영양이
너무 많아 탈인 이 미국식 간식(주식)의 실체에 대한 진득한 명상이 다
시 필요한 때다.

> 옛날에 나는 금이나 꿈에 대하여 명상했다
> 아주 단단하거나 투명한 무엇들에 대하여
> 그러나 나는 이제 물렁물렁한 것들에 대하여도 명상하련다
>
> ──장정일, 「햄버거에 대한 명상」

배스킨라빈스

심야 아이스크림 가게에서 의문의 살인이 일어났다. 빠른 템포의
음악만이 빈 공간을 메우고 있는 아이스크림 전문점에서 무료하게 시
간을 보내던 판매원이 냉동고 속에서 사늘한 주검으로 발견된 것이
다. 범인의 흔적은 지문조차 남아 있지 않다. 그러나 시인은 놀라운
상상력과 추리력을 동원해 살인자를 밝혀낸다. 범인은 바로 차가운
현대 도시 문명을 대표하는 '배스킨라빈스'라는 '기표'다.

냉동고에 손을 넣을 때마다 판매원은 살의를 감지한다. 냉동고가 자신
을 죽이려 한다고, 판매원은 생각한다. 마감을 넘긴 심야의 아이스크림 판
매점. 밤이 깊어 갈수록 아이스크림 판매점은 밝고 서늘하게 차오른다.

(중략)

평화롭게 심야가 다가오고, 심야의 아이스크림 판매점은 평화로운 살의로 가득 찬다. 평화로운 살의를 가로질러 판매원은 냉동고 속으로 빨려들어간다. 냉동고에서의 죽음. 판매원의 마지막 온기는 수증기가 되어 냉동고의 덮개를 가린다. 판매원은 희미하게 사라지는 냉동고 밖의 세상을 바라본다. 서늘하게 누워 있는 판매원은 고요해 보인다.

꺼지지 않은 간판만이 심야를 밝혀 주는,

은빛 조각 서늘하게 빛나던 심야 아이스크림 판매점

위로 하현달이 하늘을 가르고 있다.

깊고 깊은

심야의 아이스크림 판매점.

—조동범, 「심야 배스킨라빈스 살인 사건」

배스킨라빈스로 대표되는 자본주의라는 물신의 서늘한 살의. 모든 것을 빨아들이는 상품 이미지의 강력한 흡반(吸盤). 화사한 풍요의 가면을 벗어던진, 흡혈귀처럼 섬뜩하고 얼음처럼 차가운 현대 문명의 맨 얼굴을 보고 나니, 온몸에 소름이 돋는다. 하지만 가게 밖의 세상은 그저 평화롭기만 하다. 이를 생생하게 증명하듯, 판매점 위에 하현달이 두둥실 떠 있다. 이 역설적인 상황에 시인은 "평화로운 살의"라는 이름표를 달아 준다.

이제 편의점으로 발걸음을 옮겨 보자. 편의점은 후기 산업 사회에 진입한 젊은 세대의 소비문화를 집약적으로 보여 주는 장소다.

편의점

 대도시에 거주하는 젊은이들은 대부분 편의점을 중심으로 일상의 삶을 영위한다. 아니 어쩌면 편의점에서 우리는 '무언가 필요한 것'을 해결하기도 하지만, 앞으로 나의 삶에서 '무엇이 필요할지'도 궁리한다. 김애란의 말처럼 그곳에서 우리는 생필품뿐만 아니라 '일상' 자체를 구매하는지도 모른다. 도시 생활자의 일상이 요구하는 것을 매장한 곳에서 간단히 해결할 수 있도록 고안된 장소가 편의점이다.

 나는 편의점에 간다. 많게는 하루에 몇 번, 적게는 일주일에 한 번 정도 나는 편의점에 간다. 그리고 이상하게 그사이, 내겐 반드시 무언가 필요해진다. (중략) 내가 편의점에 갈 때마다 어떤 안심이 드는 건, 편의점에 감으로써 물건이 아니라 일상을 구매하게 된다는 생각 때문인지도 모르겠다. 비닐봉지를 흔들며 귀가할 때 나는 궁핍한 자취생도, 적적한 독거녀도 무엇도 아닌 평범한 소비자이자 서울 시민이 된다. (중략) 나는 편의점에 간다. 다음 날도, 그다음 날도, 나는 편의점에 간다. 큐마트, 세븐일레븐, 패밀리마트는 모른다. 편의점의 관심은 내가 아니라 물이다, 휴지다, 면도날이다. 그리하여 나는 편의점에 간다. 많게는 하루에 몇 번, 적게는 일주일에 한 번 정도 나는 편의점에 간다. 그리고 이상하게 그사이, 내겐 반드시 무언가 필요해진다.

—김애란, 「나는 편의점에 간다」

 편의점은 물건을 구입하는 사람에게 소비 주체라는 정체성을 부여해 줄 수도 있지만 한편으로는 소비자를 고유한 개체로 인정하지 않고 물품을 구입한 '대상'으로 치환한다. 일상을 구입하면서 소외를 경험하는 곳이 편의점이다. 여기 편의점에, 컵라면에 물을 붓고 기다리는 3분 동안 "하루 동안 견뎌야 할 중력을 가늠해"(조동범, 「즐거운 식사」) 보는 여성이 있다. 그녀는 "즐거운 식사"를 기다리고 있다.

즐거운 식사가 도열해 있는 화사한 편의점
그녀는 평일 오전에 걸터앉아
하루 동안 견뎌야 할 중력을 가늠해 본다
한 컵의 뜨거움,
수증기를 만들어 그녀의 얼굴을 가린다
컵라면을 먹다 말고 그녀는
국물 위에 둥둥 떠 있는 채소를 바라본다
이제는 말라, 제대로 썩는 법조차 잃어버린 채소
그녀는 우걱우걱
즐거운 식사를 하고 있는 중이다

───조동범, 「즐거운 식사」

'즐거운 식사'는 우리의 일상이 컵라면처럼 즉석에서 해결되어 버리는 상황에 대한 시인의 비판과 서글픔을 담은 반어적 표현이다. 특히 "이제는 말라, 제대로 썩는 법조차 잃어버린 둥둥 떠 있는 채소"를 "우걱우걱" 먹고 있는 장면에서 시인이 품은 '문명 속의 불만'이 감지된다. 컵라면 국물 위에서 표류하는, 방부 처리된 현대인의 삶.

주유소

바람 한 점 불지 않는 화창한 도로 위의 주유소가 보인다. "검게 빛나는 타이어의 탄력이/ 싱싱하게 파닥"(조동범, 「주유소」)이는 곳, "속도를 담기 위해 멈추는 곳"이자 "휘발유의 경쾌한 출렁임이/ 속도를 만드는 곳". 여기서 일하는 주유원은 주유를 마치고 줄달음질 치는 자동차의 꽁무니를 물끄러미 바라보며 흥미로운 상상에 빠진다.

주유원은 백악기를 떠올려,
이제는 사라진
공룡의 질주를 상상하고 있다
자동차는 빙하기로 사라지기 위해
달리고 있는지도 모른다
주유를 마친 자동차의 속도가
팽팽하게 펄럭인다. 주유원은
사라지는 자동차의 속도를 바라보며
빙하기의 죽음을 떠올린다
빙하기에 갇힌 공룡의 죽음이
주유원의 상상 속으로 들어선다

──조동범, 「주유소」

주유원의 머릿속에서 자동차는 공룡으로 새로운 전이의 계약을 맺는다. "주유를 마친 자동차의 속도"에서 "이제는 사라진/ 공룡의 질주"를 떠올리는 것이다. 홍미로운 시적 발상이자 과학적 착상이다. 공룡의 유해와 화석이 바로 자동차의 바퀴를 굴리는 에너지가 되기 때문이다. 말하자면 "사라지는 자동차의 속도"는 "빙하기에 갇힌 공룡의 죽음" 덕분이다.(1888년 엥글러는 동물 유해가 발효되면서 단백질, 섬유질이 제거되고 거기서 남은 지방, 납 등이 지압이나 지열을 받아 석유를 생성한다는 설을 발표했다.) 여기서 눈여겨봐야 할 부분은 "자동차는 빙하기로 사라지기 위해/ 달리고 있는지도 모른다"라는 시구가 암시하는 문명 비판적, 묵시록적 전망이다. '죽음'이 생산한 '속도'의 종착점은 다시 '죽음'이다. 문명의 광포한 질주, 그 무한 욕망의 끝은 죽음을 향하고 있다. 휘발유의 인화성, 폭발 직전의 광기로 주유소의 깃발은 오늘도 "팽팽하게 펄럭인다."

그것은 파시스트적 가속도라 불리는 것으로, 근대의 여러 가지 제도적 장치가 엄청난 자본과 연결되어 무서운 속도로 전진 운동을 하는 산업 사회의 생리를 가리키는 거야.

———장정일, 『아담이 눈뜰 때』

자본주의는 속도 지상주의다. 모든 것을 압도하고 지배하는 오늘날 자본의 조포한 탐욕의 질주. "질주하는 속도의 궤적을 따라 호랑이의 식욕이 날카롭게 빛난다."(조동범, 「로드 킬」) 여기 도로 위에 납작한 주검이 놓여 있다. 굶주린 호랑이(자동차)의 밥이 된 개와 고양이. 폭주의 희생자가 또 있다. 사람이다. "아무도 사내의 죽음을 기념하지 않을 것이다. 신호등은 붉은 혀를 내밀어 사소한 죽음의 마지막을 핥는다. 물끄러미, 붉게 물드는 죽음. 사내는 아직도, 핸들을 잡은 손을 놓지 않는다."(조동범, 「붉게 걸린 죽음」) 죽음을 속도로 만드는 곳이 주유소라면 속도가 죽음을 만드는 곳은 아스팔트 위다.

가두판매점

버스 정류장에는 화려한 빛깔을 자랑하는 도심의 경관과 어울리지 않는, 꽤나 을씨년스러운 풍경을 연출하는 미니 컨테이너가 있다. "가판 가득 펼쳐진 신문이 바람을 맞는다. 신문은 날을 세워 바람을 가르고, 바람은 신문을 들춰 몇 개의 부음을 읽는다. 가판에 세상을 펼쳐놓은, 버스 정류장의 고요한 매점. 신문 가득 죽음을 담고, 한낮의 지루한 폭염을 견디고 있다."(조동범, 「정류하다」) 정류장은 달리던 자동차가 잠시 멈추는 장소이기도 하지만, 도시를 관통하던 죽음의 기운이 정류하는 곳이기도 하다.

반라의 모델과 반라처럼 대담한 수사들로 헤드라인을 장식한 주간지들이 행인의 호기심을 애무하는 진열장. 일주일마다 주기적으로 욕망이 교체되는 작은 거리의 전시대.

이제 발터 벤야민과 조동범의 시 세계를 비교하면서 글을 매듭짓자. 발터 벤야민이 탐구한 '19세기 파리'와 조동범이 묘사한 '21세기 서울' 사이에는 두 가지 흥미로운 연관성과 차별성이 발견된다.

(1) 벤야민이 20세기 들어 제국주의와 파시즘이라는 기형화된 형태

로 '성인'이 된 자본주의의 실상을 밝히기 위해 자본주의가 아직 '아이'였던 19세기, 당대 세계의 수도였던 파리의 아케이드를 탐색했다면, 조동범은 21세기 들어 신자유주의라는 세련된 모습으로 '능구렁이'가 된 자본주의의 내부를 들여다 보기 위해 신자유주의의 착실한 '모범생'인 서울의 거리를 산책한다.

(2) 파리의 아케이드, 세계 박람회, 청년 양식 건물, 파노라마 등 초기 자본주의의 부르주아적 기념비들에서 벤야민이 대중을 도취시키기 위해 상품 물신이 내뿜는 현란한 환등상, 19세기 모더니티의 판타스마고리를 읽어 냈다면, 서울의 아케이드, 패스트푸드점, 커피 전문점, 편의점, 주유소 등에서 조동범은 현대 자본주의 문명 사회의 풍요와 화려한 외관 속에 잠복된 개인의 불모화된 일상과 피폐한 내면, 그리고 자본주의라는 인공 낙원의 쇼윈도에 전시된 핏기 없는 죽음의 유령을 목격한다.

*

구보는 여기까지 빠르게 읽었다. 다시 보니 두 가지 문제점이 드러났다. 무엇보다도 공간의 구체성이 결여되어 있었다. 구체적인 도시 산책의 경험을 통해 침전되었던 이미지가 어떤 계기(범속한 각성)에 의해 '지금 여기'로 호출되어 나왔다기보다는 시 텍스트에 의존해 공간 이미지를 재구성한 것이 아닌가 하는 비판적인 자평이었다. 아케이드에 대한 이해도 부족했다. 아케이드에 대한 건축학적 개념 규정도 없었고 사회 문화사적 함의도 그리 많이 발견하지 못했다. 아케이드를 그저 상가가 밀집한 도심 거리를 포괄하는 수사로만 사용한 것이 한계였다. 여기까지 생각에 이르자 구보는 침울해졌고, 첫술에 배부르려는 식의 자기 위안으로 우울의 심술을 다독거리며 급히 평을 마무리했다. 사유이미지를 제대로 포착하지 못한 자신의 형편없는 시력을 탓했다. 르네상스 안경점에 가면 발터 벤야민이 착용했던 동그란 안경테가 있을까. 구보는 곱게 연마된 렌즈로 토성의 얼룩까지 보았던 벤야민의 안경을 쓰고 싶었다. 그 안경을 쓰면 세상이 벤야민의 시각으로 보일지도 모른다는 생각이 들었다.

피로 사회

> 피로라는 것, 그것은 사람을 삶의 기슭에서 죽음의 기슭으로 나르는 침묵의 다리다.
>
> ──밀란 쿤데라, 『불멸』

커피 전문점에 앉아 있는 사람들에게서 받은 두 번째 인상은 피로감이었다. 소설가 구보 씨가 1930년대 경성의 다방에서 관찰한 풍경과 2013년 홍대 앞 커피 전문점의 풍경이 흡사하다는 사실에 구보는 살짝 놀랐다.

다방의 오후 2시, 일을 가지지 못한 사람들이 그곳 등의자에 앉아, 차를 마시고, 담배를 태우고, 이야기를 하고, 또 레코드를 들었다. 그들은 거의 다 젊은이들이었고, 그리고 그 젊은이들은 그 젊음에도 불구하고, 이미 자기네들은 인생에 피로한 것같이 느꼈다. 그들의 눈은 그 광선이 부족하고 또 불균등한 속에서 쉴 새 없이 제각각의 우울과 고달픔을 하소연한다. 때론, 탄력 있는 발소리가 이 안을 찾아들고, 그리고 호화로운 웃음소리가 이 안에 들리는 일이 있었다. 그러나 그것들은 이곳에 어울리지 않았고, 그리고 무엇보다도 다방에 깃들인 무리들은 그런 것을 업신여겼다.

—박태원, 「소설가 구보 씨의 일일」

얼핏 보면 젊은이들의 얼굴에서 자신의 일에 몰두하는 진지함과, 시간을 효율적으로 경영하는 자신감과, 커피를 마시며 편한 자세로 앉아 있는 행복감이 묻어 나오는 것 같았지만, 그 표정의 이면에는 고달픈 삶이 분비하는 우울의 그림자가 드리워져 있었다. 구보는 이 현상의 원인을, '불가능은 없다'고 훈육하는 자본주의 무한 경쟁 사회에서 '무엇인가를 해야만 한다'는 당위에 포섭되어 몸과 정신이 점점 마모되어 가다가, 결국 '가능한 것은 없다'며 탈진하는 '성과 주체'의 피로감에서 찾을 수 있지 않을까 하고 조심스럽게 추측해 보았다. 구보는 이곳 카페의 젊은이들이 적어도 탈진 상태로 가는 위의 과정 중 어느 한 단계를 통과하고 있다고 생각했다. 그리고 구보는 지금 자신은 어느 단계를 밟고 있는지 따져 보았다. 싫든 좋든, 한 가지 분명한 사실은, 재독 철학자 한병철의 진단대로, "21세기 사회는 규율 사회에서 성과 사회로 변모"했다는 것이었다. 구보는 뒷심 축적이 묵직하게 느껴지는 이런 글을 좋아했다.

규율 사회는 부정성의 사회다. 이러한 사회를 규정하는 것은 부정성이다. '~해서는 안 된다'가 여기서는 지배적인 동사가 된다. '~해야 한다'에도 어떤 부정성, 강제의 부정성이 깃들어 있다. 성과 사회는 점점 더 부정성에서 벗어난다. 점증하는 탈규제의 경향이 부정성을 폐기하고 있다. 무한정한 '할 수 있음'이 성과 사회의 긍정적 조동사다. 예스 위 캔이라는 복수형 긍정은 이러한 사회의 긍정적 성격을 정확하게 드러내 준다. 이제 금지, 명령, 법률의 자리를 프로젝트, 이니셔티브, 모티베이션이 대신한다. 규율 사회에서는 여전히 '노(No)'가 지배적이다. 규율 사회의 부정성은 광인과 범죄자를 낳는다. 반면 성과 사회는 우울증 환자와 낙오자를 만들어 낸다.

— 한병철, 『피로 사회』

구보는 자신이 느끼는 피로감이, 장시간의 산책이 초래한 육체적 고단함에서만 비롯한 것이 아니라는 사실을 깨달았다. 구보 자신도 '무엇인가를 해야 한다'는 당위의 논리에 포섭되어 있었다. '서울 아케이드 프로젝트' 완수를 향한 압박이 정신적 피로를 낳았음을 서늘하게 인식했다. 그러나 프로젝트를 중도에 포기하고 싶지는 않았다. 구보는 이제부터 산책자의 초심으로 돌아가 좀 더 천천히 걷고 좀 더 여유롭게 관찰하자고 되새기며 고자누룩이 마음을 다스렸다. 허먼 멜빌의 단편 「필경사 바틀비」의 주인공 바틀비는 성과 사회의 한복판에서 이렇게 저항을 포기함으로써 저항했다. "하지 않는 편을 택하겠어요." 구보는 이렇게 말할 용기가 없었다. 그리고 비록 지금 행복하다고 생각하지는 않지만, 그렇다고 돈이 주는 작은 행복마저 마다해 가며 존재의 가치를 수호할 정도의 위인은 절대 될 수 없는 소시민임을 인정하기로 했다. 소설가 구보 씨가 경성 다방에서 느꼈던 딱 이만큼의 행복과, 딱 이만큼의 생각과, 딱 이만큼의 멜랑콜리가 지금 구보의 마음에 평화롭게 공존했다.

구보는 차를 마시며, 약간의 금전이 가져다줄 수 있는 온갖 행복을 손꼽아 보았다. 자기도, 혹은, 8원 40전을 가지면, 우선, 조그만 한 개의, 혹은, 몇 개의 행복을 가질 수 있을 게다. 구보는, 그러한 제 자신을 비웃으려 들지 않았다. 오직 고만한 돈으로 한때, 만족할 수 있는 그 마음은 애달프고 또 사랑스럽지 않은가.

구보는 담배에 불을 붙이며 자기가 원하는 최대의 욕망은 대체 무엇일꼬, 하였다. (중략) 갑자기 구보는 벗이 그리워진다. 이 자리에 앉아 한 잔의 차를 나누며, 또 같은 생각 속에 있고 싶다 생각한다…….

—박태원, 「소설가 구보 씨의 일일」

구보도 벗이 그리웠다. 커피를 마시고 싶었다. 그때 계단을 올라온 K의 웃는 얼굴이 보였다. 구보는 손을 흔들었다.

파사주

구보와 K는 함께 1층으로 내려가 계산대 앞에 섰다. 구보는 잠시 망설이다가 카푸치노를, K는 카페라테를 주문했다. K는 배고프지 않나면서 탐앤탐스의 별미인 오리지널 프레즐과 허니 치즈 브레드를 추가로 주문했다. K가 신용카드로 계산을 마치자 종업원이 알파벳 T 자 로고가 그려진 진동 벨을 주었다. 둘은 다시 2층으로 올라가 마주 보고 앉았다. 근 여섯 달 만의 재회였다. K는 학생 면담이 조금 길어져 불가피하게 약속 시간보다 늦게 도착한 것을 사과했고 구보는 진심으로 괜찮다고 말했다. 기다리는 사이에 프로젝트 초안을 비판적으로 검토하는 시간을 보낸 터였다. 그때 진동 벨이 울렸다. K가 내려가더니 잠시 후 쟁반을 들고 신중하게 올라왔다. K는 시럽을 넣지 않았고 구보는 카푸치노의 풍성한 흰 거품 위에 초콜릿 가루를 서너 번 흩뿌렸다. 주근깨를 함빡 뒤집어쓴 미소년의 하얀 얼굴 같았다. 카푸치노를 좋아하는 구보는 계피 가루를 뿌리지 않고 늘 초콜릿 가루를 고집했다. 이 한 줌의 취향은 구보가 절대 양보할 수 없는 일상의 사소한 행복 가운데 하나였다. 습관은 쉽게 바뀌지 않았다. 자본주의는 사람의 입맛을 계속해서 세분화한다. 그래야 팔 수 있는 상품의 목록이 많아진다. 구운 천일염이 군데군데 싸락눈처럼 뿌려진 8자 모양(구보의 눈에는 하트 모양으로 보였다.)의 프레즐은 독일에서도 가끔 사 먹던 빵인데 좀 짭짤했지만 갓 구워 신선했다. 체다 치즈와 모차렐라 치즈의 깊은 맛과 달콤한 꿀이 어우러진 허니 치즈 브레드는 아주 달달했다. 구보는 배가 고팠던지 치즈 브레드에 포크 끝을 자주 조준했다.

둘은 잠시 서로의 근황을 묻고 답했다. K는 최근 첫 시집을 출간하기 위해 그간 써 온 작품들을 정리하고 있다고 했다. 구보는 미리 축하 인사를 전하며 전도유망한 학자 시인의 현재를 부러워했고 미래를 조금 질투하기도 했다. 구보는 자신이 기획 중인 프로젝트를 설명하는 것으로 근황을 대신했다. 여섯 달 전과 비교해 삶의 패턴에 별다른 변화가 없었기 때문이다. K는 다소 놀란 표정으로 '서울 아케이드 프로젝트'에 대해 이것저것 물어보았고, 특히 보들레르와 벤야민과의 연관성에 대해 이런저런 유용한 얘기를 들려주었다.

"보들레르는 대도시 자체가 아니라 오히려 근대 산업화 과정에서 소외된 사람이나 버려진 사물들에 흥분했어. 화려한 도시의 외관에 감춰진, 불편한 진실의 맨얼굴이라고나 할까. 길거리를 배회하며 구걸하는 거지, 군중에 휩싸인 서커스단의 광대, 고함을 지르는 주정뱅이, 얼굴에 분칠한 거리의 창녀, 아케이드에 전시된 신상품을 보려고 운집한 도취된 군중, 가스등, 병원의 환기구, 도박장, 스산한 뒷골목의 고양이 같은, 파리의 약소자들과 파리가 폐기처분한 온갖 추한 것들에 시적 관점과 예의를 보내 준 시인이지. 보들레르의 지지자였던 벤야민도 근대성의 수도 파리가 버린 온갖 잡동사니들에 매료됐어. 벤야민은 대도시가 소비한 것, 소홀히 한 것, 망각한 것, 망가뜨린 것, 버린 것을 수집하고 분류해서, 그 파편 속에서 의미를 구원하려고 했잖아. 일종의 구제 비평으로서 말이야."

구보는 고개를 주억거리며 K의 말꼬리를 이었다.

"그래, 맞아. 벤야민이 어디선가 한 말로 기억하는데, 찌꺼기에서 예언의 가능성을 보지 못하는 철학, 그런 철학은 진정한 철학이라 할 수 없다고 했지."

K는 구보의 말에 이렇게 덧붙였다.

"사소한 것, 파편 조각들은 도시라는 거대한 텍스트를 해독하는 가장 좋은 실마리일 거야. 그런 면에서 보면 보들레르와 벤야민은 둘 다

남들이 관심을 갖지 않는 것을 열정적으로 모은 수집가인 것 같아."

구보는 곧바로 맞장구를 쳤다.

"그렇지, 내 생각도 그래. 벤야민의 말 중에 제일 좋아하는 문장이 있어. '수집이라는 행위는 탐구의 원현상이다.' 수집가는 비평가라는 말일 거야. 수집은 소유보단 갱신의 행위지. 수집은 사물의 가치를 수호하고 널리 현양(顯揚)하는 일이야. 아무리 쓸모없고 하찮은 거라도, 수집가의 손에 들어오는 순간 새로운 인생을 시작하지. 수집가가 안목과 열정이 있다면 수집품은 망각에 맞선 신생(新生)의 성채가 될 거야. 진정한 비평가의 심장은 이런 수집가의 박동 소리로 뛰어야 해. 비평가는 텍스트의 편린들을 집요하게 선별하고 섬세하게 분류해서 새로운 맥락과 구도 속에서 독창적으로 재배치하는 사람이니까. 비평가로서 수집가는 텍스트의 발견자이자 보존자이며 구원자에 다름 아니지. 벤야민은 바로 이런 수집가의 자세와 열정으로 '아케이드 프로젝트'를 기획한 것 같아.

물론 수집가나 비평가가 늘 행복한 건 아닐 거야. 수집가로서 벤야민은 기뻐했다기보다는 우울해했으니까. 무엇보다도 수집가는 이 세계의 사물들에서 발생하는 무질서한 혼란과 분산을 보며 뼛속 깊이 아파하는, 예민한 감수성을 가진 사람일 거야. 벤야민은 「나의 서재 공개 ― 수집에 관한 강연」이란 글에서 '일체의 정열이란 혼돈과 접하고 있기 마련이지만, 수집하는 정열은 여러 기억의 혼돈과 접하고 있다.'라고 했어. 교환 가치가 지배하는 현실에서 소외된 텍스트를 구제하려는 수집가의 시도는 수포로 돌아가기가 쉽지. 토성의 기질을 가진 벤야민의 멜랑콜리를 어느 정도는 이해할 수 있을 것 같아. 이번 프로젝트 때문에 이런저런 텍스트들을 모으고 분류하고 정리하는 과정에서 나도 비슷한 감정을 느꼈거든. 모은 걸 독창적으로 배치하고 새로운 맥락을 부여하는 데서 오는 기쁨보다는 내 앞에 무질서하게 쌓여 있는 자료 더미 앞에서 백기를 들기 일쑤였으니까."

K는 프로젝트의 성공을 빌어 주었다.

"자료 모으는 데 너무 욕심 부리지 말고 일단 지금까지 수집한 걸 여러 범주로 분류하고 배치해서 글을 시작해 봐. 미로에서 처음부터 '아리아드네의 실'을 찾을 수는 없어. 글을 쓰다 보면, 열심히 왼쪽에서 오른쪽으로 그냥 쓰다 보면 서서히 매듭이 하나둘 풀리다가 어느 순간 그 실을 발견하게 될 거야. 두려워하지 말고 시작해 봐."

"그러게 말이야. 시작이 곧 반인데. 하지만 수집한 자료도 충분하지 않고 공부도 부족해서. 자신감 없는 소극적인 태도도 문제지만 자기 능력을 과도하게 긍정하는 것은 더 큰 문제거든. 폐광 같은 곳에서 금 부스러기를 주워 모은 벤야민이 늘 부러워. 나는 지금 새로운 글쓰기 방법을 모색하고 있어. 조금 황당하게 들릴지 모르지만, 소설도 아니고 평론도 아닌 글, 뒤집어 말하면 소설인 동시에 평론인 장르가 가능할까 고민 중이야. 지금 실험하려는 글쓰기 프로젝트를 '로맨티시즘(romanticism)'이라고 부르고 싶어. 나에게 로맨티시즘은 소설(roman)과 비평(criticism)이 결합된 새로운 제3의 장르를 뜻하는 신조어지. 어때, 소설이면서 동시에 평론인 글, 정말 낭만적이지 않아?"

K는 웃으며 구보만의 로맨티시즘을 응원하겠다고 말했다. 그리고 '아케이드'라는 말은 정확한 개념이 아니며 '파사주'라는 단어를 사용해야 한다고 했다. 구보 역시 이를 잘 알았다. 벤야민은 아케이드란

단어를 쓰지 않았다. 하지만 대안을 찾을 길이 묘연했다. K 역시 구보와 생각이 비슷했다.

벤야민이 죽은 후 독일어와 프랑스어로 된 짤막한 개요와, 이 개요에서 언급한 현상 및 주제들에 대한 방대한 인용 자료들, 벤야민 자신이 인용 자료에 붙인 주석을 담은 노트 묶음이 남았다. 이 자료들은 『파사젠베르크』라는 제목으로 아도르노와 제자 롤프 티테만이 편집해 1982년 처음 출간되었고, 완역 영역본은 『아케이드 프로젝트』라는 제목으로 1999년에야 비로소 출간되었다. 문제는 우선 파사주라는 개념이 한국 독자들에게 익숙하지 않고, 이 책의 한국어 판이 『아케이드 프로젝트』라는 제목으로 출간 소개되면서 파사주라는 용어가 난처한 상황에 봉착되고 말았다는 것이다.

"독문학자나 발터 벤야민 전공자를 제외하고는 파사주라는 개념이 주는 '낯설게하기 효과'가 너무 큰 게 사실이거든. 그래서 나도 두 가지로 나눠 쓰고 있어. 논문을 쓸 때는 파사주로, 일반 독자를 대상으로 글을 쓸 때는 아케이드로 말이지. 어쩔 수가 없는 것 같아."

구보는 자신의 프로젝트를 '서울 파사젠베르크'라고 명명하지 않은 이유를 K가 대신 말해 주었기에 연신 고개를 끄떡였다. 유학 시절 머무른 독일 본 시내 중심에 있던 카이저 파사주가 생각났다. 3층 높이의 유리 지붕으로 스며들던 햇빛과, 흰색 대리석과 녹색 대리석을 조합해 만든 기하학적 무늬의 바닥. 구보는 상점이 문을 닫는 주말에 그곳을 한가롭게 거닐던 시간을 잠시 떠올렸다.

6시 30분이 다 되어 갔다. K는 이제 그만 일어나야 한다며 아쉬워했다. 석사 논문 심사가 잡혀 있어 다시 학교로 들어가야 한다며, 시집이 출간되면 다시 자리를 마련하겠다고 했다. 자리에서 일어나기 전 K는 잊었던 것이 갑자기 생각난 듯 말했다.

"아, 그리고 보니 전에 읽었던 시집에 「아케이드」란 시가 있었는데 그 친구 시를 이메일로 보내 줄게. 읽어 봐. 그럼……."

구보는 가방에서 조금 전 살펴본 프로젝트 초안을 꺼내 K에게 건네며 겸연쩍어 짧게 덧붙였다.

"시간 나면 한번 읽어 봐."

카페에서 나와 K와 헤어진 후 구보는 길가에 서 있었다. 어디로 가야 할지 몰랐다.

광고탑

> 오늘날 사물의 심장을 들여다보는 가장 본질적이고 상업적인 시선은 광고다.
>
> ──발터 벤야민, 『일방통행로』

구보는 사거리에 서서 망설였다. 담장과 건물 외벽에 기상천외한 벽화가 그려진 피카소 거리로 가 볼까, "주차장 골목에서 당인리 발전소까지─지하에서 흘러나오는,/ 쓰리코드밖에 모르는 오르페우스의 노래들"(함성호, 「홍대 앞 금요일」)을 들을 수 있는 홍대 클럽 문화를 경험해 볼까, 소설가 이남희의 단편 「플라스틱 섹스」에 등장하는 라이브 클럽 '헤븐 더스트'가 실존하는 곳인지 수소문해 볼까, 상수역 가는 길 조용한 주택가 안에 옹기종기 터를 잡은 카페 골목을 걸어 볼까, 상수동 토정길로 옮긴 '이리 카페'에 가서, 헤르만 헤세의 『황야의 이리』 주인공 하리 할리처럼 자신의 내면을 살피는 도시의 고독한 이리가 되어 볼까 하는 여러 가지 선택지 앞에서 갈팡질팡했다. 그러나 고개를 가로저었다. 자신의 프로젝트는 카페 탐방이 아니라는 사실을 새삼 환기했다.

그때였다. 몸을 돌려 뒤편을 보자, 늘씬한 다리 열여덟 개가 공중에 걸려 있었다. 새로 지은 빌딩 위에 설치된 거대한 철제 광고탑에 다이어트 기능성 유산균 음료 광고 모델로 소녀시대 멤버 아홉 명의 늘씬한 각선미가 전시되어 있었다. 자본은 이제 건물의 옥상마저도 거대한 쇼윈도로 사용했다. 소녀시대의 다리가 옥상으로 올라간 사연은, 광고 효과를 극대화하기 위한 마케팅 전략에서 나온 결정이겠지만, 더 근본적인 이유는 비만을 혐오하고 마른 몸을 숭배하는 현대인의 전도된 가치관에 있을 것이다. "늘씬한 다리는 언제나 상품이고 그 상품을 둘러싼 모든 것은 비만이다 기름 덩어리가 우적우적 씹히는 삼겹살처럼 겹겹이 더러운 비계가 늘씬한 다리를 거대한 빌딩의 옥상에 검은 스타킹을 신겨 올려 보낸다"(성기완, 「비만과 편견」). 오늘날 소녀시대의 완벽한 다리 라인은 그렇지 못한 세상의 모든 다리를 비만으로 규정짓고 다이어트를 명하는 최종 심급의 판결이다. 소녀시대의 매끈하게 뻗은 다리는 선망의 대상을 넘어 종교로 격상했다. 이 신흥 종교의 주기도문은 이렇다. '아래의 불쌍한 신도들이여, 룩! 보아라! 여기 하늘의 제단 위에 전시된 아름다운 다리의 신을 높이 우러러 섬겨 모셔라!' 그리고 교리는 육체를 업신여긴 정신에 대한 보복이

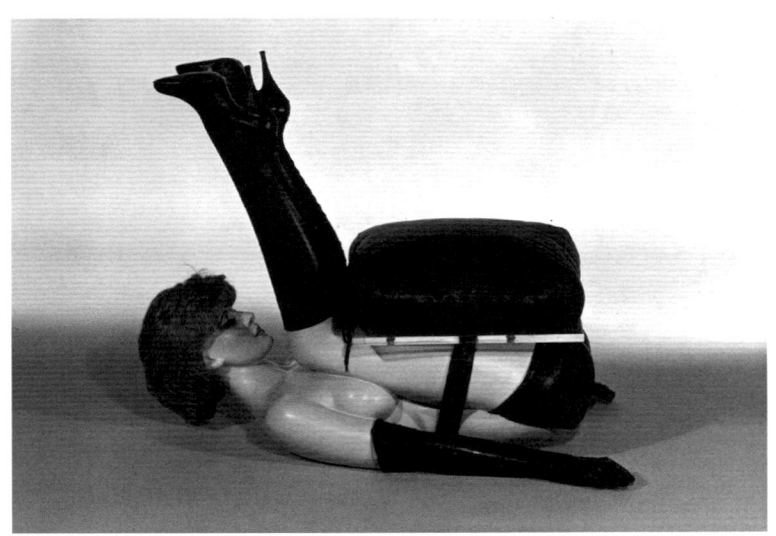

앨런 존스, 「의자」(1969)

다. 시인 서상영은 이렇게 썼다. "원더걸스, 소녀시대, 카라의 출현은
오랫동안 억눌려 왔던 육체가 정신의 귀싸대기를 때린 것이다. 정신
에 대한 앙갚음. 이제 정신을 거부한 육체들의 향연은 무작위, 무분별,
부질서의 형태로 광범위하며 자본주의의 충만한 신체에 붙어 나풀댄
다."(서상영, 『눈과 오이디푸스』)

　구보는 소비 자본주의 사회에서 상품화된 소녀시대의 다리를 보며,
영국 출신 화가이자 조각가 앨런 존스의 「의자」를 떠올렸다. 몸을 구
부려 스스로 '의자'가 된 여자를 플라스틱으로 표현한 도발적인 작품
이다. 다소곳하고 순종적이며 노예의 느낌마저 나는 이 마네킹에 존
스는 현대 사회에서 성적으로 도구화된 여인의 몸을 폭로하기 위해
가죽 옷을 입히고 부츠를 신겼다. 가죽 쿠션이 놓인 둔부와 허벅지,

등받이 역할을 하는 하이힐, 다리 역할을 하는 두 팔과 허리를 통해 여인의 전신은 의자로 기능화된다. 이처럼 존스는 현대 사회에서 성적 욕망의 오브제로 전락한 몸을 인체 기능학(kinesiology)적 상상력을 통해 형상화했다. 구보는 소녀시대의 다리를 보며 결론을 내렸다. 이제 신체는 더 이상 신의 작품도 조화로운 우주의 축소판도 아니다. 신체는 관음증적 시선에 나포된 욕망의 포로이자 소비자의 욕구를 충족하기 위해 언제나 새롭게 가공되어 쇼윈도에 진열되는 상품이다.

구보는 소녀시대의 각선미를 보며 다음 갈 곳을 결정했다. 소녀시대의 다리가 오늘 구보의 마지막 산책 코스를 가리켜 준 셈이었다. 삼성동 코엑스몰. 잠실 주 경기장의 열다섯 배에 달하는 거대한 지하 세상. 도시 속 도시. 구보는 두 주전 쯤 이영훈의 단편 「모두가 소녀시대를 좋아해」를 흥미롭게 읽었다. 코엑스몰을 무대로 전개되는 이 소설은 이렇게 시작한다.

집요하게 비를 뿌리는 11월의 하늘을 향해 일곱 개의 다리가 뻗쳐 있었다. 아케이드의 입구에 걸린 신발 회사의 대형 광고판이었다. 각각 다른 생김새의 신발을 신은 다리들은 회색의 하늘을 배경으로 더욱 도드라져 보였다. 광고판 아래쪽에 알록달록한 색깔의 과장된 알파벳이 그려져 있었다. 나는 알파벳이 뜻하는 문장을 입으로 중얼거렸다.

"위, 아, 더 슈즈."

그러니까, 너희들이 신발이란 거니?

그럴 리가 있나. 다리의 주인은 소녀시대였다.

인터로그

흥대입구

코엑스몰

롯데월드

지하철

구보는 홍대입구역 9번 입구를 통해 다시 서울의 하계로 내려왔다. 이 젊음의 해방구는 구보에게 문을 열어 주지 않았다. 구보는 홍대 입구에서 서성거리다가 결국 지하 세계로 추방당하는 느낌이 들었다. 구보가 홍대 입구에서 목도한 것은 상업 자본의 진군이었다. 인디 문화의 실험 정신과 비주류 예술가들의 저항적 정체성은 뒷골목이나 지하로 내몰렸고, 아예 낮은 임대료를 찾아 인근 지역으로 퇴로를 모색했으며, 일부는 자본과 결탁해 주류 문화권으로 편입되었다.

구보는 선택의 기로에 섰다. 2호선은 서울 지하철에서 유일한 순환선이다. 다른 노선들은 서울을 동서로 횡단하거나 남북으로 종단한다. 유일하게 2호선만이 당산철교와 잠실철교를 통과해 강북과 강남을 타원으로 잇는다. 서울 도심과 부도심을 이으며 도심에서 방사형으로 뻗어 가는 다른 수도권 전철 노선을 연결하는 특성상 환승역도 많고 혼잡한 편이다. 2호선의 순환 궤도는 서울의 '바깥'을 허락하지 않는 것처럼 완고해 보였다.

구보는 복잡한 '지하철 은하계' 중 녹색 성좌(2호선)를 바라보며 두 가지 코스를 짚어 보았다. 먼저 당산철교로 한강을 넘은 후 신도림역을 통과해 신림역, 사당역, 강남역, 역삼역을 지나 삼성역에 이르는 방법. 다음으로 시청역을 통과해 을지로4가역, 왕십리역, 뚝섬역, 건대입구역을 지나 잠실철교를 넘어 삼성역으로 가는 방법. 통과하는 역의 수를 세 보니 전자는 스무 개, 후자는 스물세 개였다. 구보는 똘똘한 스마트폰에게 삼성역까지 가는 데 걸리는 시간을 물어보았다. 녀석이 금방 반응했다. 전자는 25.4킬로미터, 예상 소요 시간 42분, 후자는 23.4킬로미터, 예상 소요 시간 45분. 구보는 후자의 길을 택했다. 산책자가 준수해야 할 제1의 미덕은 천천히 가는 것임을 다시 상기했기 때문이다. 개찰구를 통과해 승강장 계단을 내려오면서 구보는 단 3분 차이를 느림의 미학과 연결한 자신의 구차한 사고방식에 어이가 없어 피식 웃었다. 지하철을 타고 이동하는 것을 산책이라는 행위와 동일시한 논리의 부당함을 헛웃음으로 무마하려 했던 것이다. 그러나 서울은 구보의 보폭이 감당할 수 없을 정도로 광활했다. 지금은 몰락한 한 대기업 총수는 젊은이들을 향해 외쳤다. "세계는 넓고 할 일은 많다." 구보는 세계를 누비는 이 불굴의 도전 정신을 감당할 수 없었다. 그래서 이 말을 산책자 버전으로 패러디했다. 서울은 넓고 하릴없이 산보할 곳은 많다.

승강장은 많이 혼잡했다. 여전히 사람들은 스크린 도어를 멍하니 바라보거나 스마트폰을 응시하고 있었다. 구보도 스크린 도어를 쳐다보았다. 문을 제외하고 모든 유리 벽을 각종 상업 광고가 도배하고 있었다. 자본은 사람의 시선이 머무는 곳은 어디든 찾아내어 점유했다. 서울 지하철에는 편히 눈 둘 곳이 없었다. 화려한 광고 이미지와 과장된 광고 카피 틈에 드문드문 시가 처량하게 끼어 있었다. 심지어 스크린 도어 위에도 작은 광고 카피가 붙어 있었다. '보험은 사랑입니다.' 이제 상품은 소비자가 욕망하는 대상에서 소비자에게 널리 사랑을 베푸는 신적인 존재로 진화해 갔다. '하느님은 사랑입니다.'라는 목사님의 설교를 듣고 있는 듯했다. 무표정한 지옥에도 상품 물신의 환등상이 켜진 아케이드가 있었다. 아케이드는 장소를 불문하고 서울 곳곳에 파고들었다.

곧바로 시청 방향 열차가 들어왔다. 연착한 탓인지 사람들이 꽉 차 있었다. 열차가 우르르 사람들을 토해 낸 빈 배 속으로 구보는 인파에 휩쓸려 떠밀려 들어갔다. 사람들이 "네모난 상자에 빽빽이 들어찬 시 든 귤처럼, 혹은 나무 궤짝에 겹겹이 줄 맞춰 누운 죽은 갈치처럼"(정 이현, 『달콤한 나의 도시』) 목적지까지 운반되고 있다는 생각이 들었다. '지옥철'에서 구보는 납작하게 끼어 있었다. 그러나 이 지옥 한구석에 도 한 줄기 은총의 빛이 들어왔다. 충정로역에 열차가 멈추고 뒤늦게 성급히 일어난 한 학생의 빈자리가 환하게 빛났다. 구보는 학생 못지 않게 잽싸게 좌석을 선점했다. 산책자의 품위가 추락하고 느림의 미 학이 훼절되는 순간이었다. 기진맥진한 다리가 죄였다. 구보는 앉자마 자 주위의 시선을 피해 눈을 감으면서, 만약 벤야민이 서울의 지옥철 을 탔다면 이 상황에서 어떻게 행동했을까 상상했다. 어쨌든 오늘 명 동성당에 가서 기도한 보람은 분명히 있었다. 어머니에게 사랑한다는 말을 표현한 것이 첫 번째 수확이었고 명동성당 아케이드를 걸은 것 이 두 번째 수확이었다면 산책자의 피로를 감해 주는 단비 같은 이 자 리가 구보가 오늘 얻은 세 번째 행운이었다. 구보는 이번 주일부터 미 사에 참석해야겠다고 다짐했다.

야간 비행

기차가 어둠 속을 활주하기 시작했다. 구보는 귀에 이어폰을 꽂고 스마트폰에 저장된 음악 폴더를 열어 한 곡을 터치했다. 팻 메스니, 존 스코필드와 더불어 그가 좋아하는 재즈 기타리스트 이병우의 연주 곡 「야간 비행」의 선율이 온몸을 울리며 잔잔하게 퍼져 나갔다. 생텍쥐페리의 소설 『야간 비행』의 주인공인 비행사 파비앙이 운전하는 비행기를 타고 날아가는 느낌이 들었다. 뜻하지 않은 태풍에 휩쓸려 어둠 속에서 방향을 잃고 표류하다가 가까스로 태풍 위로 탈출해 고요한 빛 속으로 날아가는 비행기. 지상과의 통신이 단절된 채 달빛 속으로 서서히 사라지는 비행기. 얼마 지나지 않아 전신이 나른해지면서 잠이 쏟아지기 시작했다. 눈꺼풀이 서서히 내려올 때, 구보는 "미지의 밑바닥에 잠겨 들런다/ 새로운 것을 찾기 위하여"(「여행」)라는 보들레르의 시구를 아주 잠깐 떠올렸다. "잠이 요정이라 부르는 캔디 빛깔의 광대/ 매일 밤 내 방으로 살금살금 다가와/ 별빛 가루를 뿌리며 속삭이죠/ 잘 자렴, 모든 것이 잘될 거야"라는 로이 오비슨의 노래 「인 드림스」가 얼핏 귓전에 감아 돌았다. 「인 드림스」는 「야간 비행」 다음 곡이었다.

한강시민공원

눈을 뜨고 고개를 돌려 창밖을 보았다. 저녁 햇살을 받으며 지하철이 잠실철교 위를 통과하고 있었다. 한강의 수면이 일몰의 빛을 거두어들였다. 축축한 음지의 땅굴을 질주하던 철 지네가 양지로 기어 올라와 잠시나마 곰팡이 핀 껍질을 털어 말리는 것 같아 구보의 기분도

그랑빌, 「사람을 산책시키는 개」(1844)

조금 밝아졌다. 짧은 시간이지만 푹 잔 느낌이었다. 잠실 한강시민공원 산책로에서 운동을 하거나, 달리거나, 걷거나, 자전거를 타는 사람들이 시야에 들어왔다. 애완견과 함께 여유롭게 산책을 즐기는 사람들도 심심치 않게 눈에 띄었다. 사람이 개를 산책시키는 것인지, 개가 사람을 산책시키는 것인지 혼란스러워 재미있었다. 어쨌든 산책이란 행위는, 사람과 개 모두에게 건강과 여유를 선사한다는 점에서 장려해야 할 미덕이라고 생각하다가 문득 프랑스 판화가 그랑빌의 「사람을 산책시키는 개」를 머릿속에 그려 보기도 했다. 벤야민은 19세기 초 프랑스 파리의 풍속과 세태를 그린 그랑빌의 판화들을 좋아했다.

 강변 공원 너머로 구보는 잠실 주변에 펼쳐진 거대한 아파트 숲을 보았다. 1980년대에 소설가 박완서가 강북에서 바라본 그 막막했던 빈터에 한 치의 틈도 없이 들어선 고층 아파트 대단지였다. "시원하고 아름다운 남부순환로 건너편에 재개발 지구가 보였다. 그곳 역시 한 마을이 헐리고 새로운 마을이 생겨나기 전의 막막한 빈터였다. 앞으로 국내에서 가장 호화스러운 아파트가 들어설 자리라는 소리를 어디서 들은 것 같다. 그러나 지금은 그냥 빈터였다."(박완서,「꽃을 찾아서」) 메두사의 머리칼처럼 뒤엉킨 갑갑한 잿빛 콘크리트 왕국으로 지하철이 들어가는 느낌이 들었다.

　잠실철교를 건너는 전차의 쇼윈도 너머로 서울 북쪽과 남쪽의 풍경이 펼쳐졌다. 청계천에서는 구보가 걸어야 비로소 풍경이 움직였는데, 전동 열차 안에서는 가만히 서 있어도 저절로 풍경이 움직였다. 요컨대 지상 구간을 달리는 전동 열차는 서울의 실경을 한 편의 파노라마로 가감 없이 보여 주는 '움직이는' 아케이드였다.

승강장

　잠실철교를 건넌 열차가 잠실나루역에 멈추기 위해 속도를 줄였다. 지상 구간 역이라 승강장 뒤 창문에 저녁 햇살이 마지막 안간힘을 쓰며 붉게 퍼지고 있었다. 비바람을 막아 주는 긴 지붕이 설치된 승강장은 흡사 아케이드처럼 실외이면서 실내 역할을 했다. 이때 구보의 눈에 '양복 입은 기린' 한 마리가 스치듯이 지나갔다. 구보는 반대편 승강장에 서 있는 사람들 틈에서 키가 꽤 크고 허름한 양복을 입은 초로의 남자를 주시했다. 웬일인지 구보의 눈에 그 남자는 기린처럼 보였다. 벤야민은 썼다. "도시보다 초현실주의적인 얼굴은 없다."(『일방통행로』) 도시의 풍경 속에는 망각된 이미지들이 은폐되어 있다. 이런 이미지는 산책자의 시선에 의해 구원된다. 아니, 산책자의 눈앞으로 갑자기 튀어나온다. 이런 맥락에서 도시의 풍경은 해독을 기다리는 초현실주의적인 텍스트다. 구보는 분명히 양복 입은 기린을 목도했다.

　IMF 즈음의 실업 문제와 서민들의 생활고를 그린 박민규의 단편 「그렇습니까? 기린입니다」는 말미에 양복을 입은 기린을 느닷없이 등장시켜 우리 시대 암울한 아버지상을 상징적으로 형상화한다. 전철에서 '푸시맨'으로 아르바이트를 하는 가난한 고교생 아들은 전지가 떨어진 계산기의 꺼진 액정과 같은, 불 꺼진 잿빛 눈동자로 출근하는 자신의 아버지까지도 전철 안으로 밀어 넣어야만 하는 삶의 비애를 너무 일찍 체험한다. 삶에 지친 아버지는 어느 날 갑자기 사라지고, 아들은 기린으로 변신한 아버지와 지하철 승강장에서 극적으로 해후한다. 아니, 정확히 말하자면 아버지의 잿빛 눈동자와 다시 마주친다. 무관심해 보이는 잿빛 눈동자로 자신을 물끄러미 쳐다보는 기린의 멜랑콜리한 눈망울과 눈을 맞춘 아들은 '양복을 입은 기린'이 실종된 아버지임을 직감한다.

　다행히 기린은 꼼짝 않고 앉아 있었다. 주저주저 그 곁으로 다가간 나는, 주저주저 기린의 곁에 조심스레 앉았다. 막상 앉으니 기린은 앉은키가 엄청나고, 전체적으로 다소곳하고 무신경한 느낌이었다. 기린은 이쪽을 쳐다보지도 않는데, 나는 혼자 울고 있었다. 이상하게도 자꾸만 눈물이 나오는 것이었다. 아버지…… 곧장 나는 가슴속의 말을 꺼냈고, 기린의 무릎 위에 내 손을 올려놓았다. 떨리는 손바닥을 통해, 손으로 밀어 본 사람만이 기억하는 양복의 질감이 그대로 느껴져 왔다. 구름의 그림자가 빠르게 지나갔다. 기린은 여전히 아무 반응이 없었다. 아버지, 아버지 맞죠?

(중략)

무관심한, 그러나 잿빛의 눈동자가 이윽고 물끄러미 나를 바라보았다. 기린은 자신의 앞발을 내 손 위에 포개더니, 천천히, 이렇게 얘기했다.

그렇습니까? 기린입니다.

— 박민규, 「그렇습니까? 기린입니다」

외계인처럼 기습적으로 나타나 이성적 사고를 교란시키는 기린의 이미지. 하지만 이 황당무계한 상상력은 무의미한 망상의 늪에 빠지지 않고 구체성과 개연성을 얻는다. 왜냐하면 아버지에 대한 아들의 진한 연민과 남을 팔꿈치로 밀어내야만 내가 살 수 있는 이른바 '팔꿈치 사회' 속에서 하루하루를 힘겹게 견뎌 내며 살아가는 이 시대 아버지들의 서글픈 초상이 긴 목을 늘어뜨린 기린의 이미지로 선명하게 가시화되었기 때문이다. 적자생존의 환경 속에서 살아남기 위해 보다 높은 곳에 있는 잎사귀와 열매를 따 먹으려고 과도하게 길어진 기린의 목에서 가족 부양의 과중한 책임에 시달리는 우리 시대 가장의 고단함이 상징적으로 드러나는 것이다. 구보가 찬란한 강남의 초입에서 채집한 이미지는 낡은 양복을 입은 기린이었다. 불현듯 사진으로만 봐 온 돌아가신 아버지의 파리한 얼굴이 떠올랐다. 눈을 감았다.

롯데월드

다음 정거장은 잠실이라는 안내 멘트가 들렸다. 어릴 적 구보에게 강남으로 들어오는 입구와 강남에서 빠져나오는 출구는 지하철 잠실역 단 하나뿐이었다. 잠실역은 롯데월드라는 동화의 성으로 들어가는 비밀 입구였다. 롯데월드를 제외한 강남의 다른 곳은 구보에게 늘 미지의 영역이자 동경의 땅이었다. 제기동에서 영등포로 이사 와서도 강남은 가깝고도 먼 땅이었다. 구보가 대학교에 다닐 때 강남으로 진입하는 입구는 잠실에서 압구정으로 바뀌었다. 그러나 두어 번 친구들과 함께 압구정동 로데오거리를 경험해 본 후 구보는 자신이 이 젊음의 무릉도원으로 인도하는 '좁은 문'을 결코 통과할 수 없는 존재임을 금세 깨달았다.

　　압구정동은 체제가 만들어 낸 욕망의 통조림 공장이다

　　국화빵 기계다 지하철 자동 개찰구다 어디 한번 그 투입구에

　　당신을 넣어 보라 당신의 와꾸를 디밀어 보라 예컨대 나를 포함한 소설가 박상우나

　　시인 함민복 같은 와꾸로는 당장은 곤란하다 넣자마자 띠 — 소리와 함께

　　거부 반응을 일으킨다 그 투입구에 와꾸를 맞추고 싶으면 우선 일 년간 하루 십 킬로의

　　로드 웍과 섀도복싱 등의 피눈물 나는 하드 트레이닝으로 실버스타 스탤론이나

리차드 기어 같은 샤프한 이미지를 만들 것 일단 기본 자세가 갖추어
지면

세 겹 주름 바지와, 니트, 주윤발 코트, 장군의 아들 중절모, 목걸이 등
의 의류 액세서리 등을 구비할 것 그다음

미장원과 강력 무쓰를 이용한 소방차나 맥가이버 헤어스타일로 무장
할 것

그걸로 끝나냐? 천만에, 스쿠프나 엑셀 GLSi의 핸들을 잡아야 그때 화
룡점정이 이루어진다

그 국화빵 통과 제의를 거쳐야만 비로소 압구정동 통조림통 속으로 풍
덩 편입할 수 있게 되는 것이다

(중략)

바람이 분다 이곳에 오라

바람이 분다 이곳에 오라

바람이 불지 않는다 그래도 이곳에 오라

—— 유하, 「바람 부는 날이면 압구정동에 가야 한다 3」

구보는 바람 부는 날에도, 바람이 불지 않는 날에도 압구정동에 가
지 않았다. 정확히 말하자면 가지 못했다. 좁은 문을 통과하기엔 몸도,
얼굴도, 패션도 실격 사항이 너무 많았고, 가장 결정적으로, 입장권을
살 돈이 턱없이 부족했다. 시쳇말로, 가수 싸이가 규정한 '오빠 강남
스타일'이 아니었다. "점잖아 보이지만 놀 땐 노는 사나이/ 때가 되면
완전 미쳐 버리는 사나이/ 근육보다 사상이 울퉁불퉁한 사나이"는 구
보와는 거리가 멀었다. 구보는 근육도 밋밋했고 사상도 민숭민숭한

사람이었다. 요컨대 '반전 있는 남자'가 아니라 로베르토 무질의 소설 이름처럼 '특성 없는 남자'였다.

그러나 롯데월드는 언제든지 구보의 입장을 허락해 주었다. 적은 돈은 아니었지만 입장료만 지불하면 이 테마파크는 어린 구보에게 기꺼이 꿈과 환상의 나라가 되어 주었다. 지난 달 구보는 프로젝트 준비 차 롯데월드에 혼자 들어와 여기저기를 살펴보고 벤치에 오래 앉아 유리 천장을 올려다보았다. 규모로 보면 서울에서 가장 큰 유리 돔이 아닐까 추측했다. 구보는 당시 수첩에 적었던 메모를 가방에서 꺼내 보았다. 단상 네 개가 적혀 있었다.

(1) 롯데월드는 유토피아적 동화의 나라를 완벽하게 연출하는 거대한 아케이드다. 롯데월드의 실내 홀은 무대고 그 위의 대형 유리 돔 천장은 조명 장치다. 각종 놀이 기구는 무대 장치고 여러 가지 장식 모형, 가면, 의상, 캐릭터 인형은 무대 소품이다. 그리고 이곳에 입장한 남녀노소는 아주 훌륭한 배우가 된다. 요컨대 롯데월드 아케이드는 세계극(theatrum mundi)의 거대한 공연장인 것이다. 이곳에는 쇼윈도가 따로 없다. 관객과 배우 사이에 경계가 없다. 어트랙션, 축제, 이벤트, 공연, 퍼레이드와 그것을 즐기는 사람들 사이의 거리를 좁혀 일체감을 느끼게 할수록 이 총체적 세계극을 연출, 경영하는 극단의 매상은 올라간다.

(2) 롯데월드는 키치의 아성이다. 이곳에 '오리지널'은 없다. 모든 것이 모사품이고 복제품이고 유사품이다. 플라스틱 인형이면서 진짜 사람처럼 행세하고, 인공 나무이면서 자연의 숲으로 위장한다. 열기구

는 천장에 매달려 돌고, 회전목마의 사자와 호랑이와 조랑말은 모두 플라스틱 합성 고무로 만들어졌으며, 익살스럽게 웃는 일곱 난장이의 얼굴을 벗기면 땀을 줄줄 흘리는 아르바이트생의 고된 얼굴이 드러난다. 거친 파도에 휩쓸려 가는 스페인 해적선의 창문은 아크릴판이고, 쥐라기 시대로 출발하는 후룸라이드는 풀장 미끄럼틀을 활주하고, 신드바드 모험의 신전을 지키는 삼두용이 내뿜는 불은 붉은 전구 빛이다. 그런데 이상한 점은, 이 가짜들이 모여 진짜보다 더 진짜 같은 세계를 연출한다는 데 있다. 롯데월드는 이런 키치의 미학이 상업주의와 만나 사람들의 지갑을 연다. 롯데월드의 마스코트인 너구리는 꾀바르고 영악하다.

(3) 롯데월드는 거대한 회전목마다. 이 회전목마의 궤적은 환상과 현실을 잇는 뫼비우스의 띠다. 회전목마에 탄 아이는 엄마(현실)를 망각하고 환상의 세계로 몰입해 들어가다가, 엄마에게서 너무 멀리 떨어지고 있다고 잠깐 불안해하다가, 돌아가는 회전목마의 세계에 다시 도취되고 만다. 회전목마가 완전히 정지해야만 비로소 아이는 엄마가 자신을 기다리고 있었음을 깨닫고 "여러 번 스쳤던 말뚝이었던 엄마"에게 "시선을 닻줄을 던진다."(발터 벤야민, 『1900년경 베를린의 유년 시절』) 롯데월드라는 회전목마는 좀처럼 정지하지 않고 계속 회전한다. 우리는 회전목마에서 내려야만 현실로 귀환할 수 있다. 그러나 달콤한 리듬을 타고 도는 회전목마는 한번 타면 자꾸 타고 싶어지는 마약 같은 동화의 세계다. 회전목마 위에서 현실의 시간은 공허해진다.

(4) 서울의 밤하늘에 별이 빛나지 않는다. 서울의 별들은 롯데월드의 거대한 유리 천장에서 화려한 레이저 빛을 머금고 반짝거린다. 유

리 천장 위에 그리스 신화의 신들이 펼치는 전쟁이 장대하게 그려지고 황도 12궁의 별자리들이 화려하게 수놓인다. 롯데월드의 유리 돔은 현실 세계로부터 동화 나라와 신화 왕국을 보호하는 유리 벽이자 현실에서 억압된 환상과 실현할 수 없는 소망을 투시하는 거대한 스크린이다. 롯데월드의 유리 돔은 욕망의 천체다.

구보가 메모를 주마간산 격으로 훑어볼 때쯤 안내 방송이 객차에 울려 퍼졌다. "이번에 정차할 역은 잠실역입니다. 내리실 문은 오른쪽입니다." 드디어 롯데월드, 그 거대한 욕망의 성채로 들어가는 비밀 통로의 입구에 도착했다. 구보는 스르르 열린 문 너머를 응시했다. 사람들을 전시하는 거대한 가면무도회 무대가 있는 쪽을 뚫어져라 바라보았다.

저것은 거대한 욕망의 성채다

(중략)

꿈과 희망의 동산이요, 사랑과 행복의

당신의 휴식 공간 롯데는

우리를 모두 젊은 베르테르의 사랑에 빠지게 한다

욕구의 끓는 기름과 조갈의 불화살을 쏴

끊임없이 당신을 상품화하고

끊임없이 당신을 당신이 소비하도록

구애한다

"여러분은 지금 롯데월드로 가시는 전철을……"

/욕/망/을/드/립/니/다/

/쾌/락/을/드/립/니/다/

"내리시면 바로 당신을 진열해 드립니다"

이 지하철은 저 성채의 비밀 통로인 모양이다

— 함성호, 「잠실 롯데월드」

코엑스몰에서

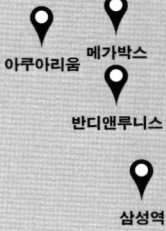

코엑스몰

사람들은 '빌 드 파리, 수도에서 제일 큰 상점', '빌 드 프랑스,
나라에서 제일 큰 상점', '쇼세 당탱, 유럽에서 제일 큰 상점',
'쿠앙 드 뤼, 세계에서 제일 큰 상점'이라고 말한다. 세계에서!
그렇다면 지구 상에 이보다 큰 것은 없겠군. 그러나 사실 그렇
지도 않다! 아직 '루브르 상가'가 남아 있다. 여기는 '우주에서
제일 큰 상가'다.

──발터 벤야민, 『아케이드 프로젝트』

삼성역에서 내린 구보는 코엑스몰과 연결된 통로를 따라 걸음을 재
촉했다. 전차에서 느꼈던 요의가 점점 세를 늘리고 있었다. 일부 리모
델링을 시작한 코엑스몰은 공사 중인 구역과 정상 영업하는 구역이
복잡하게 뒤섞여 혼란스러웠다. 드문드문 불이 꺼진 통제 구역은 을
씨년스럽기까지 했다. 장벽을 쳐 놓은 구역이 많아 중간중간 길이 끊
겼다. 문을 닫은 상점도 있었지만 문을 연 가게가 더 많아 보였다. 광
활한 지하 운동장에 복잡하게 얽힌 통로를 따라 다양한 상점들이 배
치되어 있었다. 코엑스몰은 광대했다. 대대익선(大大益善)의 논리가 시
스템으로 정착된 곳이었다. "세계 박람회가 상품의 우주를 건립"(그레
임 질로크, 『발터 벤야민과 메트로폴리스』)했다면 코엑스몰 지하 아케이드
는 상품의 동굴을 건설했다. 하계에 건설된 아케이드에는 유리 지붕
이 없었다. 처음 방문한 구보에게 코엑스몰은 거대한 미로였다.

이 아케이드는 몇 개의 구역으로 나뉘어 있습니다. 각각의 구역마다 관리하는 곳도 다르죠.

(중략)

길이 복잡해요?

저쪽은 갈림길이 많거든요. 상점이나 극장, 수족관 쪽으로 가는 갈림길이 몇 군데 있습니다. 길을 잘못 들면 구역이 바뀌겠죠. 어느 구역이든 화장실이 열려 있을 가능성은 있지만, 문제는 구역이 바뀌면 구조도 바뀐다는 점입니다. 구조가 바뀌면 화장실이 있어야 하는 곳에 관리실이나 잡화점 같은 곳이 들어서게 될 수도 있죠.

이 아케이드의 구조에 관해 잘 모르시죠?

나는 고개를 끄덕였다.

그럼 곤란합니다. 여긴 상점과 통로로 된 미로입니다. 십중팔구는 길을 잃어버리게 될 거예요.

— 이영훈, 「모두가 소녀시대를 좋아해」

구보는 소설 속 주인공의 곤란을 실제로 체험하고 있었다. 화장실 안내 표지를 찾아 이 길 저 길을 기웃거렸지만 좀처럼 눈에 띄지 않았다. 용케 찾은 화장실은 여성 전용이었다. 남자 화장실은 없었다. 방뇨라는 생리 현상을 초월적인 인내심으로 참았다. 수행이 따로 없었다. 순간 피식 웃음이 났다. 코엑스몰로 자신을 오게 만든 이영훈의 소설 「모두가 소녀시대를 좋아해」의 주인공과 처지가 비슷했기 때문이다. 얄궂은 운명의 장난 같아 괜스레 마음이 헛헛했지만 소설 속 가상 인물의 삶을 살고 있다는 생각이 들어 야릇한 쾌감이 느껴지기도 했다.

「모두가 소녀시대를 좋아해」는 30대 중반의 남자가 대변을 해결하기 위해 코엑스몰을 헤매다가 결국 무역센터 앞에서 엉덩이 괄약근을 풀어 버리고 만다는 "성인의 노상 방분담"(이학영, 「아케이드에서 공룡이 살아가는 법」)을 흥미롭게 들려준다. 회사원인 주인공은 결혼 정보 회사의 주선으로 선을 보러 코엑스몰에 갔다가 갑작스러운 변의를 느낀다. 이제 그는 G20 세계 정상 회의 때문에 보안상 폐쇄된 구역이 많은 광대한 코엑스몰 아케이드의 미로를 방황한다. 화장실 앞을 장벽처럼 가로막은 'G20 세계 정상 회의 기간 동안 아케이드 내 화장실을 폐쇄한다.'라는 안내문은 개인의 생리적 본능(배설 욕구)마저 억압하고 통제하는 정치 권력에 대한 은유다. 나아가 그의 '화장실 찾아 삼만 리'라는 고통스러운 여정은 불결하고 더럽고 악취 나는 모든 것들을 세련되게, 위생적으로 처리하는 문명 속에 잠재된 불만을 상징한다.

구보는 오랜 방황 끝에 드디어 남자 화장실을 발견했다. 소변기 앞에서 잠시 한숨을 몰아쉬며 생각했다. 코엑스몰은 "금욕적인 동물로서의 문명인, 그리고 그들이 사는 문명 생태계의 축도로서의 아케이드 공간"(이학영, 「아케이드에서 공룡이 살아가는 법」)을 상징할 수도 있겠구나. 구보는 작은 구멍들에서 보글보글 샘이 솟는 소변기 바닥을 묵묵히 내려다보았다. 뒤샹이 소변기를 뒤집어 설치한 오브제의 이름으로 '샘'을 간택한 이치를 어렴풋이 궁구할 수 있을 것 같았다. 적어도 구보에게 화장실은 잠시 생각을 정리하면서 새로운 생각을 순간적으로 발아시키는 일상의 샘과 같은 공간이었다. 그제야 스마트폰으로 시간을 확인했다. 7시 50분이었다.

네일숍

이제 구보는 산책을 재개할 수 있었다. 화장실 푯말만을 갈애하듯 찾아 헤맬 땐 보이지 않던 풍경들이 눈에 들어왔다. 코엑스몰에서 제일 흥미로운 점포는 네일숍이었다. '신데렐라', 'Nail Boom', 'Nail Party' 등의 상호를 가진 가게들이 아케이드 한편에 삼삼오오 모여 있었다. 가게 앞에 걸린 가격표를 슬쩍 훔쳐보았다. "매니큐어(남자 5000원 추가) 기초 손질 + 각질 제거 + 마사지 + 컬러 2만 원, 페디큐어 기초 손질 + 각질 제거 + 마사지 + 컬러링 6만 원." 용어도 생소했고 가격도 만만치 않아 보였다. 네일숍 안에서는 제법 많은 손님들의 손발이 스태프들의 정성스러운 손길로 세심하게 관리받고 있었다. 소위 말하는 '케어' 과정도 복잡하고 정교해 보였다. 먼저 손톱 주위에 오일을 바른 후 큐티클을 밀고 깎고 다듬어 정리하고, 뜨거운 물수건으로 닦아 준 다음 핸드크림을 바르고 손가락 마디마디를 정교하게 마사지한 후 손톱에 영양제를 바르고 그런 다음에야 매니큐어를 칠했다. 그리 잘 보이지 않는 손톱과 발톱에 이렇게까지 시간과 돈을 투자할 필요가 있을까 잠시 고개를 갸우뚱 기울였다. "왠지 네일아트가 궁극의 사치처럼 느껴졌다."(김애란, 「큐티클」) 하지만 서서히 왜 네일숍이 성황을 이루는지 짐작이 되었다.

이곳은 단순히 손톱을 관리받는 곳이 아니라 내 몸의 아주 작은 일부도 아주 소중함을 누군가에게 승인받고 인정받는 곳이었다. 자존을 관리받음으로써 기분을 구매하는 곳이었다. 고된 노동과 팍팍한 일상이 나이테처럼 축적된 지저분한 손톱과 냄새나는 발톱을 화려한 에

나멜로 분칠하는 곳이었다. 신데렐라를 꿈꾸며 잠시 현실을 망각하는
곳이었다.

　총 열 번이 넘는 '발림'의 과정이었다. 평소 얼굴에 바르는 화장품도 대
여섯 개를 넘지 않는데, 각각의 과정이 놀라울 따름이었다. '손'이 아니라
'손의 세부'를 만져 주는 손길. 엷은 졸음이 몰려오며 어느 순간 '나는 케
어 받고 싶다. 나는 관리받고 싶다. 누군가 나를 이렇게 영원히 보살펴 주
었으면 좋겠다. 어린아이처럼' 하고 고해하고 싶은 충동이 일었다. 누군가
나를 오랫동안 정성스럽게 만져 주고 꾸며 주고 아껴 주자 나는 아주 조
그마해지는 것 같았고, 그렇게 안락한 세계에서 바싹 오그라든 채 잠들고
싶었다. 그리고 모든 과정이 끝났을 때 불가사리 같은 손을 쫙 펴 보이며
속으로 환하게 외쳤다.
　'아! 손톱이 사탕 같아졌다!'

―김애란, 「큐티클」

　현대인의 극단적인 개성 분화를 대변하는 네일숍 붐은 삶의 내용
이 소외되고, 원자화되고, 비인간화되어서 연대의 가능성이 줄어들수
록 자기 개성을 표출하려는 의지가 커지는 우리 사회의 풍속도를 보
여 주는 실례였다. "삶의 내용이 점점 객관화되고 비인격화될수록 그
중에서 사물화될 수 없는 나머지 부분은 그만큼 더 개인화된다."(게오
르크 지멜, 『돈의 철학』)
　구보는 생각했다. 물론 자기 몸을 아끼고 소중히 여기는 태도는 인
간의 기본적인 욕구이자 권리다. 그러나 우리 사회에서 영원히 케어

만 받고 사는 사람은 극소수다. 거개의 사람들은 한 시간 관리받기 위해서 여덟 시간을 일해야 한다. 노동 강도가 세지고, 스트레스 수치가 높아지고, 현실에 대한 불만이 커질수록 "안락한 세계에서 바싹 오그라든 채 잠들고 싶어" 하는 것이 인지상정이다. 젊은 여자 손님 한 명이 종아리 마사지를 받고 있었다. 구보는 갑자기 지친 자신의 발을 케어 받고 싶어졌다.

헤어숍

헤어숍도 입점해 있었다. 헤어숍은 옷 가게보다도 더 스타일 변화에 민감하게 반응하는, 유행의 지진계 역할을 하는 곳이다. 구보는 헤어숍 안에서 파마를 하는 여인을 보았다. 그녀는 변화를 갈망하는 것 같았다. 롤로 머리를 만 채 우아한 커피 잔을 입에 대고 있었다. 그때였다. 구보의 눈에, 좀 더 아름다워지기 위해 최신 트렌드를 좇는 여인의 모습 뒤로 고대인의 얼굴이 어룽거렸다. 구보는 파마하는 여인의 모습에서 고대 그리스인의 꼬불꼬불한 머리를 보았던 것이다. 최첨단 유행이라는 것도 이미 지나간 것의 반복이다. 유행은 시시포스의 영원히 반복되는 형벌을 망각하게 만드는 검은 도취의 묘약이다. 파마를 하고 있는 여인이 마시는 커피의 정체는 여기에 있었다. 완전히 사멸하는 것은 아무것도 없다. 모든 것은 형태를 바꿀 뿐이다. 벤야민은 영원히 회귀하는 유행의 마술적 성격을 이렇게 설명했다.

1837년의 한 고찰. "오늘날 로코코 양식이 지배하고 있듯이 당시는 고대 양식이 지배하던 시대였다. 마법의 지팡이를 한번 휘두르기만 하면 살롱을 아트리움으로, 안락의자를 고대 로마의 고관 의자로, 질질 끌리는 옷을 튜닉으로, 술잔을 받침 달린 잔으로, 구두를 창이 두꺼운 반(半)장화로, 기타를 리라로 변신시켰다."

—발터 벤야민, 『아케이드 프로젝트』

메가박스

구보는 아케이드를 따라 걸었다. 통로 기둥에 매달린 수많은 알전구들이 먹음직스럽게 익은 과일처럼 빛났다. 곧 붉은 네온사인이 번쩍이는 거대한 입구가 보였다. 국내 최초 멀티플렉스 영화관으로 개관한 메가박스가 네모난 입을 벌리고 있었다. 퇴근 후 영화를 보며 데이트를 즐기려는 청춘남녀들로 인산인해를 이루었다. 영화가 막 종영되었는지 상영관 출구로 사람들이 쏟아져 나왔다. 다소 상기된 표정이었다. 유체 이탈. 몸은 극장 밖으로 나왔지만 영혼은 아직 스크린의 세계 속에 놓아두고 온 것처럼 보였다. 환상의 세계에서 현실의 세계로 귀환하는 문턱을 넘기 싫은 아쉬움이 낯빛에 역력했다. 평소 구보는 영화를 잘 보지 않았다. 공포든, 액션이든, 멜로든 장르에 관계없이 영화가 끝나고 출구를 빠져나올 때 엄습하는 막막함, 형용할 수 없는 찝찝함을 견디기가 어려웠다. 굳이 비유하자면 하와이에서 달콤한 신혼여행을 보내고 막 귀국한 신부가 시가에 마련한 작은 신혼 방으로 들어가기 위해 질퍽거리는 시장의 좁은 통로를 걸을 때의 기분과 비슷한 감정이 아닐까. 그래도 사람들은 오늘도 영화를 보고 나왔다.

하여 극장의 어둠 속엔

나, 관객이 있다

환(幻)으로 배불러 오는 욕정과

환이 불러일으키는 흥분이 있다

눈앞의 시간이

토막 난 채 흘러가는 필름이고

텅 빈 은막 위에 요동치는 것들이

환인 줄 알면서 나는 환에 취해

실감 나게 펼쳐지는 환을 끝까지 본다

내 망막의 은막이 텅 빌 때까지

눈에서 나온 혓바닥이 멸할 때까지

———최승호, 「세속 도시의 즐거움 1」

메가박스 입구에서 구보는 보았다. "환(幻)으로 배불러 오는 욕정과/ 환이 불러일으키는 흥분"을. 메가박스 출구에서 구보는 보았다. 환영을 끝까지 본 사람들의 텅 빈 망막을. 메가박스는 돈을 지불하고 욕망을 허망으로 바꾸는 곳이었다. 그러나 이 허망은 곧 새로운 욕망을 찾을 것이다. 욕망과 허망의 (악)순환으로 오늘도 메가박스의 영사기는 빙빙 돌아갔다.

물론 영화에 대한 다른 입장도 있을 테다. 벤야민은 「기술 복제 시대의 예술 작품」에서 영화라는 새로운 매체에 잠재한 혁명성에 열광했다. 영화가 보수적 가치관과 예술 관념에 억눌린 인간의 창조력을 해방시킬 수 있다고 진단했던 것이다. 그는 이 새로운 매체로 비판적 의식을 일깨운 대중이 사회를 변혁하는 능동적 주체로 거듭나리라고 예측했다. 그러나 구보는 오락성 짙은 상업 영화가 주로 상영되는 메가박스에서 벤야민이 희원하던 결연한 혁명적 주체를 발견할 수 없었다. 의문이 들었다. 그렇다면 도시의 사람들은 왜 극장에 몰리는가? 심심해서, 그저 시간을 보내려고? 브레히트의 분석은 경청에 값했다.

> 시골 마을과 작은 도시에서의 '심심함'이 영화관을 찾도록 만든다는 것은 착각이다. 오히려 영화는 대도시에 사는 사람들에게 가장 필요하다. 대리 체험에 대한 욕구는 일과 휴식의 간극이 가장 깊은 곳에서, 노동 성과에 대한 압력의 강약 대비가 첨예한 곳에서 가장 크다.
>
> ─베르톨트 브레히트, 『브레히트는 이렇게 말했다』

메가박스에 사람들이 몰린다는 사실은 우리 사회가 그만큼 과열된 경쟁에 지쳐 '피로 사회'로 전화되고 있다는 사실을 반증하는 것이 아닐까. 구보는 메가박스에서 질문을 던졌다.

비디오 아케이드

메가박스 안에 또 하나의 '아케이드'가 있었다. 구보는 비디오 아케이드, 즉 전자오락실을 발견했다.(과거 전자오락실 전성기인 1980년대 미국에는 오락실이 주로 대형 아케이드 상가에 입점했기 때문에 전자오락과 아케이드를 같은 말로 사용하게 되었다.) PC방, 휴대용 게임기, 스마트폰 게임의 등장으로 도심에서 거의 사라진 전자오락실이었지만, 젊은이들이 밀집하는 멀티플렉스 영화관 로비에서는 그래도 명맥을 유지하고 있었다. 경주용 자동차 핸들을 붙들고 곡예 운전을 즐기고, 달려드는 괴물을 향해 자동 소총을 쏴 대고, 날렵한 오토바이를 타고 도로를 질주하고, 드롭 킥을 날려 타이거 마스크를 제압하고, 우주의 침략자들을 향해 미사일을 발사하는 사람들로 정신이 없었다. 구보는 슈팅, 보드, 액션, 격투, 스포츠, 퍼즐 등의 게임기가 가득 찬 비디오 아케이드를 나오며, 오락실은 극장이라는 판타지의 세계로 들어가기 전에 판타지를 훈련하고 체험하는 '판타지 사전 연습장'이자, 동시에 영화가 끝난 후 극장을 나온 사람들이 계속해서 판타지의 자장 안에 머물도록 하기 위한 '판타지 사후 관리장'이 아닐까 생각했다. 오락실이 극장과 단짝인 이유를 규지(窺知)할 수 있었다.

오락실의 역할을 PC방이 가로챈 지 이미 오래되었다. PC방의 폐쇄성은 더 완고하고 PC방의 환상성은 더 자극적이며 PC방의 중독성은 더 강력하다. PC방은 타자의 시선으로부터 자신만의 세계를 수호하며, 현실과 격리된 사이버 세계에서 자신만의 왕국을 건설할 수 있는 소외된 주체의 '최소 낙원'(이광호)이다.

따지고 보면 PC방만큼 남의 눈으로부터 자유로운 곳도 드물었다. 이곳에 오는 사람들은 모니터 밖의 세상에는, 칸막이 너머의 인간에게는 관심을 가질 여유도 이유도 없었다. 네트워크 세상에서 그들은 저마다 왕이고 전사(戰士)며 공주이자 요정이었다. 악의 무리를 응징하고 제국을 건설하고 이웃 나라 왕자들의 구혼도 받아 주어야 했다. 할 일이 너무 많았으므로 남에게 신경 쓸 겨를이 없었다. 타인에 대한 무관심이 당연한 것으로 간주되는 이 PC방 특유의 생리는 나와 잘 맞았다.

——김미월, 「너클」

아쿠아리움

조금 더 걸어가자 아쿠아리움 입구가 보였다. 입구 앞에 놓인 두 개의 유리관 안에서 형형색색의 물고기들이 이리저리 유영하고 있었다. 녹색 수초는 썩지 않는 플라스틱이었다. 사람들의 이목을 끌기 위해 전시된 아름다운 물고기들의 눈빛이 슬프고 가엾어 보였다. 수족관은 살아 있는 자연의 야생을 전시하는 거대한 아케이드라는 생각에 구보는 우울해졌다. 생의 활기를 잃고 그저 하루하루를 연명하는 소외된 현대인에 대한 은유로도 읽혔다.

이끼 낀 수초 사이
몇 마리 수마트라가 빠져나온다
수없이 되밟아 걸었을 길
이끼는 유리 벽에도 달라붙어 있다
둥근 기포가 올라온다

수면 위엔 한 점의 구름도 없다

발자국 위에 찍힌 발자국이

부글거린다 썩어 가는 내부의 길이다

자신의 똥과 살비듬들이 더럽혀 놓은 생

그것을 어쩌지 못해

온몸으로 꼬리를 젓는 길

숨 쉬는 일도 길을 걷는 것이다

─고창환, 「길」 전문

구보는 화려한 외관을 자랑하는 수족관 밑바닥을 자세히 들여다보았다. 바닥에는 관상어들의 지저분한 똥과 살비듬이 가라앉아 있었다. 유리 벽에는 이끼 같은 것도 살짝 달라붙어 있었다. 그것들은 수마트라가 "수없이 되밟아 걸었을 길"의 부산물, 다시 말해 지금까지 수마트라가 소비한 시간의 침전물이 아닐까. 수마트라가 숨 쉬며 끝없이 올려 보내는 "둥근 기포"는 "발자국 위에 찍힌 발자국이/ 부글거"리며 "썩어 가는 내부의 길"이었다. 갑갑한 수족관 안에서 여러 갈래 길을 내며 유영하는 수마트라의 모습에서 구보는 현대인의 비루한 자화상을 보았다. 수족관이 아니라 "공기족관(空氣族館)"(황지우, 「살찐 소파에 대한 일기」) 안에 살고 있을 뿐이지, 실상 우리 인간의 삶은 수마트라의 그것과 크게 다르지 않았다. 일정한 사각의 테두리 안에서 먹고, 싸고 그리고 숨 쉬며 걷는 수마트라의 길, 그것은 결국 '공기족관' 안에서 온갖 욕망의 분비물로 자신의 길을 스스로 "더럽혀 놓은 생",

그럼에도 그 길을 관통하며 "온몸으로 꼬리를 젓"듯 살아갈 수밖에 없는 인간의 모습이 아니던가 하여 구보는 잠시 탄식했다.

성형외과

코엑스몰 아케이드는 인터컨티넨탈호텔 아케이드와 연결되어 있었다. 롯데호텔 아케이드와 유사하게 고급 양복점, 귀금속 상점, 부티크가 대세를 이루며 통로 양편에 위엄 있게 자리잡고 있었다. 한가했다. 사이사이 배치된 소규모 갤러리들이 아케이드의 상업성에 문화적 품격을 부여했다. 구보는 아케이드를 천천히 걸었다. 아케이드가 거의 끝나는 지점에 성형외과가 보였다. 뜻밖이었다. 성형외과가 왜 이런 구석에 있을까? 이영훈의 소설 속에 답이 있었다.

대부분은 상점가 뒤쪽에 붙어 있어요. 아케이드 가운데는 옷이나 신발 가게들이고, 구석으로 가면 액세서리나 잡화점, 그리고 음식점이 있죠. 그 뒤쪽은 대부분 병원인데, 화장실은 병원의 통로 쪽에 주로 있더라고요.

병원이 있다고요. 이 아케이드에?

네, 대부분은 성형외과예요. 아까 우리 둘이 만난 곳도 성형외과잖아요. 재밌지 않나요?

재밌어요? 뭐가?

맨 처음 아케이드에 들어온 사람들은 옷과 신발을 보게 되죠. 그 후엔 액세서리를 고르고요. 그렇지만, 아케이드의 끝까지 가게 되면 언제나 성형외과에 닿게 돼요.

성형외과가 그런 곳에서 장사가 되나?

의외로 잘되는 거 같던데요? 아케이드 끝에 있으니 주차장하고 가깝잖아요. 성형외과에 다니는 게 남들 눈에 띄는 건 불편한 일이잖아요. 조금만 신경을 쓰면 병원에서 주차장까지 상점 뒤쪽의 통로로 오고 갈 수 있죠. 쓸데없이 길을 복잡하게 만든 이유도 그런 거 아니겠어요? 불편한 걸 감추려고.

──이영훈, 「모두가 소녀시대를 좋아해」

성형외과의 문 옆에는 사람 크기의 입간판이 서 있었다. 「밀로의 비너스」였다. 원래 팔이 없는 비너스가 양팔로 네모난 '시술 및 수술 가능' 메뉴판을 들고 있었다. 이곳에 서 있는 비너스 자체가 이미 키치(오리지널 비너스상의 모사품)와 조작(없는 두 팔을 임의로 만들어 붙인 행위)의 결합체였다. 안내판에 눈 성형, 광대 축소 수술, 사각턱 수술, 양악 수술, 페이스 리프팅, 보톡스, 물광 주사, 눈 밑 주름 제거, 이마 성형, 얼굴 전체 지방 이식, 무턱 성형 등과 같은 생소한 용어들이 나열되어 있었다. 부위별로 세분화되어 눈부시게 진보하는 현대 성형 의학의 무시무시함 앞에 구보는 경외심을 느끼기도 했지만, 키치로 전락한 비너스의 처량한 신세를 보니 가슴이 아프기도 했다. 의사가 사람의 몸을 비너스로 만드는 신체 조각가가 된 시대였다. 구보는 비너스의 정신과 윤리는 외면한 채 애오라지 육체의 아름다움만 추종하는 외모 지상주의가 거북했다.

「밀로의 비너스」는 고대 그리스 시대의 미적 이상이 집약된 결정체였다. 그리스인들에게 아름다움은 외모에 국한된 것이 아니었다. 이들이 삶의 최고 이상으로 삼았던 '선한 미', 즉 칼로카가티아(Kalokagathia)는 육체의 아름다움(kalon)과 정신의 윤리(agathon)가 결합된 상태를 의미했다. 말하자면 이들은 아름다운 육체에 지고한 정신이 깃든다고 믿었다. 즉 미가 선의 이데아를 구현할 때, 말하자면 아름다움과 도덕성이 조화를 이룰 때 진리가 현현한다고 생각했던 것이다. 이것이 바로 고대 그리스인들이 추구했던 진선미의 철학이었다.

구보는 비너스의 윤리가 아니라 비너스의 몸을 닮고 싶어 하는 욕망이 '키치 비너스' 신화가 양산된 원인이라고 생각했다. 사람들은 그리스 여신의 몸을 추종하고 숭배했다. 정신과 윤리는 뒷전이었다. 이 열풍이 대한민국을 성형 천국으로 등극시켰다.

반디앤루니스

호텔 아케이드를 되돌아 나와 다시 코엑스몰로 향했다. 화장실을 찾아 헤맬 때 보았던 서점을 둘러보고 싶었다. 참새가 방앗간을 두고 그냥 지나갈 수 없는 노릇이었다. 상호의 뜻이 궁금해 서점 홈페이지를 찾아 들어갔다. 긍정적으로 보자면 스마트폰은 디지털 시대 '손바닥 안의 무한'이 아닐까 하는 생각이 스쳤다. 영국 낭만주의 시인 윌리엄 블레이크의 「순수의 전조」에 이런 의미심장한 구절이 있다. "한 알의 모래 속에서 세계를 보고/ 한 송이 들꽃에서 천국을 보기 위해/ 손바닥 안에 무한을 붙들고/ 시간 속에 영원을 붙잡아라".

물론 구보는 손바닥 안의 무한 속에서 우주를 보고 천국을 보는 경지에는 이르지 못했지만 이런 정보는 얻을 수 있었다. "반디앤루니스는 반딧불이를 영어로 옮긴 Bandi와 달빛을 의미하는 라틴어 luna에서 생성된 Luni의 합성어로서, 반딧불과 눈에 비친 달빛으로 공부했다는 차윤과 손강의 고사 형설지공(螢雪之功)에서 비롯된 이름입니다." 발상이 참신해 기분이 좋아졌다. 그러나 이내 다시 우울해졌다. 이 낭만적인 사자성어 뒤에 숨은 용맹 정진의 출세 의지를 감당할 수 없었기 때문이다. 기름을 살 돈이 없어 늘 눈빛에 책을 비추어 학문에 정진하여 어사대부까지 오른 손강이나, 기름을 구할 수가 없어 여름이면 반딧불 수십 마리를 주머니에 담아 그 빛으로 밤을 새우며 책을 읽어 마침내 이부상서까지 오른 차윤과 같은 학자가 될 수 있을까 하는 강한 회의가 엄습했다. 구보에게 기름은 충분했다. 책상을 환하게 밝혀 주는 스탠드를 둘씩이나 가지고 있었다. 반딧불도 있었다. 어두운 방을 밝혀 주는 스마트폰이 그것이었다. 그러나 구보는 '힘에의 의지'가 부족했다. 세상을 향해 뜻을 세우기보다는 내면으로 뜻을 꾸겨 넣기 바빴다. 텍스트를 통해 밖으로 나가기보다는 텍스트 안으로 세상을 끌어오고자 애면글면했다. 늘 심란했다. 머릿속으로 납치된 온갖 잡념들은 무수한 쪽방에 주렁주렁 걸려 있거나 서랍 속에 무질서하게 뒤섞여 있었다. 봉두난발한 생각들을 단칼에 자를 기개도 없었다. 그래서 늘 실속 없는 생각이 뒤엉켜 머리를 썩혔다.

반디앤루니스 매장에 들어섰다. 코엑스몰에 입점한 서점답게 광활했다. 9시가 다 되어 가는 시간이지만 반딧불과 달빛 대신 할로겐 조명과 형광등 불빛 아래서 책을 고르고 읽는 사람들이 꽤 많았다. 반딧불과 달빛이 주는 목가적 낭만주의를 수백 개의 전구 빛이라는 도시적 실용주의가 소멸시키는 것 같아 안타까운 생각도 들었지만 금방 잊었다. "그렇게 300개의 전기 달이 눈이 멀 만큼 전광석화 같은 흰빛으로 사랑 타령의 단골 대상인 고대의 푸른 여신을 소멸시켜 버렸다." (필리포 마리네티, 「달빛을 살해하자」)

구보는 소설을 좋아했다. 소설을 읽을 때 아이가 되는 기분을 좋아했다. 소설을 읽는 동안은 "의미에 의해 검열받지 않는 연출가"(발터 벤야민, 『사유이미지』)로 변신할 수 있었기 때문이다. 책을 펼치면 학교에서 강요하는 세계의 질서와는 다른 모습을 상상할 수 있었다. 운이 좋으면 아주 가끔은 카프카가 말했던 강렬한 독서 체험, 즉 우리 내면의 얼어붙은 바다를 깨부수는 한 자루 도끼와 같은 책과 독대하면서 전율 비슷한 것을 감지하기도 했다. 때론 세상의 모든 책을 후루룩 마셔 버리면 어떨까 하는 치기 어린 오만을 부려 보기도 했다. 관음증이 아니라 서음증에 걸린 사람처럼 책에 집착해 왔다. 형편보다 많은 책을 사서 모았다. 구보의 욕망이 집중되는 표적은 늘 종이였다.

통로에 테마별로 책을 진열한 매대에서 한 권의 책이 구보의 눈에 포착됐다. '청소년 권장 도서'라는 이름의 코너에 세계 문학 고전들이 20여 권 진열되어 있었는데, 그 틈에 카프카의 『변신』이 말석을 가까스로 얻은 듯 외롭게 끼어 있었다. 『변신』이 청소년 권장 도서 목록에 들어가 있다는 사실에 조금 당혹했지만 어쨌든 반가웠다. 책 표지를 살펴보았다. 카프카의 어둡고 흐릿한 얼굴이 우울해 보였다. 전형적인 카프카 사진이었다. 구보는 정갈하게 갈라진 카프카의 앞가르마에 한참 동안 시선을 고정했다. 의고풍 헤어스타일이 조금 촌스러워 보였다. 정철훈의 시가 생각났다. 정철훈은 미적 허세가 없는 카프카의 반듯한 머리 모양에서 그의 위대함을 간파했다.

낮에는 보험 회사 직원
밤에는 글 쓰는 고독한 작가
사진 속 카프카의 머리 가르마는
내가 보는 시선에서 왼쪽과 오른쪽이
2 대 8로 단정히 나뉘어 있다

보험 회사 직원이 2라면
작가가 8일 거라는 생각
밥벌이와 영혼의 관철이 2 대 8일 거라는
생각의 연장이 카프카의 사진이다

—정철훈, 「카프카의 가르마」

카프카는 '주경야독'형 작가였다. 낮에는 보험 회사 직원으로 주판알을 튕기며 생계를 꾸렸고, 밤에는 작가로 만년필을 움켜쥐고 밤을 새웠다. 출근하면 성실했고 퇴근 후엔 필사적이었다. 그는 생활을 위해 꿈을 포기하지 않았고, 자아실현을 위해 일상의 답답함을 무시하지도 않았다. 카프카의 위대함은 이 모순의 긴장을 체화하는 뚝심에 있었다. 그는 몽상가였고 그의 작품은 꿈의 미로를 닮았지만, 그만큼 현실적인 생활인도 없을뿐더러 그의 소설만큼 현대 사회의 부조리를 철저하게 캐물은 작품도 드물었다. 카프카의 불멸의 소설은 낮과 밤,

사실과 환상, 생존과 실존, 비애와 몽상의 단애를 비뚤배뚤하게 오가며 남긴 고투의 기록이었던 것이다. 구보는 카프카의 가르마가 전하는 메시지를 이렇게 해석하고 싶었다. 글을 쓰고 싶다는 욕망이 밥벌이에 비해 네 배는 더 무겁다는 등식이 카프카의 가르마다.

구보는 자신의 헤어스타일을 스마트폰 거울로 쳐다보았다. 정확히 카프카의 카르마와 반대 방향으로 나 있었다. 자신의 정수리에는 현실과 꿈이 8 대 2로 무기력하게 갈라져 있다. 꿈이 현실을 견인하지 못하고 현실에 편입된 형국이었다. 그렇다고 현실에 제대로 적응하며 성실히 밥벌이를 하며 살아온 것도 아니었다. 영혼도 밥벌이도 모두 시원치 않았다. 둘 사이의 타협점을 찾지도 못했다. 카프카처럼 현실의 리얼리티를 직시하되 마음껏 현실의 굴레에서 이탈하는 해방의 글쓰기를 해내고 싶었지만 언제나 마음뿐이었다. 구보는 가르마의 방향을 카프카처럼 바꾸면 '존재의 전환'이 이루어질까 잠시 엉뚱한 공상에 빠졌다. 그러고는 덩그러니 한 권만 놓여 있던 『변신』을 손에 들고 계산대로 향했다.

웰빙

서점에서 나온 구보는 아케이드 중앙에 위치한 에스컬레이터를 타고 지상으로 올라왔다. 글로벌 비즈니스의 메카인 한국종합무역센터의 전시장 중 태평양홀이 눈에 들어왔다. 늦은 시간이라 전시장 문은 닫혀 있었지만, 홀 앞 중앙 통로에는 제법 많은 사람들이 오갔다. 바이어로 보이는 외국인들이 자주 보였다. 전시장 입구 위, '제12회 친환경 유기농 무역 박람회'라고 적힌 플래카드에 눈길이 멈췄다. 구보가 귀국 후 거리에서나 매체를 통해 자주 보고 들었던 네 단어는 웰빙, 유기농, 다이어트, 뷰티였다. 넷은 하나로 뒤엉킨 개념이었다. 유기농 열풍은 코엑스에도 불고 있었다. 건강한 삶을 위해 유기농 식재료를 사용한 음식을 마다할 생각은 없지만, 그래도 구보는 조금 다른 각도에서 비판적으로 접근했던 적이 있었다. 대강 정리하면 이랬다.

"후기 자본주의 사회에서 녹색 자연이라는 신종 고부가 가치 '웰빙 상품'은 비싼 값에 팔린다. 먹성 좋은 자본주의는 이제 자연을 꿀꺽 삼키는 데 만족하지 않고 자연을 세련되게 가공하여 상품화하기에 이르렀다. 현대 사회는 사람들로 하여금 복잡하고 타락한 도심을 떠나 자연 속에서 일시적인 위안을 찾게 만든다. '인간은 죽기 위해 도시로 온다.'라는 릴케의 말을 뒤집어 '인간이 살기 위해선 도시를 떠나야 한다.'라고 은근히 부추긴다. 아도르노는 고도로 문명화된 사회에 살고 있는 현대인은 누구나 마법 해제와 탈신화화의 대가로 또 다른 형태의 마법과 신화에 대해 욕망을 가지게 된다고 보았다. 물론 그 마법의 신비를 가장 잘 느낄 수 있는 장소는 도시 문명의 대척점에 선 녹색 자연이라는 '에코토피아'다. 그러나 인위적인 도시 문명과 동떨어진 자연의 품에서 삶의 원기를 회복할 수 있다는 현대 문명의 주장에는 자본주의 메커니즘 속으로 우리를 편입시키려는 검은 속셈이 도사리고 있다. 자연을 자본의 권능이 초래한 폐단과 물질물명의 병폐를 치유할 수 있는 마지막 성소로 보는 현대인의 자동화된 의식 속에 똬리를 튼 위험을 아도르노는 이렇게 꿰뚫는다.

사회의 지배 메커니즘이 자연을 사회의 병폐를 치유하는 사회의 대립물로 봄으로써 자연은 탈자연화되어 치유 불가능한 사회 속에 끌어넣어져서는 비싼 값에 팔린다. 푸른 나무나 파란 하늘이나 흘러가는 구름을 보여 주는 그림에서 자연은 공장 굴뚝이나 주유소의 로고가 된다. 반면 반짝거리는 바퀴나 기계 부품은 자연의 일부가 되어 거기에도 나무나 구름의 혼이 배어 있는 것처럼 보인다. 이런 식으로 자연과 기술은 사람들이 무어라 하든 아랑곳하지 않고 하나로 뭉뚱그려져 동원된다.

——아도르노·호르크하이머, 「문화 산업—대중 기만으로서의 계몽」

각종 유기농 식품, 생태 친화적 제품, 골프장 회원권 등, 치유 불가능한 사회 속에 편입되어 비싼 값에 팔리는 자연은 이미 순수한 자연이 아니라 자본의 논리에 포섭되어 세련되게 포장된 상품이다. 아쉽지만 우리 시대의 자연과 생태는 더 이상 자본과 문명에 저항하는 강력한 아이콘이 되지 못한다. 오히려 자본의 논리를 확대 양산하는 '공장 굴뚝이나 주유소의 로고'나 '저탄소 녹색 성장' 같은 경제 정책을 세련되게 포장하는 미사여구로 전락한다. 억압과 착취에 의해 관리되던 초기 자본주의와 달리 조작에 의해 유지되는 후기 자본주의 시스템은 이렇게 자연을 상품화하고 전시 행정의 표어로 동원한다. 이런 맥락에서 도구적 이성이 지배하는 근대 이후의 삭막한 세계를 가리키는 '제2의 자연에서 느끼는 주체의 무력감은 제1의 자연으로 도피하는 원동력이 된다.'(김유동, 『아도르노 사상—고통의 인식과 화해의 모색』)라는 말은 의미심장하다. 말하자면 도구적 이성이 지배하는 근대 이후의 경직된 사회적 자연을 일컫는 '제2의 자연'(루카치)이 '제1의 자연'

의 경제적 가치를 한껏 올려놓은 것이다. 이렇게 보면 우리 시대 자연
은 인간성의 마지막 보루에 대한 알리바이로 전락하기 십상이다."

구보는 현수막을 보며 생각을 정리했다. 이제 상품 물신은 '생태 자
본주의' 환경에 맞춰 빠르게 진화하고 있다. 대중을 관리하는 막강한
자본주의의 지배 이데올로기는 정치, 경제, 사회, 교육, 문화 영역을
넘어 녹색 자연의 신성한 속살까지 잠식해 들어왔다. 녹색 자연의 우
울! 서글픈 일이지만 우리는 자연을 느끼고 즐기고 향유하는 삶 자체
가 모종의 특권이 된 생태 자본주의 시대에 살고 있다. 구보는 좀 씁
쓸해졌다.

태평양홀

구보는 갑갑한 마음에 태평양홀 앞을 관통하는 중앙 통로 위를 올
려다보았다. 전시관 건물과 건물 사이가 유리 지붕으로 덮여 있었다.
"유리의 거미줄"(진은영, 「아케이드」)이라는 표현대로, 거미줄처럼 연결
된 철골 틀에 유리 조각들이 모자이크처럼 박혀 있었다. 해가 져서 하
늘은 볼 수 없었지만 유리 지붕은 노르스름한 인공조명 빛을 머금은
채 통로를 지나는 행인들을 과묵히 굽어보았다. 코엑스 전체에서 가
장 아름다운 아케이드에 구보는 서 있었다. 하지만 이곳 코엑스에서
아케이드는 새로운 전성기를 구가했다. 구보는 다음과 같은 네 가지
단상을 추슬렀다.

(1) 이제 아케이드는 산업 박람회 전시장과 전시장 사이의 통로에

코엑스 태평양홀 앞
통로의 유리 지붕

설치되어 상품과 무역의 광활한 우주를 구축하고 있다.

(2) 그 우주의 지하 세계인 코엑스몰은 거대한 미로 아케이드다. 철근과 유리로 만들어진 복잡한 밀림 속에 여러 가지 상품이 덩굴져 자라 색색의 꽃을 피우고 있는 동굴 아케이드다. 코엑스몰은 소비 자본주의의 인공 낙원이다.

(3) 그리고 종합 전시장인 코엑스, 쇼핑 센터인 코엑스몰, 무역센터라 불리는 트레이드타워, 아셈타워, 그랜드인터컨티넨탈호텔, 코엑스인터컨티넨탈호텔, 도심공항타워, 지하철, 현대백화점 등으로 이루어

진 '한국종합무역센터'는 신자유주의라는 유령이 통치하는 거대한 제국의 거점이다. 전지구적 자본 교환을 효과적으로 규제하고 관리하는 곳이다. 21세기 제국은 과거의 제국주의와 달리 결코 중심을 만들지 않는다. 제국의 건물과 건물들은 다양한 아케이드로 네트워크를 이룬다. 그래서 이 제국에는 경계가 없다. 요컨대 아케이드는 신자유주의라는 제국의 혈관이다.

> 제국주의와 달리 제국은 결코 영토적인 권력 중심을 만들지 않고, 고정된 경계나 장벽들에 의지하지도 않는다. 제국은 개방적이고 팽창하는 자신의 경계 안에 지구적 영역 전체를 점차 통합하는, 탈중심화되고, 탈영토화하는 지배 장치다. 제국 개념의 근본적인 특징은 경계가 없다는 것이다. 즉 제국의 지배는 한계가 없다.
>
> ——안토니오 네그리 · 마이클 하트, 『제국』

(4) 소비 자본주의 물신의 '신성한 심장'이 강북 신세계백화점 옥상에서 박동한다면, 초국적 자본의 유령은 강남 한국종합무역센터의 아케이드를 관류한다.

삼성역

구보는 태평양홀 아케이드를 따라 걸으며 천장을 우러렀다. 별빛은 보이지 않았다. 오늘 밤도 서울의 별은 롯데월드 유리 돔에서 영롱히 빛나고 있을 것이다. 코엑스 동문이 보였다. 구보는 이 문을 통해 코엑스를 빠져 나왔다. 9시 40분. 캄캄했다. 도심의 밤공기가 생각보다 상쾌하고 신선했다. 긴 동굴 탐사를 막 끝내고 지상으로 올라온 사람이 느낄 법한 해방감이 어렴풋이 가슴에 차올랐다. 밖으로 나와 바라보니 이 제국의 실체가 조금 드러났다. 코엑스를 중심으로 왼편에 선 무역센터 빌딩이 제국의 장총처럼 서울의 밤하늘을 찌르고 있었다. 오른편에는 아셈타워가 비슷한 높이로 솟아 있었다. 제국의 좌청룡과 우백호 사이에 코엑스가 납작한 우주 기지처럼 넓게 포진하고 있었다. 코엑스에 접한 지하철 삼성역의 '삼성'이 신자유주의 제국을 수호하는 세 성채, 무역센터, 코엑스, 아셈타워를 가리키는 것 같았다. 물론 삼성은 진입을 불허하는 철옹성이 아니었다. 제국은 항상 개방적이었다. 문제는 인간이 그 열린 구조 속에 갇혀 도구적 존재로 소비되고 있다는 사실이었다. 제국의 성벽은 투명한 유리 조각이었다. 구보는 자신도 이 성벽을 이루는 하나의 유리조각에 지나지 않을까 하는 끔찍한 상상을 해 보았다. 구보는 이곳에서 나왔지만 자신은 여전히 성벽을 이루는 수많은 유리벽돌 중에 하나로 남아 있을 것 같았다.

나는 내가 태어나서 줄곧 하나의 도시에서만 살아왔음을 깨달았고, 마치 수 겹의 성벽과 군대와 가시 창살과 궁수의 구멍, 돼지 형상을 한 무사들의 석상과 용의 머리카락과 해자로 둘러싸인 요새처럼 그 도시가 나에게 치밀하고도 더할 수 없이 견고했다는 느낌이 들었습니다. 나는 어느새 스스로 그 도시 성벽을 이루는 하나의 단단한 벽돌이 되어 있었어요.

— 배수아, 『서울의 낮은 언덕들』

인터로그

가로수길

코엑스몰

택시

구보는 영동대로 앞 택시 정류장에서 택시를 탔다. 강남의 핫플레이스로 주목받는 신사동 가로수길로 이동하기 위해서였다. 지하철을 탈까 잠시 고민했지만 한 차례 환승해야 하는 번거로움이 싫었고 장시간 걸어다녀 피곤하기도 했다. 산책자의 윤리에 어긋나는 결정이었지만 서울은 너무 넓었다.

타자마자 유턴한 택시가 제법 속도를 내기 시작했다. 창밖으로 영동대로의 풍경이 빠르게 스쳐 지나갔다. 붉고 노랗고 푸르고 희게 표변하는 각양각색의 LED 간판들과 현란하고 난삽하게 쏴 대는 네온사인 간판들의 무차별한 폭격에 어느 하나 편하게 눈 둘 곳이 없었다. 스타벅스, 올리브영, 주유소, 세븐일레븐, 시티은행, 우리은행, 주유소, DROPTOP, Olleh, T World, 뷰티성형외과, 탐앤탐스, 치과, 맥도날드, 마이드림피부과, 외환은행, 더라인성형외과, CGV, 버거킹, 국민은행, 다시 주유소로 숨 가쁘게 이어지는 이미지들 앞에서 질식할 것 같았다. 속이 메스꺼웠다. 오늘 하루 종일 거리에서 본 것들이 지루하게 출몰할 뿐이었다. 진은영의 말이 옳았다. "이 도시는 똑같은 문장 하나를 영원히 받아쓰는 아이와 같다"(진은영, 「이 모든 것」).

나의 눈이 가는 길, 서울에선 없다, 서울이 수시로 내 눈을 끌어당길 뿐이다, 광고의 아우성과 매체의 잡음 속에서 광고의 잡음과 매체의 아우성으로 나온다, 저, 아니, 이 길뿐, 빈틈은 없다, 내 시야와 시력은 이제 나의 것이 아니다, 그러하니 내 눈이 보고 싶던 것이 무엇인지, 보고 싶은 것이 무엇인지를 알 수 없게 되어 버렸다, 잠 안쪽에서도 두 눈 뜨고 있어야 하느니

내 눈이 먼저 가닿아 내가 불려 가는 길, 사라졌다, 시선이 떠나가 돌아오질 않는다, 서울은 캄캄할 만큼 현란하고 현기증으로 증발할 만큼 무섭게 돌아간다, 즐겁다고, 쫓아가고 싶다고, 누릴 수 있다고, 견딜 수 있을 것이라고……

안구 패어 나간 나는 말할 뻔한다, 뻥 뚫려 허당인 내 두 눈구멍 속으로 서울은 24시간 형광을 불 밝혀 놓는다

— 이문재, 「타워 크레인 — 고독한 산책자의 몽상」

사유하는 근대적 주체로서의 인간을 설정한 데카르트의 명제 "나는 생각한다, 고로 나는 존재한다."는 서울의 밤거리에서 유효성을 상실한 것 같았다. 구보는 자신의 눈이 대상의 실체를 포착하는 능력을 상실했다는 느낌이 들었다. 밖으로 외출한 시선이 영영 되돌아오지 않고 실종된 것 같은 기분이 들었다. 구보의 눈동자는 뻥 뚫려 있었다. 얼핏 백미러에 비친 택시 운전자의 눈은 충혈된 듯했다. 무표정 너머로 원인 모를 짜증과 원망을 억누르는 기세가 역력했다. 불현듯 영화 「택시 드라이버」 속 로버트 드 니로의 얼굴이 생각났다. 베트남전 참전 용사로 사회의 쓰레기들을 쓸어버려야 한다는 과대망상 때문에 늘 불면증에 시달리는 택시 운전사 트래비스. 그러나 언젠가는 폭우가 쏟아져 이 비열한 거리의 모든 악과 오물을 깨끗이 씻어 낼 것이라고 예언을 내뱉는 것 말고는 별다른 대안이 없었던 아웃사이더 트래비스.

영동대교 남단에서 좌회전하여 도산대로에 진입하자 택시가 거북이걸음을 걷기 시작했다. 길이 막혀 답답했지만 정체가 시작되자 오히려 거리 풍경이 시야에 들어오기 시작했다. 눈을 떠난 시선이 거리와 상가와 신호등과 횡단보도와 사람들에게로 가닿았다가 다시 구보의 눈으로 천천히 귀환하며 망막에 이미지로 고정되었다. 택시가 행인들이 걷는 속도와 거의 비슷하게, 때론 그보다 조금 느리게, 때론 그보다 조금 빠르게 갈 때 주위의 풍경은 오롯해졌다. 요컨대 정체된 길에서 택시는 산책자의 시선을 제공해 주었다. 구보는 택시에 앉아, 마치 산책하는 기분으로 거리를 내다보며 벤야민이 언급했던 눈썰매를 타고 있다는 착각에 빠졌다. 벤야민은 모스크바 도심을 산책하며 눈썰매를 유심히 관찰하고 난 후, 이것이 도시의 일상적 삶을 관찰하는 데 적합한 시선을 제공하는 수단이라고 보았다. "승객은 높은 자리에 앉지 않는다. 그는 다른 사람들과 같은 높이에서 다른 사람들의 어깨를 스치고 지나간다. 이것은 촉감을 느끼게 하는, 비교할 수 없는 경험이다. 유럽인들은 빠른 여행을 하면서 대중을 지배하는 우월함을 즐기지만, 모스크바 사람들은 작은 썰매에서 사람, 사물과 근접해 마주친다."(발터 벤야민, 『일방통행로』) 막힌 길을 저속으로 달리는 택시는 모스크바의 썰매와 유사한 기능을 수행했다. 서울이라는 도시의 아이러니였다. 택시를 타길 잘했다는 생각이 스쳤다. 요금 7300원이 아깝지 않았다.

6

가로수길에서
강남역까지

가로수길

강남대로

강남역

가로수길

구보는 가로수길 앞에서 내렸다. 입구부터 수많은 청춘남녀들로 북적였다. 오늘이 금요일 밤임을 실감했다. 거리는 젊음의 활력으로 요동쳤고 세련된 패션으로 들떠 있었다. 왕복 2차선 도로 양편 인도를 따라 수많은 상점들이 장사진을 이루었다. 인도 폭이 생각보다 넓지 않았다. 운집한 사람들의 열기와 밀도를 모두 소화하기에는 많이 비좁아 보였다. 밤의 푸른 지주(支柱)들. 인도와 도로의 경계를 따라 키 큰 은행나무들이 줄지어 서 있었다. 줄을 잘 맞춰 선 키 큰 아이들같이 천진해 보였다. 삼청동길, 덕수궁 돌담길, 정동길 은행나무의 유구한 내력과 비견하면 이곳 가로수는 이제 막 유년기를 통과해 청소년기로 접어든 것처럼 보였다. 입구 주변은 서울 여느 거리의 풍경과 다르지 않았다.

조금 더 걸어 들어가자 도심 속에서는 볼 수 없었던 개성적인 옷 가게와 인테리어 소품 가게, 액세서리 노점, 독특한 가방과 구두를 파는 가게, 아담한 갤러리, 유럽풍 노천카페, 와인 바 등이 길 양편으로 다붓하게 이어졌다. 코엑스몰이 거인국의 아케이드라면 가로수길은 소인국의 상가처럼 귀엽고 아기자기해 보였다. 고가의 명품 브랜드가 행인을 압도하지 않아서 좋았고 거대한 패션몰이 거리를 식상하게 만들지 않아 좋았다. 획일적인 기성품의 도전 앞에서 다양성의 미학을 고집하는 작은 가게들이 반가웠다. 기발한 발상과 신선한 감각으로 꾸민 아담한 쇼윈도를 보는 재미도 쏠쏠했다. 노점에 펼쳐 놓은 작은 액세서리들이 조명 빛을 받아 알록달록한 알사탕처럼 달콤하게 빛났다. 깨물어 먹고 싶었다. 유럽 옛 도시의 뒷골목을 걷는 기분이 살짝 들기도 했다. 서너 걸음만 옮기면 금방 다른 쇼윈도가 눈앞에 나타났고 다시 몇 걸음만 옮기면 또 다른 쇼윈도가 눈에 들어왔다.

오밀조밀하게 붙은 작은 가게들 앞을 천천히 걸어가면서 구보는 마치 케이블 채널을 계속 바꿔 보는 듯한 재미를 느꼈다. 거리의 화면이 자주 바뀌었지만 눈은 그렇게 피곤하지 않았다. 가로수길 쇼윈도에 서식하는 상품 물신은 그다지 탐욕적으로 보이지 않았다. 인간의 얼굴로 변신한 상품 물신의 고도의 노림수에 넘어간 것인지도, 꽃처럼 순수해 보이는 그 얼굴 뒤에 뱀이 똬리를 틀고 있는지도 모르지만 어쨌든 구보의 눈에 가로수길의 쇼윈도는 착해 보였다. 삭막한 주차장이 점포 앞을 점령하지 않은 가로수길이 기특하고 미더웠다. 그러나 좁은 도로가에 불법으로 주차한 차들은 파렴치해 보였다. 도시 산책자의 리듬을 수시로 끊는 고급 수입차의 오만이 가로수길을 천박하게 만들었다.

구보는 멋지게 차려입은 연인들이 가로수길을 거닐며 데이트를 즐기는 모습을 부러운 눈길로 지켜보았다. 마치 여러 커플이 줄지어 퍼레이드를 하는 것 같았다. 로코코 시대의 우아한 연회, '페트 갈랑트'의 한 장면을 보는 것 같았다. 가로수길의 풍경은 페트 갈랑트 회화의 창시자 장 앙투안 바토의 「시테라 섬으로의 출항」을 현대적으로 재현해 놓은 듯했다.

시테라 섬은 비너스를 숭배하는 섬이며 연인들의 상상 속에 존재하는 사랑의 섬이다. 최신 유행하는 세련된 옷을 차려입은 남녀들이 시테라 섬에 도착해 줄지어 걷고 있다. 배에서 내린 연인들은 오른편 비

장 안투안 바토, 「시테라 섬으로의 출항」(1718~1719)

너스상이 서 있는 곳을 향해 담소를 나누며 정답게 발걸음을 옮긴다. 연인들의 사랑을 축복해 주려는 듯이 아기 천사 큐피드들이 그들의 주변을 날아다닌다. 세상은 온통 온화한 황금빛으로 물들었다. 구보는 소설가 구보 씨처럼 "오늘 처음으로 명랑한, 혹은 명랑을 가장한 웃음을 웃었다."(박태원, 「소설가 구보 씨의 일일」)

　구보에게 가로수길은 비 한 방울 내리지 않는 절대 낙원처럼 보였다. 이곳의 연인들은 비너스 신을 향해 달콤한 순례를 즐기고 있었다. 이곳에서는 땀 냄새가 나지 않았다. 대신 은은한 향수와 화장품 냄새가 났다. 가로수길은 헝그리 정신이 완전히 말소된 페트 갈랑트의 무대였다.

　구보는 계속해서 가로수길을 걸어 올라갔다. 이 사랑의 향연장은 그리 길지 않았다. 15분쯤 걷자 가로수길이 끝나는 지점에 이르렀다.

길 건너로 신사중학교 담벼락과 현대고등학교 건물이 시커멓게 보였다. 두 건물은 낭만적인 환상의 끝은 냉혹한 현실이라는 사실을 각성시켜 주는 것 같았다. 구보는 선 밖으로 나가기 싫었다. 그래서 길을 건너 반대편 인도를 따라 가로수길을 천천히 거슬러 내려갔다. 자신의 앙상궂은 패션이 조금 신경 쓰였지만 개의치 않았다. 만보객이 따로 없었다.

러버콘

구보는 다시 가로수길의 낭만을 만끽하며 걷다가 모종의 강력한 신호 체계와 맞닥뜨렸다. 은행나무 옆에 덩그러니 놓인 러버콘을 목도한 것이다. 붉은색 고무에 두꺼운 흰 띠를 두른 고깔 형태의 트래픽콘 하나가 은행나무 옆에서 눈을 홉뜨고 지나가는 행인들을 지켜보았다. 가게 앞에 주차하지 못하도록 세워 놓은 표식이겠지만 구보에게는 은행나무 곁에 함부로 접근하지 말라는 경고 메시지로 읽혔다. 위협적이었다. 구보는 러버콘을 유독 사갈시했다. 러버콘은 자연스러운 산책의 흐름을 늘 방해하기 때문이다. 도심을 걷다가 러버콘이 나타나면 어김없이 공사 현장이나 주차장과 직면했다. 가로수길의 상징인 가로수에 가까이 오지 말라고 경고하는 것 같아 얼른 외면하고 지나갔다. 마음 같아서는 러버콘을 다른 곳으로 옮겨 놓고도 싶었다. 구보는 생각했다. 거리는 도시민의 일상 활동이 일어나는 공공 거주 영역이다. 거리는 도시를 살아 있게 하는 동맥이다. 가로를 불법으로 점유한 자

'7000 떡갈나무 프로젝트'의 결과로 조성된 독일 카셀 시내 가로수

동차와 러버콘은 이 동맥의 흐름을 막는 암초다. 구보는 은행나무 옆에 러버콘 대신에 작은 돌기둥이 서 있으면 어떨까 상상했다. 독일 전위 예술가 요셉 보이스의 '7000 떡갈나무' 프로젝트가 떠올랐다.

비디오 아티스트 백남준이 "역경의 동지"라 불렀던 요셉 보이스는 조각, 오브제, 설치 미술, 행위 예술 분야에서 전방위적으로 활약한 세계적인 예술가다. "모든 사람은 예술가다." 기성의 모든 예술 개념을 부정했던 그의 유명한 출사표다. 대중의 예술 참여를 적극 주창했던 그의 예술 철학은 '7000 떡갈나무' 프로젝트를 통해 성공적으로 실현된다.

1982년 제7회 독일 카셀 도큐멘타 개막일, 보이스는 행사 본부 앞

광장에 떡갈나무 한 그루를 심고, 도시 근교의 돌산에서 가져온 현무암 기둥을 나무 옆에 팻대처럼 세웠다. 이어 현무암 조각 6999개를 광장에 쌓았다. 누구나 떡갈나무 묘목을 사서 원하는 장소에 심고 그 옆에 이 현무암을 가져가 세울 수 있었다. 돌들은 도시 곳곳으로 흩어졌다. 보이스는 다음번 도큐멘타가 열리는 1987년까지 광장을 비울 계획이었지만 아쉽게도 5500그루만 심고 1986년 유명을 달리했다. 보이스 사후 부인과 아들이 바통을 이어받아 제8회 도큐멘타 개막일에 역사적인 7000번째 나무를 심었다. 7000그루를 사는 비용은 모금과 기업 후원금으로 마련하고 식수 장소는 시민의 의견을 모아 결정했다고 하니 이 프로젝트는 일종의 공동 창작품이었던 셈이다. 이 '사회적 조각'은 여전히 현재 진행형이라는 점도 의미심장하다. 카셀 시의 랜드마크로 정착된 떡갈나무들은 지금 이 순간에도 자라고 있기 때문이다. 보이스는 말한다. "7000그루의 나무는 생명체로 항상 변화를 거듭하지만 그 옆의 돌 조각은 불변한다. 지금은 현무암 기둥이 6년산 떡갈나무를 압도하지만, 20년, 30년이 지나면 돌보다 나무의 키가 훨씬 커지리라."

구보는 가로수길 은행나무 옆에 러버콘 대신 현무암 기둥이 서 있는 모습을 잠시 꿈꿨다. 자본의 침투로 점점 상업화되고 있는 가로수길에 필요한 것은 변화된 레스토랑 메뉴도, 세련된 인테리어 디자인도, 다양한 쇼윈도 디스플레이도 아니었다. 문화적 상상력에 기초한 발상의 전환이 필요했다.

횡단보도

한 사람이 건널목을 다 건너갔을 때

하얀 건널목이 사다리처럼 일어나 어딘가로 사라지는 일

그런 일을 목격한다

—김소연, 「스무 번의 스무 살」

구보는 가로수길을 빠져나와 도산대로를 건너는 횡단보도 앞에 섰다. 10시 20분이 넘은 시간이었지만 교통 정체는 그대로였다. 가로수길 입구에는 여전히 많은 사람들로 들끓었다. "여기는 남서울 영동 사랑의 거리". 구보의 입에서 노랫말이 흘러나왔다. "여기는 남서울 영동 사랑의 거리/ 사계절 모두 봄봄봄 웃음꽃이 피니까/ 외롭거나 쓸쓸할 때는 누구라도 한 번쯤은 찾아오세요/ 아아 여기는 사랑을 꽃피우는 남서울 영동/ 사랑의 거리"(문희옥, 「사랑의 거리」). 영동은 구보가 사는 영등포의 동쪽, 즉 강남을 뜻했다. 노랫말처럼 가로수길은 사계절 내내 오늘 같은 찬란한 5월이지만 구보는 늘 외롭고 쓸쓸했다. 신은 공평하지 못했다. 신호등에 녹색 불이 켜졌다. 빨리 가로수길에서 도망치라는 도루 사인 같았다.

횡단보도에 발걸음을 옮기며 구보는 앙드레 브르통의 소설 『나자』의 한 장면을 가슴에 품었다. 소설의 주인공 나자는 실존 인물로, 브르통이 1926년 10월 4일 파리의 한 교차로에서 만나 몇 개월간 만남을 이어 간 여인이다. 브르통은 매혹적인 여인 나자와의 만남을 초현

실적 환상과 결합해 『나자』를 썼다. 구보는 브르통이 나자와 만나는
순간을 상상했다.

　　나는 그 이름을 몰랐지만 교차로를 막 건너갔는데, 그곳은 바로 성당
앞이었다. 그때 나는 옷차림이 매우 초라한 한 젊은 여자가 내 쪽으로 한
열 걸음쯤 떨어진 지점에서 오고 있는 것을 보았고, 그녀 또한 나를 보고
있거나 이미 본 듯했다. 그녀는 지나가는 다른 모든 사람들과는 달리 머리
를 높이 쳐들고 걷는 모습이었다. 너무나 가냘픈 몸매라서 마치 휘청거리
며 걷는 듯했다. 눈 화장부터 시작은 했지만 화장을 끝마칠 시간이 없었던
사람처럼, 금발머리에는 어울리지 않게 특이하게도 눈가를 아주 검게 칠
한 화장을 하고 있었다. 눈가에 눈꺼풀이 조금도 보이지 않았다. 나는 한
번도 그런 눈을 본 적이 없었다. 나는 주저하지 않고 모르는 여자에게 말
을 걸었다.

　　(중략)

　　"당신의 정체는 무엇인가요?" 그러자 그녀는, 머뭇거리지 않고, 말했
다. "나는 방황하는 영혼이에요."

　　　　　　　　　　　　　　　　　　　　　　　　　　—앙드레 브르통, 『나자』

　'나자'는 러시아 말로 '희망'이라는 말의 어원이었다. '방황하는 영
혼'과 '희망'이란 개념은 그다지 어울리지 않았지만 그래도 나자를 한
번 만나 보고 싶었다. 방황하는 영혼인 구보가 방황하는 영혼인 나자
를 찾는 건 당연지사였다. 구보는 발터 벤야민의 마음속에 '일방통행
로'를 뚫었던 연인, 아샤 라치스를 생각했다. 벤야민은 1924년 이탈

리아 카프리 섬에서 라치스와 운명적으로 조우했다. 그녀를 사랑하게 된 벤야민은 급기야 1926년 모스크바로 이주한 라치스를 방문하기에 이른다. 구보는 혼자 딸 하나를 키우던 라치스에게 사랑을 고백하기 위해 모스크바행 기차를 탔던 유부남 발터 벤야민의 마음을 생각했다. 그리고 모스크바에서 구애에 실패한 뒤 그녀와 작별하고 "무릎 위에 큰 가방을 올려놓은 채 울면서 어두워져 가는 거리를 지나 역으로"(발터 벤야민, 『발터 벤야민의 모스크바 일기』) 가면서 흘렸던 그의 눈물을 생각했다. 구보는 이런 여인을 만나고 싶었다.

건너편에 있던 사람들도 발걸음을 떼기 시작했다. 횡단보도를 3분의 1 정도 건너자 건너편에서 출발한 사람들의 얼굴이 어렴풋이 눈에 들어왔다. 바로 그 순간 구보의 시선이 오른편 끝 세 번째 여인의 얼굴에 고정되었다. 여인은 여자아이의 손을 붙잡고 조심스럽게 걸어오고 있었다. 여인의 흐릿했던 얼굴의 윤곽이 점점 또렷해졌다. 그녀가 구보의 갈급한 시선을 감지했는지, 아니면 전혀 알아채지 못하고 그저 갈 길을 가는 것이었는지, 구보는 알 수 없었다. 그녀는 인상이 별로 강하지 않았는데, 헤어스타일 때문에 그럴지도 모른다고 생각했다. 머리는 길지도 짧지도 않았다. 화장기 없는 얼굴이 다소 창백해 보였다. 단추 알처럼 큰 눈동자는 웅숭깊고 어딘가 슬퍼 보였다. 텅 비어 있는 듯했다. 글씨가 쓰이지 않는 검은 압지 같았다. 구보 옆을 스쳐 지나가는 찰나 그녀의 입가에 알아차릴 수 없는 미소가 살짝 맴돌았던 것도 같았다. 옆에 함께 있는 아이의 목소리가 들린 것 같기도 했다. 구보는 그녀와 교차하는 그 순간, 그녀의 눈빛을 보고 말았다.

한 줄기 번갯불…… 그리고 어둠! ─그 눈빛이

순식간에 나를 되살리고 사라져 버린 미인이여,

영원 속이 아니라면 그대를 다시 볼 수 없는가?

─샤를 보들레르, 「지나가는 어느 여인에게」

갑자기 나타났다가 순식간에 사라진 그녀의 얼굴을 구보는 똑똑히 보았다. 고개를 돌려 점점 시야에서 멀어지는 그녀의 뒷모습을 응시했다. 인도에 이르러서도 구보의 시선은 긴 여운을 남기며 사라지는 그녀의 뒷모습을 계속 쫓았다. 영원히 잊을 수 없는 그 뒷모습을. 여인의 앞모습은 그 여인의 뒷모습에 대한 상상을 불허하지만, 여인의 뒷모습은 그 앞모습에 대한 무한한 동경을 촉발한다. 이것이 바로 낭만주의 회화 철학의 핵심이다. 독일 낭만주의 시대 화가 카스파 다비드 프리드리히가 왜 사랑하는 부인의 뒷모습을 그렸는지, 그 심정을 이해할 수 있을 것 같았다. 구보에게 이 짧은 횡단보도는 콰이 강의 다리와 마찬가지였다.

세월의 단단한 갑옷 속에 유배되었던 기억의 씨앗이, 여문 복숭아 씨방이 터지듯 사방으로 튕겨져 나갔다가 안개처럼 사라졌다. 구보는 친구의 누나에게 짝사랑을 느낀 일이 있었다. 구보의 첫사랑은 늦게 찾아왔다. 구보가 대학교 3학년 때 막연히 유학을 준비하며 다니던 학원에서 알게 된 벗의 누이였다. 그 친구는 다른 대학에 다녔지만 구보가 다니던 학교 근처에 살았기에 시간이 나면 자주 그의 집에 놀러가곤 했다. 자두나무가 심어진 작은 마당이 있는 주택이었다. 어느 가을 날 해질 무렵, 구보가 벗을 방문했을 때, 대문을 열어 주며 환대하던

카스파 다비드
프리드리히,
「창가의 여인」(1822)

벗의 누이는 구보가 동경의 마음을 갖기에 충분하도록 순수하고 아름다웠다. 그녀의 환한 얼굴에 팬 보조개에 저녁 햇살이 고여 있었다. 그리고 그녀의 발끝에 매달린 긴 실루엣. 빛과 그림자. 구보는 그녀의 얼굴을 응시할 자신이 없어 그녀의 그림자를 따라 집으로 들어갔다.

그날 구보가 그림자를 따라 넘은 벗의 집 문지방은, 한 세계가 다른 세계로 넘어가는 경계였다. 스물세 살짜리 문학 청년은 그녀를 "사랑하고 싶다 생각하고, 뒷날 그와 결혼할 수 있다 하면, 응당 자기는 행복하리라 생각하고, 자주 벗을 찾아가 그와 만날 기회를 엿보고, 혹 만나면 저 혼자 얼굴을 붉히고, 그리고 돌아와 밤늦게 여러 편의 연애 시를 초(草)하였다.”(박태원, 「소설가 구보 씨의 일일」)

구보의 심중에 각인된 단 하나의 이미지가 있었다. 어느 날 그녀는 짙은 청록색 홈드레스를 입고 거실 창밖을 바라보고 있었는데, 구보는 우연히 그녀의 뒷모습을 보고 말았던 것이다. 영원히 잊을 수 없는 단 하나의 이미지. 당시 구보에게 사랑은 상대성을 불허하는 절대적인 ‘청춘의 사랑’이었다. “이 사랑은 유일하게 그 사랑 전체를 위해서 존재한다. 그것은 아직 실망을 극복할 필요도 없고 이전의 행복을 능가하지 않아도 되고, 그 무엇도 반박하거나 수정하거나 대체하지 않아도 된다.”(모니카 마론, 『슬픈 짐승』)

이 청춘의 사랑이 마냥 순수했던 것은 아니었다. 이 절대적 사랑은 그녀를 소유하고 싶다는 욕정에 은밀히, 그리고 깊이 뿌리박고 있었다. 구보의 내부 깊숙한 곳에 동면하고 있던, 도덕과 문명에 길들여지지 않은 공룡 한 마리가 탈출로를 찾아 꿈틀거리기 시작했다. 청록색 드레스 뒤에 감춰진 그녀의 하얀 육체를 품고 싶다는 불온한 욕망이 농밀해질수록 구보의 영혼 속 허무의 심연은 점점 더 짙어졌다. 벗의 누이는 구보보다 여섯 살이나 많았고, 이미 결혼을 전제로 만나는 남자 친구도 있었다. 이 엄연한 현실을 잘 알았지만, 구보의 욕망은 결코 해갈되지 않았고 질투심마저 고개를 쳐들었다. 욕망과 질투와 허무의 삼원색이 그려진 팽이가 구보의 심중을 빙빙 파고 돌았다. 구보의 질투는 가지지 못한 것을 갖고 싶은 욕망을 부추기는 괴력이었고, 이 과잉된 에너지로 인해 구보의 몸과 영혼은 차츰 소진되어 갔다. 이처럼 구보는 자신이 만든 마음의 독방에 스스로를 유폐했다. 당시 구보의 마음은, 그녀에게 무한히 빨려 들어가는 욕망의 인력과 그녀로부터 멀어져야만 한다는 도덕의 척력이 싸우는 허무의 전장이었다. 구보는 쩔쩔맸다.

구보의 내적 갈등과 예사롭지 않은 시선을 눈치챘는지 그녀도 더이상 구보를 친동생처럼 살갑게 대해 주지 않았고 의식적으로 눈길을 회피하곤 했다. 모든 짝사랑의 종말이 그러하듯 결국 구보의 외쪽사랑도 비슷한 수순을 밟았다. 그녀는 얼마 지나지 않아 남자 친구와 결혼해 미국으로 떠났고 다음 해에 친구도 신도시 아파트로 이사를 갔다. 결혼식장에서 면사포를 쓴 그녀를 멀리서 지켜보았다. 그것이 마지막이었다. 가끔 소식을 알고 싶기도 했지만 금방 바쁜 일상에 묻혔다. 그 후 지금까지 구보는 누구를 죽도록 사랑한 적도 없었고 누군가가 구보를 죽도록 사랑한 적도 없었다. 누구를 만나도 데면데면 대했다. 구보의 삶은 단조로웠다.

구보는 무작정 앞으로 걸어가며 그녀가 손을 붙잡고 있던 여자아이를 떠올렸다. 그리고 잔인하게 상상했다. "어쩌면 그 여자는 이제 일곱 번째 아이를 가지고 있을 것이다."(베르톨트 브레히트, 「마리아의 추억」) 이렇게 첫사랑의 추억을 매정하게 짓밟아야 구보는 자신을 구속했던 단 하나의 이미지로부터 벗어날 수 있을 것만 같았다. 그러나 그건 착각이었다. 구보는 결코 사랑의 시원으로부터 벗어날 수 없음을 깨달았다. 실패한 사랑도, 이루어질 수 없는 사랑도 사랑이었다. "인생에서 놓쳐서 아쉬운 것은 사랑밖에 아무것도 없다."(모니카 마론, 『슬픈 짐승』)

구보는 하늘을 올려다보았다. 먹구름이 몰려오고 있었다. 아무 생각 없이 계속 걸었다. 어둠의 심연 속으로 걸어가고 싶었다. 그러나 도시는 좀처럼 암흑을 허락하지 않았다. 오늘 구보는 횡단보도를 건너며 소중한 진리를 하나를 깨달았다. 사랑이 없다면 이 세상에는 대중을 도취시키기 위해 상품 물신이 내뿜는 현란한 환등상만이 존재할 것이다. 사랑은 이 세상에서 가장 순수하고 아름다운 환등상이다. 오늘 구보가 체득한 네 번째 선물이었다.

빌헬름, 사랑이 없다면, 이 세계가 우리 마음에 무엇을 뜻하겠는가! 그것은 마치 불빛 없는 마술 환등 같지 않을까! 불을 그 속에 넣어야 비로소 다채로운 영상이 흰 벽에 비치게 되는 것! 비록 그것이 순간적인 환상, 슬쩍 비치는 그림자에 지나지 않는다고 하더라도, 우리가 씩씩한 아이들처럼, 그 환등 앞에 서서 이상한 그림자에 황홀해진다면 그것 역시 우리에게 행복을 자아내 주는 것이 아닐까!

—요한 볼프강 폰 괴테, 『젊은 베르테르의 슬픔』

사랑의 가치는 성패로 결정되지 않는다. 사랑이 없다면 이 도시는 삭막할 것이다. 화려하게 치장한 쇼윈도의 환등상만 번쩍이는 도시에는 온기가 없다. 사랑의 진정성으로 점화된 마음의 환등상이 거리에 환하게 빛날 때, 설사 그것이 청맹과니의 사랑이라도, 도시의 거리는 정말로 황홀해진다. 구보는 그렇게 생각했다.

강남대로

병든 서울, 아름다운, 그리고 미칠 것 같은 나의 서울아

—오장환, 「병든 서울」

곧 신사역 교차로에 도착했다. 구보는 좌측으로 꺾어 보도를 따라 계속 걸었다. 강남대로로 진입한 것이다. 몽유병자처럼 걸으면 걸을 수록 머릿속이 하얘졌다. 타불라 라사, 아무것도 쓰여 있지 않은 백지 같아졌다. 어떤 것도 보지 않고 지각하지 않고 느끼지 않고 경험하지 않은, 자의식의 영도(零度) 상태 같았다. 자동인형처럼 발걸음을 기계적으로 옮길 뿐이었다. 주변을 살피지 않고 고개를 살짝 숙인 채 걸었다. 아무 소리도 들리지 않았다. 경사가 완만한 오르막길이었다. 5분여를 걷자 언덕 위에 다다랐다. 그때서야 구보는 고개를 들고 앞을 바라보았다. 길게 직선으로 뻗은 강남대로를 따라 수백 개의 번쩍이는 눈을 흡뜬 고층 빌딩과 상가 건물들이 도열해 구보의 초라한 진입을 꼬나보았다. 일거수일투족을 감찰하는 백안(白眼)의 거인 아르고스 같았다. 가히 위협적이었다. 경쟁하듯 솟구친 건물에서, 올림포스 산 위에 오사 산을 쌓고 오사 산 위에 펠리온 산을 쌓아 하늘에 닿으려 했던 거인족 에피알테스와 오토스 형제를 본 것 같았다. 압도적이었다. 벼랑 끝에 선 느낌이었다. 구보는 파울 시트로엔의 포토 몽타주 「메트로폴리스」의 중첩된 이미지 한가운데 서 있는 듯했다. 현기증이 났다.

파울 시트로엔,
「메트로폴리스」
(1923)

강철 도시

구보는 강남대로 경사로를 따라 교보타워 사거리로 내려갔다. 아니 추락했다. 사위가 온통 빌딩과 상가와 아파트로 둘러싸인 강철 도시의 천 길 낭떠러지 바닥으로 쿵 하고 떨어졌다.

　나는 자동차 매연만큼 아름다운 것이 없다고 생각한다
　클랙슨을 누르듯 퍼져 가는 희끄무레한 소음들아

시멘트 먼지를 뭉쳐 강철 뼈대를 세운 빌딩들아

그리고 상처 많은 간판들을 덮고 있는 가로수들아

포장 안 된 살결의 길은 어디에서도 찾아볼 수가 없다

서울 — 모든 길과 도시가 딱딱하고 사람은 병들어 있다

(중략)

서울의 젖꼭지, 서울의 체위 — 즉 건물을 감미롭게 만들수록 이곳은 당

신의 울타리가 되었다 아니, 잘못 들어와 논밭과 무덤 갈아엎고 무한한 순

간의 논리로 가득한 꿈이 되었다 서울, 사람을 짐승으로 길들이는 천 개의

낭떠러지가 있다 나는 그곳을 수도 없이 지나쳤으니, 이제 그것은 나를 꼬

나보고 있을 것이다

—이병일, 「안녕, 서울이여!」

구보를 사방에서 포위한 이 거대한 강철 도시는 한번 들어오면 절
대 밖을 허락하지 않았다. "도시는 새로 온 사람 앞에서 가면을 쓰고,
도망치며, 원 안에서 지칠 때까지 방황하도록 농락한다."(발터 벤야민,
『일방통행로』) "사람을 짐승으로 길들이는" 강철 도시의 한복판에 구보
는 꼼짝없이 갇혀 있었다.

철은 기계와 도시 문명을 상징하는 대표적인 금속이다. 그러나 철
은 근대 문명을 태동한 물질적 주역의 자리에만 머물지 않고, 인간의
손에서 벗어나 자기 자신의 독자적 진화 논리를 획득한 이데올로기로
변모했다. 인간의 삶의 구조를 변화시키는 사회적 권력의 형태, 곧 인
간을 지배하는 파국의 유령으로 옷을 갈아입은 것이다. 구보는 독일
표현주의 시인 파울 체흐의 「철의 도시」를 떠올렸다. 체흐는 20세기

초 산업화된 대도시 베를린의 거리에서 인간을 가위 누르는 철의 악마적 메커니즘을 이렇게 고발했다.

절규한다! 철의 도시!
강철로 만든 거대한 가위들이 마치 탑처럼 너를 이미 움켜쥐고,
네 숨 쉬는 것, 네 생각하는 것, 그리고 네 얼굴까지도 짓누른다.

현대 기술 문명의 견인차 역할을 해 온 철은 이제 인간의 정신과 사고를 깔아뭉개는 가혹한 생명체로 돌변했다. 도시 전체가 철로 만들어진 거대한 자동 장치(Automat)인 동시에 인간을 지배하는 독재자(Autokrat)로 변모했다. 두려웠다. '고체화의 욕망'으로 서울은 점점 단단해지고 있었다. 철근, 철골 주조물, 철제 고가 사다리, 콘크리트, 시멘트, 유리, 타일, 거울, 주물, 헬멧, 철망, 철사, 나사 등으로 정교하게 조립되고 조직화되고 있었다. 강남대로의 자연은 강철이었다.

구보는 호흡할 때마다 점점 더 갑갑해졌다. 마시는 공기마저 딱딱했다. 무색, 무취, 무형의 기체인 공기에도 강철 도시의 탐욕, 즉 고체화의 거푸집이 덮어씌워져 있었다. "밤의 흐린 불 속에/ 공기가 철근처럼 삐죽삐죽 뽑혀져 있다"(이원, 「서울의 밤 그리고 주유소」). 구보는 메스꺼워 보도에 침을 뱉었다. 산책자의 윤리를 파기할 수밖에 없었다. 목구멍을 무자비하게 찌르며 들어오는 강철의 악령을 참을 수 없었다. 루소의 말이 옳았다. "도시는 인류의 가래침이다."(『에밀』) 이 철의 도시가 곧 폭파될지도 모른다는 섬뜩한 생각이 들었다. 외부 공격이 아니라 내부에서 과적된 모순 때문에 내파(內破)될 것 같았다. 지치지

않고 고체화의 밀도와 강도를 높이는 강철 도시 어디선가 쨍쨍 파열음이 났다. 자기 묘혈을 파는 소리처럼 들렸다. 이제 때가 된 것 같았다. 철사가 목구멍을 긁는 듯했다. 목이 탔다. 검은 하늘을 보았다. 빗방울이 구보의 얼굴에 똑 떨어졌다.

엔제리너스

사거리 건너편 교보타워 1층에 구원의 샘이 빛났다. 프랜차이즈 커피 전문점 엔제리너스. 거기에 천사의 날개가 있었다. 서울의 천사는 빌딩 숲 속에 살고 있었다. 구보는 아기 천사가 전해 주는 구원의 물을 마시고 싶었다. 늦은 시간이었지만 사람이 많았다. 강남대로 일대는 불황의 그림자가 없는 불야성이었다. 앞에서 까다롭게 주문하는 여인들 뒤에 서서 구보는 흥미로운 유희 하나를 생각해 냈다. 구보는 가방에 항상 넣어 다니는 연두색 포스트잇을 한 장 떼어 그 위에 볼펜으로 서둘러 적었다.

'내일 아침 동트기 전까지 강남대로 일대 고층 빌딩들이 붕괴될 것 같습니다. 이 예상에 동의하시면 ○, 반대하시면 × 표시를 해 주세요. ○인 경우 내일은 출근을 위해 아침 일찍 일어나실 필요는 없습니다.'

구보는 평소대로 카푸치노를 한잔 마실까 잠시 고민하다가 냉장 진열대 안의 녹색 유리병을 발견하고는 페리에 라임을 주문했다. 시원한 탄산수를 마시고 싶었다. 계산을 마치고 잠시 머뭇거리다가 용기를 내어 아르바이트생으로 짐작되는 앳된 여자 종업원에게 포스트잇을 건네주며, 한번 읽어 보고 가부를 표시해 이따 나갈 때 돌려 달라고 부탁했다. 종업원은 처음엔 다소 긴장한 표정이었다가, 줄곧 손님에 대한 친절과 타자에 대한 경계 사이를 가쁘게 오가며 구보의 말과 행동을 예의 주시한 후, 포스트잇을 받아 슬쩍 읽어 보고는 어처구니가 없다는 듯 실소를 터뜨리고 말았다. 그리고 귀여운 천사처럼 웃으며 대답했다. "네, 뭐. 그럴게요. 알겠습니다. 더 필요하신 건 없으시죠?" 종업원은 영화를 너무 많이 봐서 과대망상에 빠진 사람이겠거니 하고 여기는 듯 애처롭게 구보를 쳐다보았다. 구보도 짧게 응대했다. "네, 감사합니다."

구보는 빈자리에 앉아 창밖으로 강남대로 밤 풍경을 관찰했다. 늦은 시간이었지만 여전히 대낮 같았다. 드문드문 문을 닫은 매장의 쇼윈도는 여전히 허무하게 발광했다. 구보는 썰물처럼 빠져나간 텅 빈 매장의 쇼윈도에서 자본주의의 풍요로운 광채 뒤에 도사린 선득한 고요를 보았다. 헛된 욕망의 찌꺼기가 나뒹구는 무대 같았다. 문을 연 매장들은 강렬한 전등 빛을 내쏘며 전율하듯 이글거렸다. 상점 안으로 사람들을 빨아들이는 소용돌이처럼 보였다. 이백촉 집어등을 향해 몰려드는 거리의 오징어 떼. 거대한 도시가 선물하는 열광적인 삶과 밤의 유흥 앞에 사람들은 속수무책으로 흥분했다. 거리에는 요란과 소란과 현란이 팔분음표처럼 이어졌다. 집단적인 도취의 광기로 강남대로는 벌겋게 달아올랐다. 강남대로의 밤 풍경은 미래주의 회화와 표현주의 회화의 각축장에 다름 아니었다. 어지러웠다. 구토가 날 것 같았다. 탄산수를 들이켰더니 속이 부글부글 끓었다.

구보는, 벌집 쑤신 듯 떠들썩한 강남대로의 밤거리에서 일찍이 김

움베르토 보초니,
「아케이드에서의
싸움」(1910)

기림이 말했던 울화의 불길을 목도했다. "갖고 싶은 것이 무수하게 번식하고 또 그 자극이 쉴 새 없이 연달아 오니까 거기 따라서 사람들의 욕망의 창고에는 빈 구석만 늘어 갈밖에 없다. 그 빈 구석을 메우고 타오르는 것은 울화의 불길"(김기림, 「공분」)이다. 불빛으로 예열되고 욕망으로 가열된 도시는 곧 폭발할 것처럼 보였다. 구보는 자신의 예상이 헛된 망상이 아님을 확신했다. 그렇다면 구원의 가능성은 어디서 모색할 수 있는가?

구보의 눈에 다시 엔제리너스 천사 로고가 들어왔다. 구보는 벤야민이 수년 간 소장했던 파울 클레의 그림 「새로운 천사」를 기억해 냈

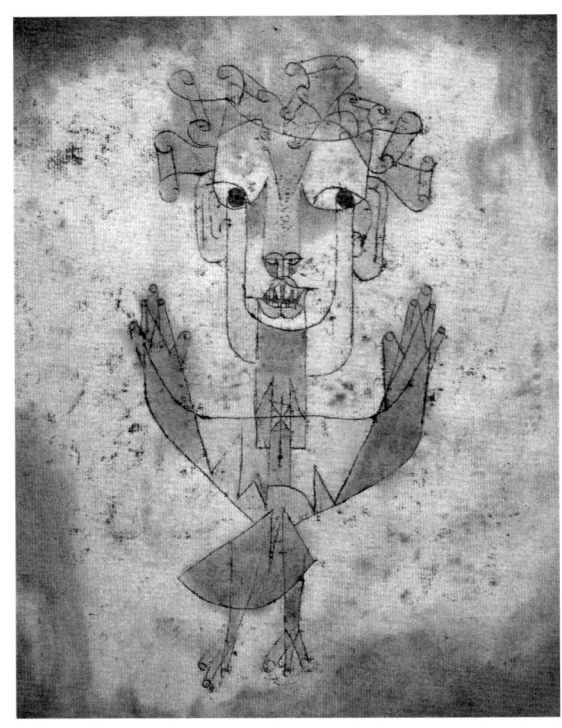

파울 클레,
「새로운 천사」(1920)

다. 가냘픈 몸뚱이에 애처롭게 붙어 있는 큰 얼굴. 조금은 우스꽝스럽
게 보이는 천진한 얼굴 양편에 돋아난 둥글고 커다란 눈. 신비스러울
정도로 아득하게 가라앉은 단추 같은 눈동자. 그리고 뭔가를 말하려
는 듯 벌린 입과 한곳에 정착할 수 없음을 암시하는 움찔거리는 날개.
이 새로운 천사에서 벤야민은 '역사의 천사'를 읽어 냈다.

　　파울 클레가 그린 「새로운 천사」라는 그림이 있다. 이 그림의 천사는
　　마치 자기가 응시하고 있는 어떤 것으로부터 금방이라도 멀어지려고 하

는 것처럼 묘사되어 있다. 그 천사는 눈을 크게 뜨고 있고, 입은 벌어져 있으며 또 날개는 펼쳐져 있다. 역사의 천사도 바로 이렇게 보일 것임이 틀림없다. 우리들 앞에서 일련의 사건들이 전개되고 있는 바로 그곳에서 그는, 잔해 위에 또 잔해를 쉼 없이 쌓이게 하고 또 이 잔해를 우리들 발 앞에 내팽개치는 단 하나의 파국만을 본다. 천사는 머물고 싶어 하고 죽은 자들을 불러일으키고 또 산산이 부서진 것을 모아서 다시 결합하고 싶어 한다. 그러나 천국에서 폭풍이 불어오고 있고 이 폭풍은 그의 날개를 꼼짝달싹 못하게 할 정도로 세차게 불어오기 때문에 천사는 날개를 접을 수도 없다. 이 폭풍은, 그가 등을 돌리고 있는 미래 쪽을 향하여 간단없이 그를 떠밀고 있으며, 반면 그의 앞에 쌓이는 잔해의 더미는 하늘까지 치솟고 있다. 우리가 진보라고 일컫는 것은 바로 이러한 폭풍을 두고 하는 말이다.

—발터 벤야민, 「역사의 개념에 대하여」

역사의 천사는 진보라는 신화의 불빛을 쫓아 맹목적으로 질주하지 않는다. 그동안 진보라는 이름으로 점철되었던 파국의 역사를 아주 또렷하게 기억하기 때문이다. 그는 진보의 부산물인 잔해와 파편을 그러모으려 한다. 그렇다고 역사에 내재한 진보 가능성을 완전히 부정할 수도 없다. 그래서 역사의 천사는 과거의 폐허로 귀환하기보다는, 등을 돌려 과거의 폐허를 바라보며 미래를 향해 떠밀려 가는 방법을 택한다. 눈앞에 펼쳐지는 과거에서 현재로의 파노라마를 정면으로 응시하며 미래로 조금씩 떠밀려 가는 천사의 고투. 과거의 회억과 미래에의 투기(投棄), 그 인력과 장력이 치열하게 맞부딪치는 정지된 현재(nunc stans)가 바로 역사의 천사가 모색한 구원의 거점인 것이다. 여기까지 생각이 진행되자 구보는 잠시 눈을 감았다. 이론적으로는 가능할지 몰라도 현실적으로 결코 녹록치 않은 길이었다.

벤야민은 대도시와 그 속에 매몰된 소비 대중을 비판적으로 바라보면서도 결코 유토피아적 희망의 끈을 놓지 않았다. 자본주의 사회에서 물신화된 인간의 욕망이 정치적, 혁명적 실천의 에너지로 전화될 수 있다는 꿈을 버리지 않았던 것이다.

시대에는 그 시대에 이어지는 다음 시대가 이미지의 형태로 꿈속에 나타나는데, 이 꿈에서 다음에 올 시대는 태고사의 요소들, 다시 말해 계급 없는 사회의 요소들과 혼용되어 나타난다. 이 계급 없는 사회에 대한 경험들은 집단적 무의식 속에 저장되어 있고, 이 경험들은 새로운 것과 상호 침투하여 유토피아를 빚어낸다. 이 유토피아는 오랫동안 남은 건축물들에서 시작하여 신속히 지나가 버리는 유행에 이르기까지 수많은 삶의 형상들 속에 그 흔적을 남겼다.

—발터 벤야민, 『아케이드 프로젝트』

벤야민은 자본주의적 꿈의 잔해인 파리의 아케이드에서 상품 물신뿐만 아니라 인간이 생산력 발전에 투사한 유토피아적 이미지를 함께 읽었다. 철골의 실용성과 유리의 투명성이 만든 근대적 공간이자, 거리와 거리, 건물과 건물을 연결하는 통로로, 이질적인 개별 공간이 평등하게 공존하는 장소로, 안과 밖을 가르는 경계가 부재한 점이 지대로 기능하는 아케이드를, 인간의 가장 오래된 원망(願望)인 계급 없는 사회에 대한 집단적 표상의 저장고로 인식한 것이다.(실례로 공상적 사회주의자 샤를 푸리에는 아케이드 모델에 착안해 사회주의 공동체가 거주하는 건물 팔랑스테르(phalanstère)를 설계했다.) 하지만 상품 물신의 마취에서 깨어나지 않는 한 우리는 여전히 19세기 자본주의적 꿈의 도시를 거니는 대중으로 남을 뿐이다. 해결의 관건은 정신의 각성이다. 자본에 의해서 배제되고 망각되고 억압된 유토피아적 이상을 구원하기 위해서 '인식론적 전환'이 필요하다.

구보는 엔제리너스의 천사 로고를 쳐다보았다. 귀엽게 웃고 있었다. 이 아기 천사가 과연 역사의 천사가 될 수 있을까? 이런 질문을 품고 구보는 엔제리너스를 나왔다. 물론 여자 종업원에게서 포스트잇을 되돌려 받는 것을 잊지 않았다. 당장 가부를 확인하고 싶었지만 꾹 참고 호주머니에 집어넣었다. 오늘 구보가 얻은 다섯 번째 선물이었다.

도시 극장

구보는 강남역 사거리로 천천히 걸어갔다. 도시는 거대한 극장이다. 극단주는 자본이다. 빌딩과 상가와 거리와 아케이드는 연극 무대다. 그리고 익명의 사람들은 즉흥 연기자다. 매일 밤 공연되는 이 연극의 연출가는 욕망이다. 욕망과 자본의 결탁이 연극의 내용과 방향을 결정한다. 그리고 이 연극의 최종 해결사, 즉 '데우스 엑스 마키나'는 상품 물신이다. 서울이라는 도시 극장에서 매일 공연되는 드라마의 장르는 욕망의 희비극이다. 바로크 시대 가장 성스러운 극장이 교회라면 후기 자본주의 시대 가장 세속적인 극장은 도시다. 구보는 이

도시를 환멸했다. 그리고 지독히 사랑했다. 구보는 이 도시를 좋아했다. 그리고 지독히 증오했다.

도시의 신

구보는 강남역으로 걸어가며 세 번 기도했다. 주위 빌딩 위에 역사의 천사가 앉아 있길 희망했지만 아무리 둘러봐도 점멸하는 광고탑뿐이었다. 도시의 빌딩 위에서 한 편의 거대한 욕망의 희비극을 지켜보고 있는 것은 역사의 천사가 아니라 분노한 천사였다. 문명을 구제할 수호천사가 아니라 문명을 파괴할 타락 천사였다.

> 정말로 괴롭다, 고통의 도시 뒷골목은 낯설기만 하구나,
> 그곳엔 넘쳐 나는 소음으로 만들어진 거짓 고요 속을
> 공허의 거푸집에서 나온 주물들이 마구 활보하며 걷는다.
> 금으로 도금한 소음, 파열하는 기념비.
> 오, 천사가 있다면 얼마나 흔적도 없이 짓밟아 버리겠는가
> ──라이너 마리아 릴케, 「두이노의 비가」

구보는, 천국에서 추방당한 이 분노의 천사가 욕망으로 금칠한 인간과 도시를 응징하지 않기를 첫 번째로 기도했다. 종말론의 다른 변주도 있다. 독일 표현주의 시인 게오르크 하임은 대도시 자체에 내재한 악마적 본성의 총체를 바알 신, 즉 '도시의 신'이라고 불렀다.

저녁 빛을 받아 바알 신의 붉은 배가 반짝인다.

대도시들이 그의 주위에 무릎을 꿇는다.

엄청난 수의 교회 종소리가

검은 탑의 바다로부터 그에게 물결쳐 간다.

마치 광란의 신들이 추는 무도처럼

수백만의 음악이 크게 진동하며 도로에 울려 퍼진다.

굴뚝 연기, 공장이 내뿜는 구름들이

마치 푸른 향불 냄새처럼 그에게 다가간다.

날씨가 그의 눈썹에서 그을리며 타고 있다.

어두운 저녁은 밤 속으로 들어가 들리지 않는다.

폭풍이 펄럭이고 있고, 분노로 머리털을 곤두세우고

마치 독수리처럼 바라보고 있다.

그는 어둠 속으로 큰 주먹을 뻗는다.

주먹을 휘둘러 댄다. 불의 바다가 거리를

휩쓸고 지나간다. 이글거리는 화염이 사납게 물결치며

아침 늦게까지 거리를 집어삼킨다.

———게오르크 하임, 「도시의 신」

성경에 따르면 바알은 팔레스타인 지역에서 숭배받던 풍요의 신었
으나 추잡한 성(性) 숭배 사상과 인신 공희 때문에 악마로 격하된 이

방의 신이다. 하임의 시에서 바알 신은 대도시가 갖는 치명적인 마성을 상징한다. 사람들은 바알 신 앞에 굴종하며 그를 광적으로 경배하지만 그는 신도들에게 도시 문명이라는 유토피아를 선사하지 않는다. 반대로 하나님이 소돔과 고모라를 불로 심판한 것처럼 대도시를 불로 심판한다. 구보는 '도시의 악령'인 바알 신이 더 이상 도시의 왕으로 군림하지 않기를 두 번째로 기도했다.

> (네로는 더 이상 견딜 수가 없었다) 저 추잡한 거리, 비대한 공룡의 비늘 같은 마천루들, 거대 자본의 충실한 개들이 계획한, 재벌과 신의 사제들의 소유인, 불결해 ── 섹스의 무자비한 충동과 네온으로 반짝이는 광고탑과 교회의 첨탑, 주거 양식이 생활 양식을 교정한 재난의 피난처 아파트 ── 모호한 공간의 의도 ── 탁월한 암산의 정치 ── 바벨탑처럼 높아만 가는 금융 회사의 사옥과 지하 생활로 입주한 철거민의 땅굴(네로는 더 이상 견딜 수가 없었다) (중략) 교통 혼잡의 차량들이 경적을 울리고 서울은 뜨지 않은 간장독처럼 부글부글 끓는다 네로는 야경에 신나를 뿌리고 불을 질렀다(다시 지을 것이다 순결한 도시를 위해) ── 삽시간에 네이팜탄 같은 불길이 로마의 하늘을.
>
> ──함성호, 「파괴 공학」

타락한 로마의 황제는 바알 신의 추종자였다. 구보는 네로가 우선 인내심부터 키우고, 설사 참지 못해도 곧 터질듯이 부글부글 끓는 대도시에 휘발유 대신 물을 뿌려 주길 마지막으로 기도했다.

지하철 강남역 캐노피

강남역 캐노피

> 유리에는 아무것도 붙지 않는다. 유리는 차갑고, 냉정한 재료
> 이며, 유리로 만들어진 물건은 '아우라'를 갖지 않는다. 유리는
> '비밀의 적'이며, '소유의 적'이기도 하다.
>
> ──발터 벤야민, 「경험과 빈곤」

구보는 강남역 10번 출구 앞에 도착했다. 지하철 출구 위에 설치된 캐노피 디자인이 예사롭지 않았다. 거리는 분답했다. 서울 지하철역의 캐노피는 대부분 철골과 유리의 조합으로 만들어졌는데, 이곳 캐노피도 예외는 아니었다. 강남역 캐노피는 보면 볼수록 다양한 얼굴이 드러났다. 전투기 조종석의 유리 덮개 같기도 하고, 펼친 낙하산 같기도 하고, 돌연변이로 거대해진 공벌레의 등딱지 같기도 했다. 강남대로를 기어다니다가 지쳐 잠시 웅크리고 쉬는 달팽이의 집처럼 보이기도 했다. 캐노피는 수많은 사람들을 지하로 빨아들이고 또 거리로 토해 냈다. 실외를 실내로 포섭하는 캐노피는 아케이드의 변형이었다.

구보는 이 캐노피에서 독일 건축가 브루노 타우트의 「유리 집」을 떠올렸다. 타우트는 1910년대에 철강과 유리 등 새로운 재료를 사용해 독보적이고 환상적인 세계를 선보인 건축가다. 그의 대표작 「유리 집」은 쾰른 독일 공작 연맹전에 출품한 작품이었다. 독일 공작 연맹의 철학, 즉 산업과 디자인을 연결한다는 목적에 부합하는 건축물로 호평받았다. 당대의 지식인과 예술가들은 유리의 혁명적 성격에 주목했다. 브르통은 안과 밖의 경계를 무의미하게 만드는 투명한 유리 집에서 현실과 환상의 경계를 허무는 가능성을 보았다. 그에게 유리 집은 초현실주의 미학의 실험실이었다.

내 입장을 말하자면, 나는 유리로 만든 집에서 계속 살 것이며, 그곳은 언제라도 나를 방문하러 온 사람이면 누구든지 볼 수 있고, 벽과 천장에 매달린 모든 것이 마치 요술처럼 고정되어 있고, 밤이면 유리 침대 위에서 유리 이불을 덮고 잘 수 있고, 나의 존재가 다이아몬드에 새겨진 형태로 늦든 **빠르든** 내 앞에 나타날 수 있는 곳이다.

—앙드레 브르통, 『나자』

브루노 타우트, 「유리 집」(1914)

　벤야민은 「초현실주의」라는 산문에서 브르통의 유리 집에 주목하며 "유리로 된 집에 산다는 것은 최고의 혁명적 미덕"이라고 평가했다. 벤야민은 다공성과 투명성을 상징적으로 체현하는 유리 집 모델에서 19세기 부르주아 주거 양식의 특징인 폐쇄성, 즉 사적 실내 공간과 사회적 공공 영역의 엄격한 분리를 극복할 수 있는 가능성을 보았다. 즉 유리 집을 통해 타자의 시선을 용납하지 않는 고립되고 불투명한 단자로서의 주거 개념을 혁신할 수 있다고 생각했다.

부르주아의 실내는 공공 영역의 사회적 활동에서 벗어난, 견디기 힘들게 고립된 도피처다. 삶의 사유화는 19세기 부르주아 삶의 특징적인 모습이다. 현대 부르주아는 관능, 시선의 교환과 인간 상호 관계를 공식적으로 부인하는 특징을 지닌다.

—발터 벤야민, 『아케이드 프로젝트』

구보는 벤야민의 주장에 일견 동의하면서도 유리가 소통과 투명성을 보장해 주는 건축 재료로 사용되는지는 회의적이었다. 오늘날 유리는 외부와 내부를 나누고 실내를 분할하는 차단의 기제로 더 많이 쓰이기 때문이다. 고층 빌딩은 유리창과 거울로 둘러싸인 채 경쟁하듯 도심에 도열해 있다. 여기서 유리는 안에서 밖을 향한 시선은 허락하지만 밖에서 안으로 들어오는 시선은 반사함으로써 소통의 가능성을 차단한다. 사람과 사람 사이, 사람과 상품 사이, 상품과 상품 사이, 사람과 건물 사이, 건물과 건물 사이에 언제나 차갑고 냉정한 유리가 있었다.

유리 도시

구보는 강남역 사거리 앞에 서서 강남대로와 서초대로, 테헤란로가 직각으로 만나는 거대한 교차로를 보았다. 세속적인 도시 극장 내의 대형 십자 교차부 같았다. 성스러운 성당의 십자 교차부에 사랑과 배려의 성령이 깃들어 있다면, 이곳을 지배하는 정신은 꽉 막힌 교차로를 서둘러 동분서주하는 자동차 바퀴들의 성난 조급함뿐이다. "차가 달려간다. 유리 속으로 숲이 들어갔다 나간다. 어느 것도 오래 머물지 않는다. 머물렀다 생각하면 어느새 보이지 않는다."(김혜순,「서울 3느 9916」) 오락가락하던 비가 다시 흩뿌리기 시작했다. 사거리는 빌딩들에 포위당했다. 빌딩 외벽은 하나같이 유리였다. 거대한 사각 부빙처럼 빗속에서 번쩍거렸다. 길 건너편에 삼성전자 사옥과 삼성생명 빌딩이 코발트블루 빛을 머금고 검은 하늘을 향해 솟구쳐 있었다. 전자제품에 들어가는 반도체 칩 같았다. 블루칩. 한국 자본주의 시장의 대형 우량주임을 건축으로 표현하는 듯 보였다. 거대 자본의 외표는 경박하게 번들거리지 않는다. 아주 과묵하고 단호한 빛을 내뿜으며 도시의 야경을 지배한다.

구보는 거대한 유리 벽을 올려보면서 유리창을 닦기 위해 바짝 달라붙은 풍뎅이 한 마리가 부친 편지를 읽었다.

이윽고 두 개의 밤이 오면

나는 한 마리 풍뎅이가 됩니다.

그리고 당신들의 유리 창문에 달라붙었다가

그 창문을 열고

들어가려 합니다.

창문을 열면 창문, 다시 열면

창문, 창문, 창문······

창문

밤새도록 창문을 여닫지만

창문만 있고 방 한 칸 없는 사람들이

산 아래 계곡엔 가득 잠들어 있습니다.

밤새도록 닦아도 닦이지는 않는 창문.

두드려도 열리지 않는

창문, 두드리면 두드릴수록 두꺼워지는

큰골의 잠, 나는 늘 창문을 닦으며 삽니다.

──김혜순, 「고층 빌딩 유리창 닦이의 편지」

구보는 사회적 약자인 유리창 닦이가 느끼는 소외와 단절감이 슬펐고 "두드려도 열리지 않는/ 창문, 두드리면 두드릴수록 두꺼워지는" 유리 장벽의 견고함이 쓸쓸했다. 성채 주변을 배회하며 성 안으로 들어가려고 안간힘을 다해 보지만 들어갈 수 없어 기진맥진해 쓰러지고만, 카프카의 소설 『성』의 주인공 K가 생각나 우울했다. 유리창 속에서 일에만 몰두하는 유령 같은 사무원들을 향해 "이봐요, 내 말 안 들려요, 대답 좀 해 봐요."라고 부르짖던 유리창 닦이 청년, 서영은의 단편 「유리의 방」 속 인물이 떠올라 갑갑했다.(철저하게 소외된 이 청년은 결국 자신이 살아 있음을 증명하기 위해 비상하는 독수리처럼 공중으로 몸을 날렸다.)

한편 유리에 대한 소설가 김중혁의 상상력을 생각하니 섬뜩했다. 그는 단편 「유리의 도시」에서 대도시 빌딩의 유리들이 일순간 추락하는 파국의 살풍경, 즉 '유리의 자살'을 다뤘다. 유리의 추락이라는 기이한 사건이 고도 위험 사회에 진입한 현대 도시 문명의 자폭 가능성에 대한 흥미로운 알레고리로 읽혔다. 투명한 공포, 유동하는 공포에 휩싸인 대도시. 두꺼운 유리판이 언제든지 살얼음판으로 둔갑할 수 있는 유리 도시.

이윤찬은 자동차 앞 유리 쪽으로 고개를 들이밀고 높게 솟은 건물을 올려다보았다. 사방의 건물이 거리를 둘러싸고 있었다. 건물에 붙어 있는 수백만 장의 유리가 한꺼번에 거리로 떨어지는 장면을 상상해 보았다. 투명한 유리들이 쏟아져 내린다면 비나 눈이 오는 것처럼 보일지도 모른다고 생각했다. 투명한 유리들이 지나는 사람을 덮치고 거리를 피로 물들인 다음 스스로 파편이 되어 사방으로 흩어진다. 그러자 유리가 살아 있는 생명체로 느껴졌다.

—김중혁, 「유리의 도시」

구보는 갑자기 모골이 송연해졌다. 봄이지만 한기가 오스스 몰려왔다. 후드득후드득, 빗줄기가 점점 굵어졌다. 수정처럼 빛나는 사금파리 같았다. 유리가 장렬히 옥쇄할지 모른다는 파천황의 가설이 현실이 되는 것 같아 무서웠다. 대도시 종말의 서주(序奏) 같았다. 빨리 이 유리 도시를 탈출하고 싶었다. 이제 집으로 돌아갈 때가 되었다. 비록 삭막한 도심 변두리 아파트였지만 그래도 구보에게는 집이 있었다.

인터로그

영등포

강남역

광역 버스

　스마트폰 시계를 보았다. 11시 30분. 강남 지리를 잘 모르는 구보는 서둘러 서울시 버스 노선 어플리케이션으로 영등포행 버스를 검색했다. 다행히 분당을 기점으로 강남을 경유해 영등포로 가는 광역 버스가 있었다.

　정류장은 아직 집에 가지 못한 사람들로 붐볐다. 봄비 내리는 밤, 정류장 위에 설치된 유리 지붕이 제 역할을 톡톡히 했다. 철골과 유리의 조합으로 이루어진 정류장은 작지만 쓰임새가 미더웠다. 정류장도 작은 아케이드였다. 그곳에 전시된 사람들은 외박을 마치고 자대로 복귀하는 군인들 같았다. 스마트폰이 유일한 위안인 듯 고개를 숙이고 기도하고 있었다. 뜨겁게 들뜬 강남 거리를 활보하던 이들 같지 않게 피곤하고 지쳐 보였다. 열기구처럼 어디로든 날아갈 것 같던 사람들의 몸이 천근만근처럼 무거워 보였다. 흥분, 그것은 일시적 구원일 뿐이었다. 이들은 욕망의 회전목마에서 하차한 것이다. 연극이 끝난 무대에는 정적만이, 슬픔만이 흐르고 있었다.

　오전 2시의 종로 네거리 ― 가는 비 내리고 있어도, 사람들은 그곳에 끊임없다. 그들은 그렇게도 밤을 사랑하여 마지않았는지도 모른다. 그렇게도 용이하게 이 밤에 즐거움을 구하여 얻을 수 있었는지도 모른다. 그리고 그들은 일순, 자기가 가장 행복된 것같이 느낄 수 있었는지도 모른다. 그러나 그들의 얼굴에, 그들의 걸음걸이에 역시 피로가 있었다. 그들은 결코 위안받지 못한 슬픔을, 고달픔을 그대로 지닌 채, 그들이 잠시 잊었던 혹

은 잊으려 노력하였던 그들의 집으로 그들의 방으로 돌아가지 않으면 안
된다.

──박태원, 「소설가 구보 씨의 일일」

그렇다. 사람들은 돌아가지 않으면 안 된다. 버스 도착 시간을 알
려 주는 전광판에 곧 도착할 버스 번호가 바쁘게 바뀌고 있었다. "막
차는 좀처럼 오지 않았다"(곽재구, 「사평역에서」). 10여 분을 기다렸지만
버스가 올 기미가 보이지 않았다. 얼마나 더 지났을까, 이윽고 영등포
로 가는 광역 버스 번호가 막차임을 알리는 붉은색으로 전광판에 떴
다. 마지막과 버스의 결합은 예상대로 그리 낭만적이지 않았다. 스산
한 분위기마저 맴돌았다. 승객들은 스마트폰을 만지작거리거나, 꾸벅
꾸벅 졸거나, 곯아떨어지거나, 창밖을 바라보았다. 좌석 하나하나가
밀폐된 독방 같았다. 구보는 빈자리를 찾아 앉았다. 버스는 구보가 걸
어왔던 강남대로를 거슬러 달리기 시작했다. 철의 도시와 유리의 도
시를 관통했다. 좌석에 앉자마자 몸이 축 늘어졌다. 온몸이 노곤했다.
　버스가 논현역 교차로에 멈췄을 때 스마트폰이 부르르 떨렸다. 어
머니의 전화였다. 어머니는 다소 서운하고도 애잔한 목소리로 언제
쯤 들어올지, 저녁은 먹었는지 물었다. 구보는 대답했다. "네, 먹었어
요……. 지금 버스 탔어요. 한 30~40분 후면 도착할 것 같아요. 먼저
주무세요……. 죄송해요, 어머니……."
　구보는 버스를 기다리며 차 안에서 오늘 하루를 차분하게 정리할
마음을 먹었다. 그러나 몰려오는 피곤 앞에 속수무책이었다. 몸이 사
유보다 선행하고 생리가 생각보다 먼저임을 또 잊었던 것이다. 버스

가 멈춰 서자 어깨가 흔들렸다. 막차는 은혜로운 존재라는 생각을 잠시 했다. 김소연의 시가 떠올랐다.

> 버스는 한 번 설 때마다 모두의 어깨를 흔든다
> 집에 갈 수만 있다면 이 흔들림은
> 아무것도 아닌 일이다
>
> 아침이면 방에서 나를 꺼냈다가
> 밤이면 다시 그 방으로 넣어 주는 커다란 손길
> 은혜로운 것에 대하여 생각한다
>
> ──김소연, 「막차의 시간」

차창에 빗방울이 부딪혀 흩어졌다. 봄비치고는 빗줄기가 거세졌다. 휙휙 지나쳐 가는 거리의 풍경이 점점 흐릿해졌다. 구보의 정신도 점점 희미해졌다. 문득 이 비가 진노한 신의 실력 행사가 아니기를 바랐던 것도 같았다.

얼마쯤 지났을까, 급정거한 버스의 요동 때문에 잠에서 깼다. 버스는 신길역을 지나고 있었다. 다음 정거장이 영등포역이라는 멘트가 들렸다. '당신이 사는 곳이 당신을 말해 줍니다.' 구보는 이런 아파트 광고가 거북했다. 구보에게 사는 곳을 확인시켜 주는 곳은 버스 정류장이었다.

다시 영등포에서

영등포

표범

영등포역 정류장에서 내려 집으로 가는 길에 다시 타임스퀘어가 보였다. 아침에 볼 때보다 훨씬 눈부셨다. 이미 폐점했지만 여전히 화려하게 발광하며 내부를 떳떳하게 공개하고 있었다. 영등포에 불시착한 거대한 우주선 같았다. 그 순간 구보는 타임스퀘어 아트리움의 유리 천장 위에 앉아 서울의 야경을 응시하는 표범 한 마리를 보았다. 연한 황갈색 바탕에 매화꽃 모양의 검은 반점들이 촘촘히 박힌 표범의 털이 조명을 받아 윤기 있게 빛났다. 단호하면서도 우아하고, 날렵해 보이면서도 기품 있었다. 구보는 이 표범이 자본주의 상품 물신의 적나라한 실체임을 직감했다. 쇼윈도 뒤에 날카로운 발톱을 감추고 숨어 있던 상품 물신이 드디어 야성을 드러낸 것이다. 곧 포효할 것 같은 표범이 무서웠다. 적막 속의 팽팽한 긴장. 구보는 저도 모르게 마른침을 삼켰다. 그러나 맹수는 아름다웠다. 피에 굶주린 듯 격분한 하이에나가 아니었다. 저 표범의 응시에서 해방될 길은 묘연해 보였다. 저 녀석의 오금을 꺾을 방도는 없단 말인가? 오전에 롯데호텔 지하 아케이드에서 목도했던 '검은 악령' 악어가 생각났다. 구보는 집으로 걸음을 재촉했다. 빗줄기가 가늘어졌다.

주상 복합

구보가 귀국하니 어머니와 함께 살던 아파트는 브랜드가 없는 촌스

영등포 타임스퀘어
광고판

러운 아파트가 되었다. 지은 지 17년 된 장미아파트. 구보가 유학 간 사이 영등포역 인근이 재개발되면서 힐스테이트, 휴먼시아, 캐슬, 래미안, 아너스빌 등 세련된 외국어 이름을 단 아파트와 트라이펠리스, 메가트리움, 하이페리온, 리첸시아 등 도대체 뜻을 알 수 없는 이름의 주상 복합 건물들이 요지를 차지하고 들어섰다. 대한민국 최고의 작명 달인은 모두 건설 회사에서 일하는 것 같았다. 자유자재로 언어를 조작해 이상한 보석으로 둔갑시키는 아라비아 마법사 같았다. 새 아파트들은 낮보다는 밤에 존재 가치를 뽐낼 수 있었다.

그중 저기 제일 꼭대기, 뉴타운에 들어선 아파트는 저녁마다 회사 로고를 본뜬 네온등을 밝히는데요, 그게 어두운 허공에 붕 떠 있으면, 어느 땐 천공의 섬 같고, 또 어떤 때는 모두에게서 모든 것을 승인받는, 이 세기의 대표적인 문장(紋章)처럼 보이기도 해요.

—김애란,「서른」

　　구보는 하늘에 섬처럼 떠 있는 아파트 로고를 보며 잠시 생각에 젖었다. 고급 아파트 주민이 갖는 모종의 선민의식이 아파트라는 주거 공간을 게토화한다. "부르주아의 질서는 모든 것이 예정된 장소에 있기를 요구한다. 사기꾼은 감옥에, 광인은 수용소에, 환자는 병원에, 죽어 가는 자는 병원에, 죽은 자는 영안실에, 가난한 자는 '멀리 떨어진 곳'에. 그렇기에 비정상과 불온한 것은 보이지 않아야 한다."(그레임 질로크,『발터 벤야민과 메트로폴리스』) 부르주아는 우뚝 솟은 성채 같은 고급 아파트 안에서 대중과의 접촉을 원천적으로 차단하는 동시에 게토 안(부르주아는 게토가 아니라 자기만의 리그라고 부를 것이다.)에 스스로를 유폐하는 셈이다. 아파트는 특권의 영속성이라는 자기만족에 빠진 수인의 성채나 다름없었다.

　　아파트를 관찰하며 구보가 늘 떠올렸던 이미지는 고급 포도주와 포도주를 담은 케이스였다. 비싼 포도주일수록 포장 케이스를 견고하고 아름답고 우아하게 만드는 법이다. 포도주 병이 꼭 맞게 들어가는 공간을 만들고 고급 비로드를 깔아 마무리한 후 포도주를 깊숙이 집어넣고 꼭 맞는 뚜껑을 덮은 전용 우드 케이스. 구보는 고급 아파트에 사는 사람들이 잘 포장된 케이스 안에 밀봉된 포도주병 같다는 생각을 하곤 했다. 아무리 흔들어도 흔들리지 않고 떨어뜨려도 깨지지 않는 견고한 케이스. 가장 화려하고도 지루한 감옥. 창문 없는 단자. 구보의 이런 연상은 벤야민의 글 덕분이었다. 그는 19세기 부르주아의 가정의 실내를 용기에 비유했다.

어디서 주거한다는 것의 근원적인 형식은 집 안에 있는 것이 아니라 용기 안에 있다는 점에서 찾을 수 있다. 용기에는 거기서 사는 사람의 각인이 새겨진다. 주거는 극단적인 경우에 용기로 변한다. 19세기만큼 주거 공간에 병적으로 집착했던 시기도 아마 없었을 것이다. 이 세기는 주거를 어찌나 인간을 넣을 수 있는 케이스로 인식하고 인간을 모든 부속물과 더불어 주거 속에 깊숙이 밀어 넣어 버렸는지 그것은 제도 용구통의 내부, 즉 온갖 교체 부속이 깊숙이 파인 비로드 구멍 안에 들어 있는 제도 용구통의 내부을 연상시킬 정도였다. 19세기가 이러한 전용 케이스를 생각해 내지 못한 물건이 과연 있을까? 회중시계, 실내화, 반숙한 달걀을 담는 컵, 한란계, 카드 등. 그리고 케이스가 없는 경우에는 씌우개, 긴 융단, 덮개, 시트 등을 생각해 냈다.

─발터 벤야민, 『아케이드 프로젝트』

구보는 장미아파트 앞에 새로 세워진 주상 복합 아파트를 지나가며 자기 집 거실을 머릿속에 그려 보았다. 텔레비전 위를 씌운 덮개도, 소파 커버도, 식탁보도, 컵 받침과 컵 뚜껑도 없었다. 생각해 보니 꼭 맞는 케이스가 있기는 있었다. 옷장 위에 올려놓은 수납용 종이 상자 두 개. 그나마 그중 하나는 옷 더미 탓에 뚜껑이 살짝 불룩하게 들떠 있었다.

구보는, 주상 복합이든 브랜드 아파트든 장미아파트든 누구도 부인하지 못할 한 가지 공통점이 있다는 사실에 위안을 삼으며 아파트 입구로 들어갔다.

당신은 지금 나의 하늘을 밟고 서 계십니다.
천상천하 유아독존 하지 마시고
천상천하 유타공존 하십시오.
당신의 하늘을 밟고 서 계시나
소리 내지 않는 그분을 상기하십시오.
당신의 머리통 위의 발바닥을
당신의 발바닥 아래의 머리통을

——김승희, 「서울의 우울 13」

아파트에서 나는 누군가의 머리통을 밟고 선 위층 사람이 되고 동시에 누군가의 발에 머리통을 밟힌 아래층 사람이 되어 산다. 이 엄연한 사실이 종류와 무관하게 아파트 공화국 대한민국에 관철되는 불편한 진실이다. 아파트에 사는 것이 우울한 이유는 여기에 있다. 구보는 줄 맞춰 쌓아 놓은 깡통 더미에서 자기 깡통 하나를 찾아 천천히 들어갔다.

가로등

아파트 단지 안으로 들어오자 어둠 속에서 오렌지 빛을 분무하는 가로등이 드문드문 보였다. 오늘따라 따뜻해 보였다. 재독 작가 변소영의 단편 「뮌헨의 가로등」의 마지막 장면, 가출했던 딸이 집으로 돌아오며 가로등을 바라보는 장면이 떠올라 잠시 발걸음을 멈췄다.

전주(電柱)에서 손을 떼고 나는 위를 올려다보았다. 전주와는 달리 밝고 따뜻한 가로등의 불빛이 얼굴 위로 쏟아졌다. 이 가로등 아래에서 엄마는 백일이 된 나를 업고 아르바이트 나간 아빠를 기다렸다고 했다. 저녁을 먹고 속이 안 좋아 껄껄 트림하던 아빠와 나는 손을 잡고 이 가로등 아래를 걸어 산책을 나갔다. 돌아오는 길에는 언제나 내 손에 아이스크림이 들려 있었다. 아빠를 멀리 보내고 엄마와 내가 대판 싸워서 화가 난 사람처럼 입을 쑥 내민 채 아무 말 없이 터덜터덜 걸어서 집으로 돌아오던 밤, 이 가로등은 잘 익은 오렌지 빛으로 우리가 걷는 길을 밝혀 주었다. 친구와 영화를 보고 늦게 집에 돌아오는 밤이면 엄마는 이 가로등 아래에서 걱정스러운 표정으로 나를 기다렸다. 걱정하다가 내 모습을 보았으면 기뻐해야 할 텐데 엄마는 오히려 발끈 화를 내며 잔소리를 해 댔다. 아, 엄마…… 정곡을 찌르는 바람에 그 자리에서 못 들은 척했던 막스의 말이 문득 떠올랐다. 누구든 자신이 소중하게 여기는 게 아니면 그게 망가지든, 썩든, 아예 사라지든 아무 상관도 안 한단다.

하루가 아니라 몇 년 동안 밖에서 자고 온 듯 피곤이 몰려왔다. 나는 집을 향해 다시 걷기 시작했다. 지금처럼 피곤한 몸으로 터덜터덜 걸으면

50보 정도 되고, 기쁘거나 컨디션이 좋을 때 빨리 걸으면 35보 정도 되지만 그런 내 상태와 행동에 상관없이 항상 똑같은 간격으로 놓인 가로등이 내가 걷는 길을 똑같은 조도로 비춰 주었다.

―변소영, 「뮌헨의 가로등」

가로등이 켜지면 어둠 속을 걷던 행인들이 안전함을 느끼듯이, 비가 오나 눈이 오나 꿋꿋하게 서 있는 가로등 불빛은 생채기 난 사람들의 내면을 따뜻하게 보듬어 안는다. 가로등은 상호 이해를 토대로 기동하는 배려의 윤리학으로 오롯이 발광한다. 가출한 딸을 찾아 헤매던 어머니가 지금껏 자신이 딸에게 안전함을 느끼게 해 주는 구원의 빛이었다는 편향적인 생각에서 벗어나 오히려 딸이 자신의 삶을 인도하는 등대였음을 깨닫는 순간, 가출했던 딸도 어머니의 상처를 역지사지의 관점으로 이해하며 가로등이 켜진 골목을 돌아 집을 향한다.

구보는 소설 속 딸 지나가 가로등을 보며 삶의 의미를 깨닫는 마지막 장면이 성스러운 종교적 각성의 순간이 아니라 가장 물질적이고 구체적이며 비루한 현실 속에서 경험하는 해방의 순간, 벤야민이 말한 '범속한 각성'이 일어난 순간이 아닐까 생각했다. 또한 지나의 처지와 고민이 자신의 그것과 크게 다르지 않으며, 지나에게 길동무 막스가 있었던 것처럼 오늘의 긴 여정을 벤야민이 줄곧 동행했음을 깨달았다. 구보는 가로등을 다시 쳐다보았다. 이 등불은 무지몽매의 어둠을 밝히는 디드로의 계몽의 횃불도, 문명을 상징하는 프로메테우스의 불도 아니었다. 니체의 초인간성이 빛나는 코로나도, 엠페도클레스의 소멸의 불꽃도 아니었다. 이 등불은 한없는 상실의 길 끝에나 겨우

이어지는 일말의 안간힘, 말하자면 한 줌의 희망이었다. 이 가난하고 외롭지만, 따듯하고 아름다운 한 줌의 빛! 구보는 지금까지 속뜻을 헤아리지 못했던 벤야민의 단상을 조금은 이해할 수 있었다. 벤야민은 가로등의 전신인 아크 등(燈)에 대해 이렇게 짧은 글을 남겼다. "누군가를 아무 희망 없이 사랑하는 사람만이 그 사람을 제대로 안다."(『일방통행로』)

단지 왼편으로 꺾어 들어가자 골목 끝에 가로등이 외롭게 서 있었다. 그 아래 우산을 쓰고 서 있는 한 여인의 낯익은 실루엣이 보였다. 어머니였다. 한 손에 우산을 들고 있었다. 주름 진 손등이 보였다. 파란 우산, 오늘 구보가 받은 여섯 번째 선물이었다. "신은 도처에 있을 수 없기 때문에 어머니를 만들었다."라는 이스라엘 격언이 생각났다. 비는 은근히 내리고 있었다. 구보가, 가로등으로 환생하고 싶다는 소망을 품은 건 그때였다.

죽는다 하더라도 나는
한 개의 등불이
되고 싶네,
그리하여 너의 문 앞에서
잿빛 저녁을
비춰 밝혀 주리.

혹은 커다란 기선이 잠자며
처녀들의 웃음소리 요란한

어느 항구에서

더럽고 좁은 물 골목 옆,

그리고 외로이 걸어가는 맹인 옆에서

나는 깨어 있으리.

어느 비좁은

골목에서 나는 붉은,

그러나 양철 등불로

선술집 앞에 걸려 있고 싶네,

그리고 생각하면서

밤바람 속에서

흔들리며 등불의 노래를 부르리.

──볼프강 보르헤르트, 「등불의 꿈」

아파트

봄비에 실려 퍼지는 라일락 꽃 내음이 은은했다. 비록 짧은 거리였지만 구보는 우산을 쓰고 어머니와 나란히 아파트 현관까지 걸었다. 그러면서 구보는, 하루 종일 경성을 배회하다가 밤늦게 귀가하는 소설가 구보 씨의 마음에 깊이 공감했다. "이렇게 밤늦게 어머니는 또 잠자지 않고 아들을 기다릴 게다. 우산을 가지고 나가지 않은 아들에게 어머니는 또 한 가지의 근심을 가질 게다. 구보는 어머니의 조그만, 외로운, 슬픈 얼굴을 생각하였다. 그리고 제 자신 외로움과 또 슬픔을 맛보지 않으면 안 된다. 구보는 거의 외로운 어머니를 잊고 있었던 것임에 틀림없었다. 그러나 어머니는 그 아들을 응당, 온 하루, 생각하고 염려하고, 또 걱정하였을 게다. 오오, 한없이 크고 또 슬픈 어머니의 사랑이여, 어버이에게서 남편으로, 그리고 다시 자식에게로, 옮겨 가는 여인의 사랑 ── 그러나 그 사랑은 자식에게로 옮겨 간 까닭에 그렇게도 힘 있고 또 거룩한 것이 아니었을까."(박태원,「소설가 구보 씨의 일일」) 구보는 이제 룸펜 생활을 청산하고, 어쭙잖게 취직 자리도 구해 보고, 어머니가 혼인 얘기를 꺼내더라도 쉽게 외면하지 않을지도 모른다고 마음을 가다듬어 보았다. 그리고 자신이 소설가 구보 씨보다는 조금 더 행복한 사람일지 모른다는 생각도 해 보았다. 소설가 구보 씨의 어머니는 우산을 챙겨 들고 아들을 마중 나오지는 않았다. 고단한 하루였다. 구보의 삶에서 가장 아름다운 시간이 지나가고 있었다.

거실로 들어와 현관에 벗어 놓은 신발을 잠시 되돌아보았다. 서로 떨어져 있었다. 오늘 하루 걸었던 길의 궤적을 고스란히 기억하는 신발이 외로워 보였다. 한 짝을 집어 다른 한 짝의 살과 맞닿게 해 주었다. 소파에 앉은 구보는 어머니가 냉장고에서 꺼내 준 시원한 보리차부터 한잔 들이켰다. 그리고 라면을 끓여 먹을까 잠시 고민하다가 그만두었다. 아까 코엑스몰 식당가에서 김밥 두 줄로 허겁지겁 저녁을 대신했던 터라 배가 출출했지만, 어머니가 손수 빚은 찹쌀떡 몇 개를 전자레인지에 해동해 먹는 것으로 간단하게 설요기를 했다. 얼른 샤워를 마친 구보는 편안한 옷으로 갈아입고 책상 앞에 앉았다. 문득 앤

젤리너스의 아르바이트 학생이 어떤 선택을 했을까 궁금했다. 벗어 놓은 청바지 호주머니에서 반으로 접은 포스트잇을 꺼내 펼쳤다. 크고 정확한 ○ 표시가 보였다. 예상 밖이었다. 구보는 쓰디쓰게 웃었다.

구보만 그렇게 생각한 게 아니었다. 강남대로 일대 빌딩의 유리들은 일제히 자살을 결심하고 지상으로 장렬히 몸을 던질지도 모른다. 이건 '도시의 신'의 분노가 극에 달했고 그의 인내심이 임계점에 도달했다는 전조이리라.

구보는 컴퓨터를 켰다. 초기 화면으로 네이버가 떴다. 긴급 속보를 알리는 뉴스가 눈에 들어왔다. '유리들의 반란! 오늘 오전 9시 뉴욕 맨해튼 엠파이어스테이트 빌딩 외벽 유리창 세 장이 갑자기 지상으로 낙하해 거리를 지나가던 행인 한 명이 사망하고 다섯 명이 중경상을 입었다.' 몸은 피곤했지만 정신은 점점 또렷해졌다. 이상한 일이었다. 빗줄기가 거세졌다. 유리창을 박살 내기라도 할 기세로 빗방울이 창문을 휘갈겼다.

포스트잇

아무 흔적도 없이 떨어졌다가 별 저항 없이 다시 붙는 포스트잇 같은 관계들. 여태 이루지 못한, 내 은밀한 유토피아즘.

— 김영하, 『포스트잇』

구보는 갑갑한 마음에 창문을 조금 열었다. 이메일을 확인하니 벗

K가 보낸 메일이 와 있었다. '아케이드'라 적힌 첨부 파일을 클릭한 구보는 순간 감전된 듯 쩌릿했다. 생각지도 않은 진객(珍客)을 맞이한 기분이었다.

하늘을 가려
천천히 걸어가는 지상
천국

물신이 환상을 터뜨리며
길게 늘어서 있는

밀레니엄.

회랑이여
삶을 마주 보는 자리여

—임선기, 「아케이드」 전문

마치 벤야민이 19세기 파리의 아케이드를 사유하며 축적했던 단상을 시로 형상화한 작품 같았다. 눈앞에 문득 카메라 플래시 같은 번쩍임이 확 터졌다가 사라졌다. 눈이 부셨다. 김소연 시인이 만든 『마음 사전』 가운데 '반하다'라는 단어가 떠올랐다. "순식간에 이루어지지만, 그리 쉽게 끝나지는 않는다. 어차피 아무런 판단을 동원하지 않고 행한 호감의 의식이므로. 벼락처럼, 자연재해처럼, 한순간에 완결되는 감정이지만, 수습은 쉬운 일이 아니다." 구보에게 시 「아케이드」는 수습하기 힘든 사유이미지였다. 오늘 구보가 받은 일곱 번째 선물이었다.

구보는 시를 출력한 종이를 책상 앞 벽면에 압정으로 고정했다. 「아케이드」 오른편에는 '시대에는, 그 시대의 예술을! 예술에는, 그 예술의 자유를!'이라고 쓰인 종이 한 장이 붙어 있었다. 오스트리아의 건축가 요세프 마리아 올브리히가 설계한 빈 분리파 건물 파사드에 아로새겨진 이 명문이 창문 틈으로 들어오는 바람에 미세하게 떨렸다. 「아케이드」 왼편에는 브레히트의 시 「내가 좋아하는 것들」이 부적처럼 붙어 있었다. 「아케이드」는 중원을 차지한 셈이었다.

구보는 창문 앞에 놓인 책상에 앉아서 방의 오른편 벽면을 쳐다보았다. 벽이 수런거렸다. 벽면 전체에 빼곡히 붙은 연두색 포스트잇이 바람에 서로 뺨을 부비며 도란거렸다. 구보는 앤젤리너스 종업원이 건네준 포스트잇을 벽의 왼편 맨 아래 구석에 손가락으로 꾹꾹 눌러 붙였다. 그러고는 뒤로 물러서서 벽을 바라보았다. 구보 자신이 진열된 아케이드 같았다. 만감이 교차했다. 포스트잇에는 그동안 프로젝트를 준비하면서 읽었던 소설과 시에서 마음에 와 닿아 옮겨 적은 구절들과, 각종 문헌에서 인용하거나 발췌한 문장들이 적혀 있었다. 침대에 누워 있다가, 거리를 걷다가 문득 떠오른 단상이나 발상의 단초들도 메모되어 있었다. 그렇다고 어떤 규칙이나 순서에 따라 배열된 것은 아니었다. 그저 가끔, 붙어 있던 포스트잇을 떼어 다른 곳에 옮겨 붙이는 일이 전부였다. 그러나 배치를 바꾸면 맥락이 바뀌었다. 구보는 떼었다 붙였다 할 수 있는 포스트잇처럼 메모와 메모, 인용과 인용, 인용과 해석 사이의 관계도 언제든 탈부착이 가능하면 좋겠다는 생각을 하곤 했다.

구보는 방 안으로 들어오는 바람에 미세하게 떨고 있는 포스트잇을 바라봤다. 창문을 조금 더 열었다. 포스트잇들이 팔랑거리기 시작했다. '물고기의 비늘' 같다는 생각이 들었다.

그는 겨우내 닫아 두던 창문을 활짝 열었다. 기다렸다는 듯 차가운 바람이 방 안으로 휘몰아쳤다. 바람은 창문으로 들어와 방문을 통해 나갔고, 다시 방문으로 들어와 창문으로 통해 나갔다. 바람이 들고 날 때마다 모든 벽면은 바깥을 향해 천천히 부풀어 오르다 다시 원 상태로 천천히 가라앉았다. 그럴 때면 다섯 개의 벽면에 붙은 포스트잇들이 일제히 파르르 몸을 떨었다. 그러자 그것은 더욱 살아 있는 것처럼 보였다. 그는 그 방 전체가 하나의 종이 비늘이 달린 물고기가 되어 부드럽게 세상을 헤엄쳐 다니는 상상을 했다.

—김애란, 「종이 물고기」

구보는 프로젝트를 위해 수집한 텍스트, 메모, 단상들이 살아 있는 종이 물고기처럼 자유롭게 사유의 바다 속을 유영하길 바랐다.

다시 창문을 닫고 모니터 앞에 앉았다. 마음을 다스리면서 한글 2010을 클릭했다. 하얀 백지 위에 커서가 점멸을 반복했다. 그 순간 존재하는 것은 구보와 모니터와 자판뿐이었다. 커서는 첫 줄을 탐욕스럽게 기다리는 듯 반복적으로 입을 벌렸다 닫았다. 뭐든 잡아먹을 굶주린 사자의 기세였다. 구보는 이 압도적인 호출로부터 자신을 지켜 내려면 오로지 글을 쓰는 길밖에는 없다고 생각했다. 자신의 내부에 감금되어 있던 종신형 죄수가 어느 날 감옥을 부수고 세상 밖으로 뛰쳐나와 누리는 해방의 희열! 첫 줄을 쓰는 시인의 마음이 어떤 것인지 조금은 헤아릴 수 있었다. 옛것은 이미 저물고 새것은 아직 태어나지 않은 정신의 대공위 시대(interregnum)는 생각보다 길었다. 첫 줄이 문제였다. "미래의 열광을 상상 임신한/ 둥근 침묵으로부터/ 첫 줄은 태어나리라."(심보선, 「첫 줄」)

첫 줄을 기다리며 모니터를 응시하던 구보는 자신이 '사는 것'이 아니라 '존재한다'고 직감했다. "산다는 것, 거기에는 어떤 행복도 없다. 산다는 것, 그것은 이 세상에서 자신의 고통스러운 자아를 나르는 일일 뿐이다. 그러나 존재, 존재한다는 것은 행복하다. 존재한다는 것, 그것은 자신을 샘으로, 온 우주가 따뜻한 비처럼 내려와 들어가는 돌수반으로 변모시키는 것이다."(밀란 쿤데라, 『불멸』) 구보는 존재했다. 아니, 자유롭고 해방된 존재가 구보에게 밀려왔다. 진이 다 빠졌지만 묘한 쾌감에 휩싸였다. 그 순간, 구보의 샘에서 언어가 쏟아져 나왔다. 종이 물고기가 된 느낌이었다. 첫 줄을 썼다. 아니, 첫 줄은 쓰였다.

이 책을 소설가 구보 씨와 산책자 발터 벤야민에게 바친다.

천신만고 끝에 첫 줄이 태어나자 구보는 이제 죽음도 두렵지 않았다. 나머지 긴 글의 첫 부분은 이렇게 쓰였다.

어머니는, 아들이 제 방에서 나와, 현관 앞에 놓인 흰색 아디다스 운동화를 신고, 기둥 못에 걸린 검은색 가방을 떼어 메고, 문을 여는 소리를 들었다.

"어딜, 가니?"

묵묵부답이었다.

아침부터 거실에서 혼자 윙윙거리는 텔레비전 소리와 뒷설거지 물소리에 파묻혀 자신의 애달픈 부름이 아들의 귀에까지 이르지 못하였는지도 모른다고 생각한 어머니는, 이번에는 아파트 현관문 밖에까지 들릴 목소리를 냈다.

"일찍 들어와라."

에필로그

다음 날 아침, 비 갠 하늘이 청명했다. 밤새 서울은 안녕했다. 아침 햇살이 베란다 창문에서 반짝였다. 구보의 어머니는 늦은 아침상을 차렸다. 구보의 피로를 고려한 배려였다. 청양 고추를 송송 썰어 넣은 우렁이 된장찌개를 끓이고, 김 계란말이도 만들고, 조기 한 마리도 구웠다. 모두 구보가 좋아하는 음식이었다. 10시가 넘어도 구보의 방에서 인기척이 없자 어머니는 방문을 한두 차례 똑똑 두드렸다. 새벽까지 글을 쓰다가 동틀 무렵에야 잠든 구보는 어린아이처럼 눈을 부비며 일어났다. 초점을 맞추려 눈을 두어 번 깜빡거리자 시야가 돌아왔다. 단잠을 깨워 미안해하는 어머니의 소심한 얼굴이 보였다. 찌뿌둥한 얼굴로 기지개를 켰다.

그리 길지 않은 시간이었지만 모처럼 숙면을 취했다. 뇌우의 시간이 지나간 기분이었다. 한 치의 나아감도 물러섬도 없이 대치하던 꿈도 꾸지 않았다. 상쾌했다. 어제 서울 산책에서 뜻밖에 얻은 일곱 개의 선물이 불현듯 떠올랐다. 흐뭇했다. 밥맛이 꿀맛이었다. 어머니에게 감사했다. 그리고 면목 없었다.

봄은 슬그머니 지나가 버렸고 여름은 노골적으로 들이닥쳤다. 순식간에 한여름이 되었다. 맹렬한 무더위를 오전부터 뜨겁게 달구는 매미 울음소리가 귓가에 쟁쟁했다. 구보는 외출 준비를 했다. 귀국 후 줄곧 매달려 온 프로젝트를 마무리 짓기 전에 한 가지 하고 싶은 일이 있었다. 그날 새벽 첫 줄이 쓰인 이후 구보는 두 달 넘게 노트북과 씨름했다. 새벽까지 컴퓨터 앞에 앉아 있던 야행성 생활을 과감히 청산하고 여의도 국회도서관을 직장인처럼 출퇴근했다. 연거푸 동일한 선율을 재생하는 축음기처럼 살았다. 오전 9시부터 오후 6시까지 도서관 2층 디지털 입법 자료 센터에서 노트북으로 작업했다. 파리 국립도서관에서 매일 여덟 시간 이상 공부했던 벤야민을 떠올리며 마음을 다잡았다. 성실히 출퇴근 생활을 한 보람도 있었다. 여름 내내 노심초사하고 전전긍긍하다가 어제 겨우 탈고했으니 말이다. 결과는 그저 작은 꽃다발 정도이지 이삭 달린 짚단은 아니었다. 열심히 쓴다고 항상 좋은 글이 나오는 건 아니라는 글쓰기의 냉엄한 원리를 새삼 절감했다. 글쓰기는 고진감래의 미덕을 불허했다. 어쨌든 구보는 썼다. 결코 완성될 수 없는 프로젝트에 부끄럽게 미완의 마침표를 찍었다.

구보는 외출하기 전에 벽면을 우두커니 바라봤다. 한쪽 벽면을 도배했던 포스트잇이 감쪽같이 사라져 휑뎅그렁했다. 글을 쓰면서 그때그때 필요한 포스트잇을 하나씩 떼었다. 맥락에 부합하지 않은 메모는 다시 붙이기도 했다. 포스트잇이 하나둘 줄어 갈수록 글은 반걸음씩 부끄럽게 앞으로 나갔다. 벽이 점점 원래의 모습을 드러낼수록 책상 위에 쌓인 이런저런 종이 퇴적층이 점점 두꺼워졌다. 방바닥도 시집과 소설책의 동맹군이 야금야금 점령해 나갔다.

이 혼돈의 방을 나서기 전, 구보는 책장 구석에 꽂혀 있는 낡은 우표첩을 꺼내 펼쳤다. 틈틈이 수집해 온 우표 중에서 장고 끝에 네 장을 골라 수첩에 넣었다. 항공 우편물 제3지역 20그램 미만 국제 우편 요금인 740원보다 30원 많은 770원에 맞춰 우표를 선택했다.

1982년 서울 국제 무역 박람회 기념우표, 1982년 발행, 60원

1988년 서울 올림픽 유치 기념우표, 1988년 발행, 40원

2002년 월드컵 유치 기념우표, 1996년 발행, 400원

한국-독일 수교 130주년 기념우표, 2013년 발행, 270원

구보는 남산 N서울타워 전망대로 올라가는 초고속 엘리베이터에 탔다. 지난 5월 명동성당에서 나와 올려다보았던 그 서울타워 위로 올라갔다. 대부분 외국인 관광객이었다. 타워가 서울 시민의 일거수일투족을 굽어보는 감시탑이라며 트집을 잡아 보았던 당시의 모습을 떠올리며 구보는 실없이 웃었다. 3층 전망대에서 내렸다. 날씨가 청명했다. 통유리창 너머로 유유히 흐르는 한강이 보이고 그 양편으로 서울이 너른 벌판처럼 펼쳐져 있었다. 서울 내외의 전경이 파노라마로 펼쳐졌다. 확 트인 시계 덕분에 구보는 모처럼 상쾌한 기분을 느꼈다. 서울은 광활했다. 빽빽한 빌딩 숲과 삭막한 아파트 단지로 직조된 서울을 아름답다고 표현할 수는 없었다. 구체적인 삶의 세목이 생략된

서울 풍경은 모델하우스에 있는 미니어처 주택처럼 인위적으로 다가왔다.

　구보는 전망대 홀을 이리저리 옮겨 다니며 지난 봄 산책의 여정을 손으로 그려 보았다. 영등포에서 한강대교를 넘어 숭례문까지 버스를 타고 나갔던 길, 경복궁에서 출발해 광화문, 시청, 명동, 청계천까지 걸었던 길, 지하철 2호선을 타고 홍대 입구까지 갔던 길, 다시 2호선을 타고 잠실철교를 넘어 삼성역까지 갔던 길, 코엑스몰 안에서 헤맸던 미로, 코엑스 앞에서 택시를 타고 가로수길 앞까지 갔던 길, 가로수길에서 강남역까지 걸었던 길, 그리고 광역버스를 타고 영등포로 돌아왔던 귀갓길. 동선이 대강 그려졌다. 좌표를 잃고 헤매던 구보의 눈에 희미하나마 길이 보였다. 직접 발품을 팔아 서울의 지상에 그린 삶의 문양이 보였다. 루쉰의 소설 「고향」의 마지막 문장이 전망대 유리창에 펼쳐졌다. "희망은 본래 있다고 할 수 없고, 없다고 할 수도 없다. 그것은 지상의 길과 같다. 사실은 원래 지상에는 길이 없었는데 걸어다니는 사람이 많아지니 길이 생긴 것이다." 구보는 마음을 다잡았다. 어차피 삶의 길에 정해진 이정표는 없다. 지금 걷는 곳이 곧 길이 되고, 이미 닦인 길도 낯선 시선으로 걸으면 새 길이 되는 법이다.

　구보는 모 출판사 편집부에 취직해 다음 달부터 출근할 예정이었다. 그리고 다음 학기부터는 모 대학교 교양 과목 '문학과 예술의 사회사'의 강의를 맡기로 했다. 벗 K가 다리를 놓아 주었다. 그동안 서울을 산책하며 걸었던 길은 어쩌면 자신을 찾아가는 여정이 아니었을까? 감추고 싶은 자아의 맨얼굴과 독대하기 위한 일종의 순례가 아니었을까? 아케이드는 내 "삶을 마주 보는 자리"(임선기, 「아케이드」)가 아니었을까? 구보는 위선에 가까운 자기위로일망정 오늘만큼은 이런 질문들로 자신의 삶과 서정적으로 화해하고 싶었다. 삶이란 결코 녹록지 않음을 알면서도, 불완전한 생의 길을, 달관을 경계하며, 낙관하고 싶었다. 자기 정체성 확립이라는 계몽의 신화를 애당초 믿지 않으면서도, 오늘만큼은 자아가 탄생하는 그 주변을 서성거리고 싶었다. 구보는 생각에 잠겼다.

서른다섯 살이 되던 해 단테는 어두운 숲 속을 헤매다가 짐승들에게 앞을 가로막혀 절망에 빠져 있던 중, 갑자기 나타난 로마 시인 베르길리우스에게서 지옥, 연옥, 천국을 보여 주겠다는 제의를 받는다. "생의 절반을 보낸 나는 올바른 길을 잃고 홀로 어두운 숲 속에 서 있었다." 단테의 『신곡』 제1곡의 첫 시구다. 단테의 신의 나라로의 여행은 존재에 대한 근본적인 물음에서 출발했던 것이다. 서른일곱 살이 된 구보는 단테의 독백을 이렇게 바꿔 보았다. "생의 절반을 보낸 나는 길을 잃고 홀로 휘황찬란한 도시의 미로에 서 있었다."

구보는 전망대 카페에 앉아 벤야민에게 편지를 쓰기 시작했다. 발터 벤야민. 그는 '서울 아케이드 프로젝트'의 자상한 멘토이자 아름다운 뮤즈였다. 구보를 지켜 준 '새로운 천사'였다. 짧은 글이지만 심사숙고했다. 비록 졸필이지만 존경과 연대의 정의(情誼)를 담아 정성스럽게 한 자 한 자 꾹꾹 눌러썼다. 여행을 앞둔 사람처럼 설렜다. 그런데 보낼 곳이 문제였다. 수취인이 생존하지 않는, 받을 수 없는 편지임은 애초부터 알았지만, 그래도 꼭 주소를 적고 싶었다. 그래야만 벤야민이 이 편지를 읽을 수 있을 것만 같았다. 잠시 망설이다가 구보는 벤야민이 어린 시절을 보낸 베를린 생가의 주소를 적기로 결정했다. 벤야민이 유년 시절을 회고하며 쓴 에세이 『1900년경 베를린의 유년 시절』을 통해 당시 벤야민이 살던 집과 가족들의 모습과 베를린 거리의 풍경을 어렴풋이나마 마음속에 스케치해 볼 수 있었기 때문이다. 구보는 받는 사람 주소에 이렇게 적었다.

Magdeburger Platz 4

Berlin Tiergarten

Germany

티어가르텐은 어린 벤야민이 산책의 기술을 체득했던 곳이다. 벤야민은 때론 티어가르텐을 걷고, 때론 백화점과 대형 상점이 들어선 아케이드를 걷고, 때론 자동차와 전차가 달리는 거리를 걸으며 성장했다. 벤야민은 도시의 아이였다.

티어가르텐 동쪽, 마그데부르크 광장 4번지에 있던 벤야민의 생가는 제2차 세계 대전 때 공습으로 모두 파괴되어 지금은 자리만 보존되어 있다. 결국 구보의 편지는, 주소는 적혀 있지만 수취인 불명인 편지였다. 반송될 수도 없었다. 구보는 보내는 사람의 주소에 이렇게 적었다. '서울 영등포에서 구보 드림'. 구보는 이 편지를 자신과 벤야민의 '사이'를 중개하는 영원한 표식으로 생각했다. 결코 벤야민에게 도착할 수 없지만 영원히 그의 근원을 향해 가는 도상의 편지. 그래서 영원히 자신에게로 반송될 수 없는 편지. 구보는 자신과 벤야민 사이의 '공중'에 글을 띄우고 싶었다.

서울타워 전망대에는 하늘 우체국이 있다. 구보는 서울이 한눈에 내려다보이는 곳에서 편지를 부치고 싶었다. 구보는 준비해 온 우표 네 장을 봉투에 꼭 붙였다. 서울타워 기념 스탬프를 받는 것도 잊지 않았다. 구보는 여름의 절정을 통과하는 맑은 하늘을 잠시 쳐다보았다. 그리고 편지지 세 장을 고이 접어 넣은 봉투를 빨간색 우체통 안에 던졌다. 툭! 에메랄드 빛 하늘로 비상하는 새의 첫 날갯짓 소리가 들렸다.

친애하는 벤야민 선생님께

아케이드는 사라지지 않았습니다. 상품 자본주의의 원조 신전이었던 아케이드의 생명력은 끈질겼고 적응력은 뛰어났습니다. 철과 유리의 구조물인 아케이드는 백화점, 대형 쇼핑몰, 종합 전시장, 지하상가, 시장, 주상 복합 아파트, 지하철 캐노피 등으로 진화하면서 서울 거리를 접수해 나갔습니다. 그리고 여기에 소비자 대중이 살고 있습니다.

거리를 실내로 포섭하는 아케이드는 익명의 집단이 거주하는 거리의 집입니다. 이 집은 좀처럼 밖을 허락하지 않습니다. 아케이드에는 기본적인 의식주 욕구를 충족해 주는 온갖 상점들이 완비되어 있기 때문이죠. 동시에 아케이드는 산만함을 유포해 현대인의 공허함을 망각하게 하고, 판매 행위를 예술적 경지로 승화해 소비자를 현혹하며, 유행을 양산해 구매 욕망을 자극하는 대중 도취의 중추 신경계입니다. 아케이드는 소비 자본주의 인공 낙원 서울의 혈관입니다. 이 통로를 오가며 빠르게 증식하는 상품 물신은 예전보다 교묘하고 정치해졌습니다. 손톱 같은 신체의 작은 부분에서부터 문화 산업은 물론 세계 경제 전체를 쥐락펴락하는 신자유주의의 유령이 되었습니다. 이 물신이 인간의 육체와 영혼, 욕망과 감정, 의식과 무의식을 총체적으로 지배하고 있습니다. 실로 무서운 세상입니다.

당신에게 묻고 싶습니다. 아케이드의 질서는 도리어 견고해지고 있습니다. 그렇다면 현대 사회의 신화적 구조를 관리하는 자본의 판타스마고리아에서 해방될 수 있는 각성의 기제는 무엇입니까? 도대체 어떤 꿈을 기획해야 자본주의가 조장한 집단 도취의 꿈에서 깨어날 수 있을까요? 우리를 삶의 진정한 행복으로 안내하는 열린 통로, 즉 세상에서 가장 아름다운 아케이드를 구축할 방법은 없는 걸까요? 온종일 서울 아케이드를 산책한 끝에 남은 질문입니다. 저는 '서울 아케이드 프로젝트'의 목적을 곰곰이 생각해 보았습니다. 사유이미지 채집. 대도시 서울의 풍경에 대한 성찰이 긴장으로 가득 찬 구도 속에서 응결되는 순간 등장하는 변증법적 이미지 수집. 기성의 이미지와 낯선 이미지의 병치가 빚어내는 '낯설게하기' 효과. 당신은 사유이미지가 견고한 현실의 신화를 전복할 때 타성에 젖은 인식에 충격이 가해지고, 이렇게 각성된 인식이 현실 변혁의 의지를 강화한다고 했죠. "의지에 생생한 활력을 불어넣어 주는 것은 표상된 이미지뿐이다. 그에 반해 단순한 말에서는 의지가 너무 지나치게 불붙어 이내 훨훨 타 버릴 수 있다. 정확하게 이미지로 표상하는 일이 없이 건전한 의지란 있을 수 없다."(『일방통행로』)

당신이 이미지의 힘을 믿었듯이 저도 이미지의 잠재력을 믿었습니다. 서울의 아케이드를 산책하며 자본의 물신이 대중에게 주입하는 현혹의 이미지를 비판적으로 해체할 수 있는 사유이미지들을 포착하려고 애썼습니다. 상품 소비 공간으로 전유(專有)된 아케이드를 비판적으로 점검함으로써, 건물과 건물을 잇고 길과 길을 연결하며 사람과 사람을 매개하는 소통의 네트워크로 재해석할 수 있는 가능성을 모색해 보았습니다. 우리는 상품 구매자로서만 아케이드를 걷지 않습니다. 상품의 기호들 사이에서 머물거나 방황하는 것만은 아닙니다. 우리는 아케이드 통로를 통해 어딘가로 가고, 그곳에서 누군가와 만나고 헤어집니다. 또한 그곳은 우리

네 삶의 피곤과 활기, 사랑과 이별, 슬픔과 기쁨, 명랑과 우울, 절망과 희망이 용광로처럼 뒤섞여 있습니다. 요컨대 아케이드는 평범한 사람들의 삶의 무늬가 매일매일 새롭게 그려지는 현장입니다. 동시대 문화가 생생하게 공연되는 역동적인 무대입니다. 제가 서울의 아케이드를 산책한 까닭은 여기에 있습니다. 아케이드를 싫어하면서도 사랑할 수밖에 없는 이유도 여기에 있습니다.

파울 클레의 「새로운 천사」를 유독 좋아했던 당신은 지금 '역사의 천사'가 되어 대도시의 풍경을 담담히 응시하고 있겠죠. 당신의 『일방통행로』에서 제가 제일 좋아하는 구절이 있습니다. "아주 복잡한 구역, 여러 해 동안 내가 발을 들여놓지 않았던 도로망이 어느 날 사랑하는 한 사람이 그곳으로 이사하자 일순간 환해졌다. 마치 그 사람의 창문에 탐조등이 세워져 그 지역을 빛 다발로 분해해 놓은 것 같았다." 고백건대, 당신을 만나기 전까지 서울은 저에게 캄캄한 미로였습니다. 빛이 되어 오롯이 발광하는 당신은 '서울 아케이드 프로젝트'의 수호천사입니다. 행여 제가 쓴 '서울 아케이드 프로젝트'가 당신의 명예에 흠을 낸 것은 아닐까 걱정입니다. 함부로 산책자 행세를 한 제가 무람없었더라도 용서해 주세요.

산책의 보람은 있었습니다. 저는 서울의 아케이드를 걸으며 길바닥에 음각된 '나'라는 말의 희미한 윤곽을 보았습니다. 저는 소망합니다. 제가 목도한 '나'라는 말이 당신이라는 '나'의 온몸으로 스며든 후, 당신의 입을 통해 '너'라는 말로 되울리기를. 그럼으로써 서울 거리에 새겨진 서로 다른 수많은 '나'들이 공명하기를.

서울 영등포에서

구보 드림

참고 문헌

강기원, 「마네킹」, 「에스컬레이터」, 『바다로 가득 찬 책』(민음사, 2006).

강심호, 『대중적 감수성의 탄생 ― 도박, 백화점, 유행』(살림, 2005).

게오르크 지멜, 안준섭 옮김, 『돈의 철학』(한길사, 1990).

게오르크 하임, 전광진 옮김, 「도시의 신」, 『20세기 독일 시 1』(탐구당, 1995).

고창환, 「길」, 『발자국들이 남긴 길』(문학과지성사, 2000).

곽재구, 「사평역에서」, 『사평역에서』(창비, 1999).

그레임 질로크, 노명우 옮김, 『발터 벤야민과 메트로폴리스』(효형출판, 2007).

기형도, 「밤눈」 시작 메모, 『기형도 전집』(문학과지성사, 1999).

김기림, 「가을의 태양은 플라타나스의 연미복을 입고」, 「공분」, 『김기림 전집 1』(심설당, 1988).

김기택, 「막힌 차도에서」, 『바늘구멍 속의 폭풍』(문학과지성사, 1994).

김기택, 「스키니 룩」, 『갈라진다 갈라진다』(문학과지성사, 2012).

김미월, 「서울 동굴 가이드」, 「너클」, 『서울 동굴 가이드』(문학과지성사, 2007).

김미월, 「프라자호텔」, 『아무도 펼쳐 보지 않는 책』(창비, 2011).

김소연, 『마음 사전』(마음산책, 2012).

김소연, 「막차의 시간」, 「스무 번의 스무 살」, 『수학자의 아침』(문학과지성사, 2013).

김승옥, 『서울, 1964년 겨울』(문학나무, 2012).

김승희, 「서울의 우울 2」, 「서울의 우울 13」, 『희망이 외롭다』(문학동네, 2012).

김애란, 「나는 편의점에 간다」, 「종이 물고기」, 『달려라 아비』(창비, 2005).

김애란, 「큐티클」, 「벌레들」, 「서른」, 『비행운』(문학과지성사, 2012).

김영하, 『포스트잇』(현대문학, 2005).

김유동, 『아도르노 사상 ― 고통의 인식과 화해의 모색』(문예출판사, 1993).

김재관·장두식, 『문학 속의 서울』(생각의나무, 2007).

김중혁, 「유리의 도시」, 「크랴샤」, 『1F/B1 일층, 지하 일층』(문학동네, 2012).

김혜순, 「고층 빌딩 유리창 닦이의 편지」, 『아버지가 세운 허수아비』(문학과지성사, 1985).

김혜순, 「서울 3느 9916」, 『나의 우파니샤드, 서울』(문학과지성사, 1994).

남진우, 「도서관에서의 기도」, 「타오르는 책」, 『타오르는 책』(문학과지성사, 2000).

다니엘 켈만, 임정희 옮김, 『명예』(민음사, 2011).

라이너 마리아 릴케, 김용민 옮김, 『말테의 수기』(책세상, 2001).

라이너 마리아 릴케, 김재혁 옮김, 「두이노의 비가」, 『릴케 전집 2』(책세상, 2000).

롤프 디터 브링크만, 이유선 옮김, 「시」, 『빨랫줄 위의 비애』(고려원, 1995).

루쉰, 전형준 옮김, 「고향」, 『아Q정전』(창비, 2006).

류신, 『다성의 시학』(창비, 2002).

류신, 『수집가의 멜랑콜리』(서정시학, 2010).

모니카 마론, 김미선 옮김, 『슬픈 짐승』(문학동네, 2010).

몸메 브로더젠, 이순예 옮김, 『발터 벤야민』(인물과사상사, 2007).

무라카미 하루키, 양억관 옮김, 『색채가 없는 다자키 쓰쿠루와 그가 순례를 떠난 해』(민음사, 2013).

밀란 쿤데라, 김병욱 옮김, 『불멸』(민음사, 2010).

박민규, 「그렇습니까? 기린입니다」, 『카스테라』(문학동네, 2005).

박완서, 「꽃을 찾아서」, 『꽃을 찾아서』(창비, 1986).

박일환, 「타워 크레인에 대한 명상」, 『지는 싸움』(애지, 2013).

박찬일, 『독일 대도시 시 연구』(연세대학교출판부, 2008).

박태원, 「소설가 구보 씨의 일일」, 천정환 책임 편집, 『소설가 구보 씨의 일일』
　　　(문학과지성사, 2008).

박태원, 『천변 풍경』(현대문학, 2011).

발터 벤야민, 반성완 편역, 『발터 벤야민의 문예 이론』(민음사, 1983).

발터 벤야민, 조형준 옮김, 『아케이드 프로젝트 1, 2』(새물결, 2005).

발터 벤야민, 김남시 옮김, 『발터 벤야민의 모스크바 일기』(그린비, 2005).

발터 벤야민, 김영옥·윤미애·최성만 옮김, 『일방통행로, 사유이미지』(도서출
　　　판길, 2007).

발터 벤야민, 윤미애 옮김, 『1900년경 베를린의 유년 시절, 베를린 연대기』(도
　　　서출판길, 2007).

발터 벤야민, 최성만 옮김, 『기술 복제 시대의 예술 작품, 사진의 작은 역사 외』
　　　(도서출판길, 2007).

발터 벤야민, 최성만 옮김, 「경험과 빈곤」, 「꿈 키치」, 『역사의 개념에 대하여,
　　　폭력 비판을 위하여, 초현실주의 외』(도서출판길, 2008).

배수아, 『서울의 낮은 언덕들』(자음과모음, 2011).

백무산, 「예배를 드리러」, 『그 모든 가장자리』(창비, 2012).

백영옥, 『마놀로 블라닉 신고 산책하기』(예담, 2007).

베르톨트 브레히트, 김광규 옮김, 「마리아의 추억」, 『살아남은 자의 슬픔』(한마
　　　당, 2004).

베르톨트 브레히트, 마성일 편역, 「내가 좋아하는 것들」, 『브레히트는 이렇게
　　　말했다』(책읽는오두막, 2013).

베르트 비테, 윤미애 옮김, 『발터 벤야민』(한길사, 2001).

변소영, 「뮌헨의 가로등」, 『뮌헨의 가로등』(실천문학사, 2011).

볼프강 보르헤르트, 김주연 옮김, 「등불의 꿈」, 『이별 없는 세대』(문학과지성
사, 2000).

샤를 보들레르, 윤영애 옮김, 「백조」, 「여행」, 「지나가는 어느 여인에게」, 『악
의 꽃』(문학과지성사, 2003).

서상영, 「시인의 말」, 『눈과 오이디푸스』(문학동네, 2012).

서영은, 「유리의 방」, 『사막을 건너는 법』(책세상, 2007).

성기완, 「비만과 편견」, 『쇼핑 갔다 오십니까?』(문학과지성사, 1998).

송경동, 「이 냉동고를 열어라」, 『사소한 물음들에 답함』(창비, 2009).

수전 벅모스, 김정아 옮김, 『발터 벤야민과 아케이드 프로젝트』(문학동네,
2004).

수전 손태그, 홍한별 옮김, 『우울한 열정』(이후, 2005).

신동엽, 「서울」, 『신동엽 시 전집』(창비, 2013).

심보선, 「삼십대」, 『슬픔이 없는 십오 초』(문학과지성사, 2008).

심보선, 「속물의 방」, 「첫 줄」, 『눈앞에 없는 사람』(문학과지성사, 2011).

안토니오 네그리·마이클 하트, 윤수종 옮김, 『제국』(이학사, 2001).

안현미, 「뉴타운 천국」, 『이별의 재구성』(창비, 2009).

알리기에리 단테, 박상진 옮김, 『신곡』(민음사, 2007).

앙드레 브르통, 오생근 옮김, 『나자』(민음사, 2008).

양택규, 『경복궁에 대해 알아야 할 모든 것』(책과함께, 2007).

에밀 졸라, 박명숙 옮김, 『여인들의 행복 백화점 1, 2』(시공사, 2012).

오규원, 「대방동 조흥은행과 주택은행 사이」, 『오규원 시 전집 2』(문학과지
성사, 2002).

오르한 파묵, 이난아 옮김, 『새로운 인생』(민음사, 2006).

오은, 「스프링」, 『호텔 타셀의 돼지들』(민음사, 2009).

오장환, 「병든 서울」, 『오장환 전집』(실천문학사, 2002).

요한 볼프강 폰 괴테, 박찬기 옮김, 『젊은 베르테르의 슬픔』(민음사, 1999).

윌리엄 블레이크, 김종철 옮김, 「순수의 전조」, 『천국과 지옥의 결혼』(민음사, 1990).

유하, 「바람 부는 날이면 압구정동에 가야 한다 3」, 『바람 부는 날이면 압구정동에 가야 한다』(문학과지성사, 1991).

유하, 「남대문 천사의 시」, 「세운상가 키드의 사랑 2」, 「세운상가 키드의 사랑 3」, 「째즈」, 『세운상가 키드의 사랑』(문학과지성사, 1995).

윤미애, 「보이지 않는 도시의 서술 가능성─크라카우어와 모던 도시」, 《브레히트와 현대 연극》, 제17권(한국브레히트학회, 2007).

이가림, 「2만 5천 볼트의 사랑」, 『내 마음의 협궤 열차』(시와시학사, 2000).

이남희, 『플라스틱 섹스』(창비, 1998).

이동연, 「세운상가의 근대적 욕망」, 《사회와 역사》, 제82권(한국사회사학회, 2009).

이문재, 「제국호텔─인도에서 소녀가 오다」, 『제국호텔』(문학동네, 2004).

이문재, 「타워 크레인─고독한 산책자의 몽상」, 『마음의 오지』(문학동네, 2011).

이병일, 「안녕, 서울이여!」, 『옆구리의 발견』(창비, 2012).

이상, 「건축무한육면각체─AU MAGASIN DE NOUVEAUTES」, 『이상 전집 1』(뿔, 2009).

이영훈, 「모두가 소녀시대를 좋아해」, 손보미 외, 『2012년 제3회 젊은작가상 수상 작품집』(문학동네, 2012).

이원, 「광화문에서」, 『세상에서 가장 가벼운 오토바이』(문학과지성사, 2007).

이원, 「사이보그 3」, 「서울의 밤 그리고 주유소」, 『야후!의 강물에 천 개의 달이 뜬다』(문학과지성사, 2001).

이학영, 「아케이드에서 공룡이 살아가는 법」, 손보미 외, 『2012년 제3회 젊은작가상 수상 작품집』(문학동네, 2012).

임석재, 『서양 건축사 5─역사 기술 인간』(북하우스, 2008).

장자크 루소, 김중현 옮김, 『에밀』(한길사, 2003).

장정일, 『아담이 눈뜰 때』(김영사, 1992).

장정일, 「백화점 왕국」, 「햄버거에 대한 명상」, 『햄버거에 대한 명상』(민음사, 1998).

장폴 사르트르, 방곤 옮김, 『구토』(문예출판사, 2004).

정미경, 「호텔 유로, 1203」, 『나의 피투성이 연인』(민음사, 2004).

정윤수, 『인공 낙원 ― 현대 도시 문화에 대한 성찰』(궁리, 2011).

정이현, 『달콤한 나의 도시』(문학과지성사, 2006).

정철훈, 「카프카의 가르마」, 『뻬쩨르부르그로 가는 마지막 열차』(창비, 2010).

정현종, 「섬」, 『나는 별 아저씨』(문학과지성사, 1998).

정호승, 「한강철교를 지날 때마다」, 『여행』(창비, 2013).

조동범, 『심야 배스킨라빈스 살인 사건』(문학동네, 2006).

조영석, 「노량진 고시촌」, 「인어」, 『선명한 유령』(실천문학사, 2006).

조지 리처, 김종덕 옮김, 『맥도날드 그리고 맥도날드화』(시유시, 2003).

존 라이언·앨런 테인 더닝, 고문영 옮김, 『녹색 시민 구보 씨의 하루』(그물코, 2008).

진은영, 「아케이드」, 「이 모든 것」, 『훔쳐가는 노래』(창비, 2012).

차창룡, 「도서관에서」, 『나무 물고기』(문학과지성사, 2002).

최성수, 「새벽 명동」, 『작은 바람 하나로 시작된 우리의 사랑은』(내일을여는책, 1994).

최수철, 「소리에 대한 몽상」, 이제하 외 『나그네는 길에서도 쉬지 않는다 ― 1985년 제9회 이상문학상 수상 작품집』(문학사상사, 1985).

최승호, 「물소 가죽 가방」, 「바퀴벌레 일가」, 「반야왕거미」, 「세속 도시의 즐거움 1」, 『세속 도시의 즐거움』(세계사, 1990).

최승호, 「가짜 나무 세 그루」, 『그로테스크』(민음사, 1999).

최인호, 『타인의 방』(민음사, 2005).

최인훈, 『광장, 구운몽』(문학과지성사, 1996).

크리스티안 크라흐트, 김지혜·김태환 옮김, 『파저란트』(문학과지성사, 2012).

테오도르 아도르노·막스 호르크하이머, 김유동 옮김, 「문화 산업 ― 대중 기만으로서의 계몽」, 『계몽의 변증법』(문학과지성사, 2001).

파울 체흐, 전광진 옮김, 「철의 도시」, 『20세기 독일 시 1』(탐구당, 1995).

표도르 도스토옙스키, 박혜경 옮김, 「악어」, 『악어 외』(열린책들, 2000).

프리드리히 니체, 장희창 옮김, 『차라투스트라는 이렇게 말했다』(민음사, 2004).

프리드리히 횔덜린, 박설호 옮김, 「빵과 포도주」, 『빵과 포도주』(민음사, 1997).

필리포 마리네티, 「달빛을 살해하자」, 「미래주의 선언」, 이택광, 『세계를 뒤흔든 미래주의 선언』(그린비, 2008).

하이디 키프 니더뵈르마이어, 하트무트 니더뵈르마이어, 이언구 외 옮김, 『새로운 유리 아케이드』(기문당, 1994).

하인리히 하이네, 김광규 옮김, 「참으로 아름다운 5월」, 『로렐라이』(민음사, 1975).

한병철, 김태환 옮김, 『피로 사회』(문학과지성사, 2012).

한병철, 김태환 옮김, 『시간의 향기 ― 머무름의 기술』(문학과지성사, 2013).

함민복, 「서울 지하철에서 놀라다」, 『눈물을 자르는 눈꺼풀처럼』(창비, 2013).

함성호, 「63빌딩」, 「근대 건축은 왜 망했는가」, 「비둘기는 왜 도시를 떠나지 않는가」, 「서울, 서울, 서울」, 「잠실 롯데월드」, 「파괴 공학」, 『56억 7천만 년의 고독』(문학과지성사, 1992).

함성호, 「홍대 앞 금요일」, 『키르티무카』(문학과지성사, 2011).

함성호, 『반하는 건축』(문예중앙, 2012).

허먼 멜빌, 한기욱 옮김, 『필경사 바틀비』(창비, 2010).

호르헤 루이스 보르헤스, 송병선 옮김, 「바벨의 도서관」, 『픽션들』(민음사, 2011).

호프만스발다우, 허창운 옮김, 「완벽한 아름다움에 대한 묘사」, 『17세기 독일 시』(탐구당, 1980).

황정은, 『백의 그림자』(민음사, 2010).

황지우, 「살찐 소파에 대한 일기」, 『어느 날 나는 흐린 주점에 앉아 있을 거다』(문학과지성사, 1998).

Nobert Grob, Peter Handke and Wim Wenders, "Miniaturen," Wolfgang Jacobsen (ed.), *Kino, Movie, Cinema*(Berlin: Argon Verlag, 1995).

Siegfried Kracuaer, *Strassen in Berlin und Anderswo*(Berlin: Das Arsenal, 1987).

Walter Benjamin, "Das Passagen-Werk," *Gesammelte Schriften Bd.*, vol.1, vol.2(Frankfurt am Main: Suhrkamp, 1991).

도판 저작권

류신

1968년 인천에서 태어나 중앙대학교 독어독문학과와 동 대학원을 졸업했다. 독일 브레멘 대학교에서 현대 독일 시 연구로 박사학위를 받았다. 2000년 《경향신문》 신춘문예에 평론 「세기말, 책과 젊은 시인들」이 당선되어 등단한 후 한국 문학과 독일 문학을 비교하고, 시와 회화, 도시 공간과 인문학의 접점을 모색하는 문학 비평가로 활동하고 있다. 현재 중앙대학교 유럽문화학부 교수로 재직 중이다. 저서로 『다성의 시학』(2002), 『수집가의 멜랑콜리』(2010), 『장벽 위의 음유시인 볼프 비어만』(2011), 공저로 『통일 독일의 문화 변동』(2009), 『독일 신세대 문학』(2013)이 있다.

서울
아케이드
프로젝트

1판 1쇄 펴냄 2013년 12월 6일
1판 3쇄 펴냄 2014년 12월 10일

지은이 류신
발행인 박근섭·박상준
펴낸곳 (주)민음사

출판등록 1966. 5. 19. 제16-490호
주소 (135-887) 서울특별시 강남구 도산대로1길 62(신사동)
강남출판문화센터 5층
대표전화 515-2000 | 팩시밀리 515-2007
홈페이지 www.minumsa.com

ISBN 978-89-374-8870-2 (03810)